OSHI NI SASAGERU
DUNGEON GOURMET
VOLUME_01

やっほー！デンジラス四期生の雷火ハナビでーす！
テンション高すぎない？はいどうも、デンジラス所属のスーパー猟師、山主ボタンです。

「あぐっ、んぐ。
ふぅぅぅ……うま……」

そう、だね。……カッコイイよ
知らないんですか？　男ってのは
カッコつけたがりなんですよ

>OSHI NI SASAGERU DUNGEON GOURMET

推しにささげるダンジョングルメ 01

最強探索者VTuberになる

著：モノクロウサギ ／イラスト：クロがねや

contents.txt

CHAPTER 00

OSHI NI SASAGERU DUNGEON GOURMET
Volume_01

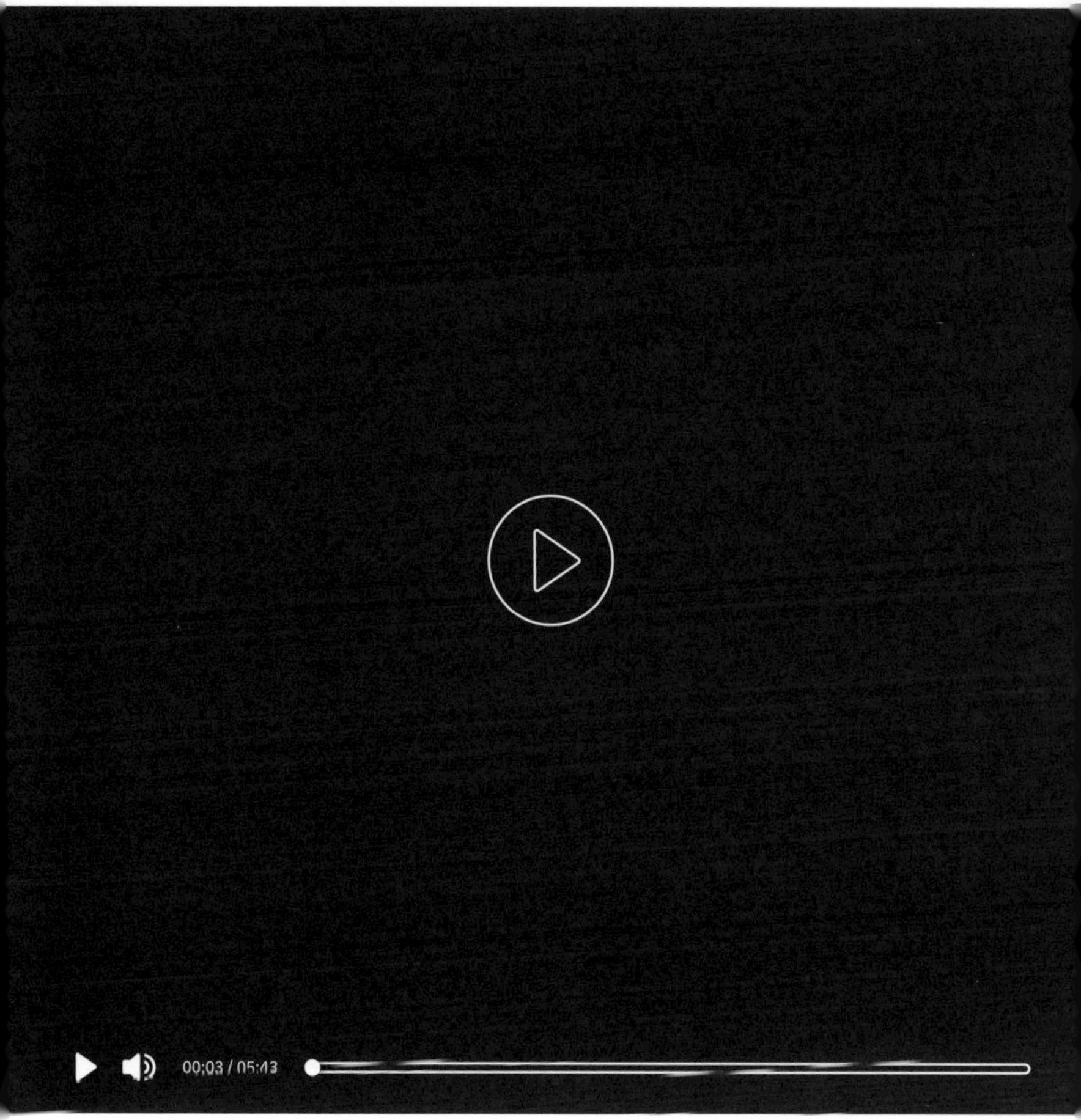

プロローグ

A strong explorer debuts as a streamer and aims for a gourmet collaboration with his admirer.

CHAPTER 00

プロローグ

好きな言葉は『思い立ったが吉日』。座右の銘は『即断即決』。やらないで後悔するよりも、やってから後悔するのがポリシー。

それが俺、【夜《よ》桜《ざくら》猪《しし》王《お》】という人間である。

〔——実はですね、最近珍しい品を口にする機会がありまして〕

他にも、一度ハマったものは飽きるまでのめり込む性格だったり、興味のないものにはとことん興味がなかったりとか、わりと社会不適合者側の人間だったりする。

実際、友人たちから『名は体を表すの究極系』と評され、実の父からは『子供には干支《えと》に因《ちな》んだ名前を付けようと決めてたとはいえ、お前を猪の王にするんじゃなかったよ……』と嘆かれてたりするし。

〔それがなんと、ダンジョン産の果物でして！　いや、噂には聞いてたけど凄く美味しかったんですよ！　また縁があったら食べたいなって思ってしまったぐらいで〕

「よし。ダンジョン潜るか」

——実際、一事が万事こんな感じで行動するので、縁ある方々には迷惑を掛けているなという自覚はある。

「美味いもの、となると食料系のダンジョン。この辺りだと『美食の庭』か」

だが仕方ない。そういう性分なのだから。やりたいことには一直線なのが俺なのだ。

最近のマイブームであるVTuber。その中でも推しに当たるリーマンこと、【沙界《しゃかい》ジン】がダンジョン産の美食を求めるというのなら、頑張って叶えてあげたいと思ってしまうのがファンというもの。

そして幸いなことに、俺はすでにダンジョンを経験済みだ。具体的に言うと、高校入学と同時に、ダンジョンを探索できる探索者資格を手に入れた。

モンスターを倒すと不思議なアイテムが手に入り、スキルという特殊な力に目覚める不思議な空間。そんな浪漫の溢《あふ》れた代物に、思春期真っ盛りだった当時の俺が興味を持たないはずがないというわけよ。

まあ、高校時代にしこたまダンジョンに潜ったので、卒業してからは飽きたのだけど。そんで二十歳なった今は、VTuber沼に沈んでいる最中だ。

とはいえ、飽きたがブランクなどはない。潜る理由は薄くなれど、気まぐれで潜っていたりはするからだ。分かりやすく言えばレジャー的なサムシングである。

それを抜きにしても、ブランク程度で鈍るほど弱くないので、ダンジョンでの危険などあってないようなものだったり。

「えーと、美食の庭の攻略情報は、と……」

ということで、カチカチとネットで目的地を検索。手に入るアイテムがことごとく食料となる食料系ダンジョン、美食の庭の情報を集めていく。

「いまは本当に便利になったよなぁ」

ダンジョンができた当初は、かなり大変なことになってたそうだが、それももう一昔前のこと。

昔ではアングラ扱いだった探索者も、今ではわりと一般的になった。制限付きとはいえ、学生がバイト代わりにするぐらいだし。

だからこうやって、ネットで検索すれば大抵のダンジョンの情報を拾ってこられる。

……だが攻略サイトを過信しすぎると、イレギュラーがあった時にあっさり死ぬのだけど。

「よし、印刷完了。初めての場所だが……ま、問題ねぇか」

ネット情報曰《いわ》く、ダンジョンとしての危険度は中の上とのこと。いくつかの階層で厄介なモンスターが確認されていたり、モンスターの湧きが多かったり、地味に環境がアレだったりする。

それでいて難易度のわりに金になるようなアイテムは手に入らないから、探索者の間では不人気扱いされている。……ダンジョン産の食材は美味いし高級品だけど、所詮は食料だから換金効率が悪いんだよなー。

「……ま、評価なんて人それぞれだけどなぁ。ネットはあくまで参考程度」

実際、美味い食材が手に入るから、不人気とはいえ一定数の顧客はいるっぽい。自分で消費する趣味人か、高級店と専属契約してる探索者ぐらいしかいないらしいが。

俺も趣味人枠になるのだろうか。趣味で片付けるには若干物騒ではあるが、適正ランクより下で活動すれば、ダンジョンですら趣味と大差あるまい。

「さて。あとはどうやってリーマンに届けるか、だけど……」

ダンジョン産の食材自体は簡単に用意できる。問題は届けるためのルートだ。

リーマンは界隈《かいわい》トップの箱《プロダクション》に所属する企業VTuberである。当然ながら、一般人である俺が直接会うことはできない。

差し入れとして事務所に贈るという手段もあるが、まあ間違いなく弾《はじ》かれるだろう。ダンジョン産の食材は、商品としてパッケージングされていない、安全かどうかも保証できない代物だからだ。

アレだ。顔見知りが趣味で釣った魚なら食べられはするが、見ず知らずの他人、それも漁師でもない釣り人が釣った魚など不穏すぎて食おうと思えないのと同じこと。

芸能人の亜種のようなものである人気VTuberともなれば、その辺の安全管理はしっかりしていることだろう。

「んー、頑張ってプライベートで仲良くなるのは論外。店を開いて来てもらうってのも、まあやってられんわなぁ……」

素直に諦める、がこの場合は正しいのだろうけども。一度やりたい、そしてやろうと思った以上はチャレンジしたい。

それで駄目だったなら仕方ないと諦めるが、一度も挑戦せずに諦めるのはポリシーに反する。

やらないで後悔するより、やって後悔しろ。だってそっちの方が絶対に楽しい。

「――よし。なら俺もVTuberになるか。そんでリーマンとコラボすれば万事解決だ」

――人生というのは行き当たりばったり。少なくとも、俺はそれで生きてきたのだ。

CHAPTER 01

OSHI NI SASAGERU DUNGEON GOURMET
Volume_01

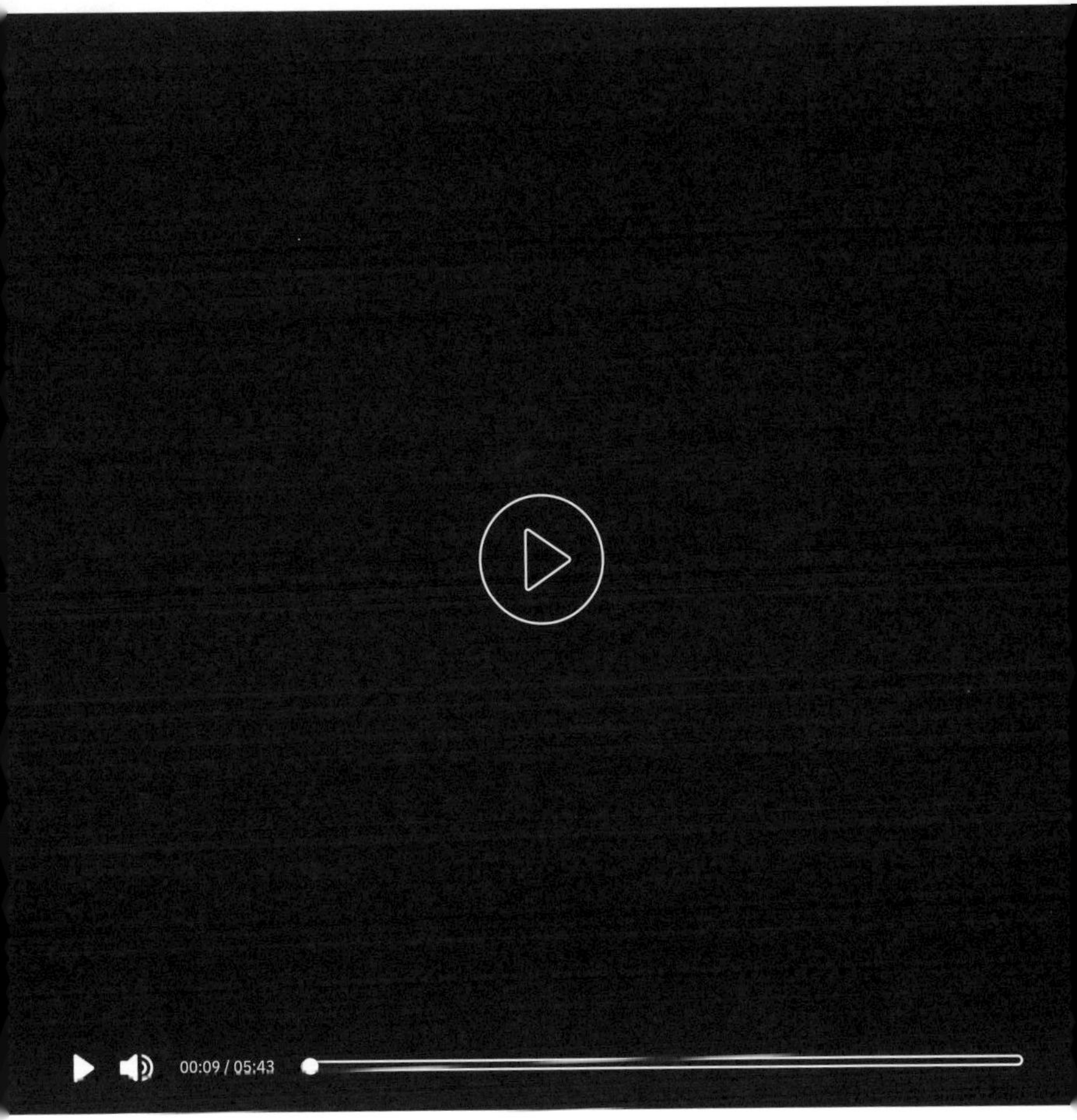

第一章　新人VTuber　山主ボタン

A strong explorer debuts as a streamer and
aims for a gourmet collaboration with his admirer.

CHAPTER 01

第一章　新人VTuber　山主ボタン

VTuberになる。言葉にするなら簡単のは、実現させるとなると果てしなく大変だ。

……正確に言えば、なること自体は簡単だが、人気VTuberとなるのは難しい。

なにせ今は大VTuber時代。黎明《れいめい》期と違い、VTuberの総数は今や数え切れないほど。さらに、毎日の如《ごと》く新人がデビューしているのだから、視聴者という限られたパイの取り合いが酷いことになっている。

特にキツいのが個人勢と呼ばれるVTuberだ。個人で始め、企業に所属せず、限られたリソースで必死にやりくりして動画を投稿する者たち。

これが企業勢ならば、まだ先達であるVTuberたちが築いた導線がある。特に界隈《かいわい》で名の通った箱ならば、新人でもチャンネル登録者数が五桁、六桁なんてことも珍しくない。

だが個人勢は違う。彼らはそうした導線がない。業界で武器となる繋がりがない。だから己の強みを理解し、動画のクオリティを磨き、横の繋がりを構築するなどして、自分のチャンネルの導線を死にものぐるいで構築していく。

そこまでやってなお、チャンネル登録者数が一桁なんてザラ。誰もが必死に努力し、九割以上が成果を得られず、やがて未来を諦め消えていく。そんな正真正銘の修羅の世界が個人勢。

葛西《かさい》：もうすぐ時間ですね。ボタンさん、緊張していませんか？

――なので必然的に、俺が目指すのは企業勢だった。なにせ俺の目的は、推しの人気VTuberにダンジョン産の食材を振る舞うことだ。そのために必要なのは数字、具体的に言えばチャンネル登録者数だ。

　俺の推しであるリーマンは、業界トップの箱である【ばーちかる】に所属する人気VTuber。チャンネル登録者数は五十万オーバーという、業界の男性ライバーの中でも上位の人気を誇る雲上人。

　そんな相手と交流を持つのならば、こちらも相応の数字は必要だ。特に企業勢である以上、リターンが見込めなければ一考の余地すらないだろうさ。

　きっかけを確保するためにも、チャンネル登録者数は一万は欲しいところ。もちろんこれは最低ラインで、数字はあればあるだけいい。

　マトモなツテもない、配信者としての経験もない素人が、どうすれば数字を出せるのか。答えなんて簡単で、多少なりとも導線が存在する企業勢として活動するのがベスト。

山主《やまぬし》：大丈夫です。ご心配ありがとうございます。

葛西：いえいえ。私もマネージャーとして、最大限協力しますのでなにかあればすぐに仰《おっしゃ》ってください。

　そう考えた俺は、半年前に直近でライバー募集していたいくつかの事務所にエントリーし、その中の一社にどうにか合格した。

受かった事務所は【デンジラス】。業界としては中小クラスの比較的新しい箱で、所属しているライバーたちの抱える数字も大手と比べてそこまで高くはないというのが、VTuber沼の住人としての客観的な評価だったりする。

だが問題ない。導線ゼロと比べれば、チャンネル登録者数五桁を超える先輩が、複数所属している時点で破格も破格というもの。完全な素人である俺を選んでくれた時点で、もう感謝しかないレベルだ。……無理だったら個人勢として修羅の道に挑むことになったので、本当に助かった。

山主：雷火《らいか》さんの方はどんな感じですか？　準備してるせいで、あんまり観れてないんですけど。

葛西：順調ですよ。上の方々もしっかり宣伝してくださっているので、設定していた同接ラインは越えてますね。

山主：それは良かった。

現在デビュー配信中の同期も、今のところは順調とのこと。確か設定されていたラインは四桁後半だったので、少なくとも五千人は超えていると思われる。デンジラス規模の事務所のデビュー配信と考えれば、確かに順調だと思う。

あとはこの流れを俺が維持できればいいのだが……。この業界、男性ライバーというだけでデバフが掛かったりするので、なんとも言えないところなんだよなぁ。

実際、俺のガワの名前でエゴサをかけてみたら、香ばしい呟《つぶや》きが多いこと多いこと。デンジラスは女性ライバーが多い、てか男が俺だけなので、ある意味では仕方ないことではあるんだけども。

葛西：ボタンさん、気負いすぎる必要はありませんよ。あなたの好きなようにやってください。何があろうと、運営である私たちがついてますから。

山主：本当に大丈夫ですよー。そもそも素人の俺が採用された理由の大部分が、メンタルの強さにあるんですから。マイナス意見なんて気にしませんとも。

　こんな感じのやり取りは何度目だろうか。いや、運営側からしたら気が気じゃないんだろうけどさ。

　デンジラスには苦い過去がある。かつて所属していた男性ライバーが、活動中に鬱《うつ》になり自殺未遂を起こし、そのまま引退したという。

　彼が鬱になった理由は、アンチによる誹謗《ひぼう》中傷。女性ライバーに男の影がチラつくことを毛嫌いする層、俗に言うところのユニコーンが大暴れし、そこに騒ぎたいだけの愉快犯が便乗して大惨事が巻き起こった。

　彼がデビューするまで、デンジラスは女所帯だった。事務所としてアイドル売りをしていたのではなく、女性ライバーの方が単純に伸びやすいという理由だ。

　新規参入したばかりの小さい事務所が、利益を確保できる見込みが高い方向に舵《かじ》を切るのは当然のこと。最終的には男女が共存する箱が事務所の目的としていても、企業である以上は活動資金を稼ぐ必要がある。

そのためデンジラスとしては、比較的伸びる、ハードルの低い女性ライバーで数字を稼ぎつつ、余裕が出てきたら男性ライバーもぼちぼちデビューさせたかった。少なくとも、そういう予定だった。

それを一部の馬鹿たちが台無しにしたわけだ。

「アレは外野ですら胸糞悪くなる事件だったからなぁ……」

女性ライバーが多い以上、そういう層が出てくるのは仕方ないことだと俺も思う。共感はせずとも納得はする。女所帯に男一人となれば、どうしても風当たりが強くなってしまうものだろう。

問題だったのは、その手の連中が関係者の想像以上に濃かったことだ。……中小クラスの事務所に所属するライバーに、わざわざガチ恋するような奴らのアクの強さを見誤ったのは、運営側としても悔やんでも悔やみきれない部分だろう。

絶え間ないお気持ちメッセージに、ストレートな誹謗中傷。人気も低迷し、根拠のないデマまで拡散されたとなれば、大抵の人間は心が折れる。

運営側も事態の収束には奔走していたようだが、設立して間もない中小事務所ではどうしてもマンパワーが足りず。ようやく準備が整って法的措置の声明を出した頃に、彼は剃《かみ》刀《そり》を手首に当ててしまっていた。幸いにして彼は一命を取り留めたそうだが、なんともやるせない一件だ。

葛西：ボタンさんが、そういうことを気にしない方であるということは理解しています。

それでも私たちは、二度と同じ轍《てつ》を踏みたくはないんです。

山主：ええ。理解していますよ

あの一件によって、デンジラスは大きな損害を被った。金銭的な損失はもちろんだが、なによりも『所属ライバーを守れなかった』という汚名がついてしまった。

元々、デンジラスはVTuber業界に強い想いを抱いた者たちが立ち上げた事務所だ。だからこそ、この一件はとても堪《こた》えたことだろう。

ファンは減り、収益も減り、ライバーを募集しても数は集まらない。地力のある大手ならともかく、中小クラスの事務所では大ダメージだ。

だからこそ、デンジラスは俺を採用した。事務所の事情を理解し、その上で応募をしてきた俺を。配信経験のない素人ではあるが、代わりにダンジョンに潜り、命のやり取りができるほどに図太い俺を採用した。

山主：気楽にいきましょうよ。これは利害の一致です。素人であっても、目的のためにVTuberとして活動したい俺と、汚名を雪《そそ》ぎたい運営サイド。お互いウィンウィンで、一緒に頑張っていこうじゃないですか。

葛西：……そうですね。すいません、マネージャーの私がフォローされるなんて

山主：いえいえいえ。元VTuber沼の住人としては、マネさんが神経質になるのも分かりますからねー。

再び男性ライバーを雇うだけでも覚悟が必要だろうに、取り巻く状況はかつての一件よりも明らかに悪くなっているのだから、そりゃ神経質にもなるだろうさ。

女所帯に男が一人。それをもう一度、過去にトラブルが起きているにもかかわらず、運営が再現しようとしているのだから。冷たい目を向けられるのは仕方ない。

爆死する可能性が高い男性ライバーを、消耗中の事務所が複数雇えないという、どうしようもない理由があったとしても、世間からすれば関係ないのだ。

それでもデンジラスは踏み切った。今後を見据えて、現段階で汚名を雪ぐために。そして再び、男女問わず活動できる事務所を目指すために。

「ふぅぅぅ……」

つまり俺は、新人男性ライバー【山主ボタン】は、社運を賭けた一世一代の大博打というわけだ。推しに飯を振る舞うためという、馬鹿げた理由から踏み込んだVTuber業界だが、これはこれで悪くない。

「いやはや。燃えるじゃないの」

スタート時点で向かい風。跳ねる見込みは薄く、それでいて責任重大。個人勢で完全なゼロから始めるよりはマシとはいえ、こっちもこっちで中々ハードモードかもしれん。だが、生憎《あいにく》不安はない。いや正確に言えば、不安を抱く意味がない。

だってこういうのは、まずやってみなきゃはじまらない。無理だと足を竦《すく》めていては、できるものもできやしない。

「――そんじゃ、いっちょ始めますか！」

目的決めたら一直線。ついでに大勢の未来を背負って、なりふり構わず突き進むのみ!!

□□□

――チャンネル登録者数、約三千人。これが現時点における、VTuber山主ボタンの数字。

「うーむ……」

デビューしてから一ヵ月ほど経《た》ったわけだが、案の定伸び悩んでいたり。どんなに勇ましく吼《ほ》えたところで、結果に繋がるわけではないのが現実の悲しいところよね。

一応、俺が手を出せる範囲で人気のあるゲームをプレイしたり、視聴者からの質問に答えるタイプの雑談配信をしたりしてるんだけどねぇ。

やっぱり俺程度のゲーム、トークスキルじゃ、人気ライバーの配信で目が肥えているリスナーを満足させるのは難しいようで。配信の分野ではガチで素人に毛が生えたレベルだしなぁ。

かといって、一番数字を稼げるであろうコラボ配信は選べない。デンジラスの状況を考えれば火に油だし、他箱とコラボするには実績が足らない。

はっきり言って、伸びない要素は揃《そろ》い踏み。ここまでデバフが掛かっているのなら、仕方ないと一周まわって笑いが零《こぼ》れてしまうほど。

だが悲しいかな、企業勢である以上は数字不足は笑いごとでは済まされない。運営側は気にするなと言ってくれてはいるが、デンジラス程度の規模の事務所に余裕なんてあるはずないのだ。

確かに俺は特殊な立ち位置、ちゃんと男性ライバーをプロデュースできるというアピールのために雇われた。

事務所としては収益など二の次で、問題を起こさず長く活動してくれれば、それで十分と思っているのは承知している。

「でもなー。現状はやっぱりよろしくないからなぁ……」

俺は俺で、リーマンとオフでコラボするという目的があるし、事務所は事務所で俺から利益が得られるのならば、それに越したことはないわけで。

てことで、ちょっとしたテコ入れの提案をしようと思う。

山主：マネさん。ちょっと配信についてご相談があるんですが

葛西：なんでしょうか？

レスポンス早くない？　ノータイムで返信きたんだけど。もしかして俺の連絡、優先順位高めに設定されてたりしない？　……まあ、不都合はないから別にいいんだけどさ。

山主：単刀直入に言いますと、俺って伸びてないじゃないですか。企業勢としては負債レ

ベルで。なので、ちょっとばかしテコ入れをした方がいいかなと。

葛西：何度も言いますが、数字に関しては気にしないでください。今はコツコツ積み立てる時期です。無理して潰れてしまっては元も子もありません。

山主：いやー、それにしたって限度があるでしょう。同期の雷火さんは順調に伸びてますし、だからこそ分かりやすい『差』として大勢に伝わってしまうじゃないですか。

葛西：……まあ、否定はしません

案の定、苦い感じのコメントが返ってきた。やはりマネさんとしても、新たな火種が燻《くすぶ》っていることは認めるしかないってことだ。

俺の同期である【雷火ハナビ】。赤髪に黄色のメッシュが入ったデザインの女性ライバーなのだが、彼女のチャンネル登録者数は現段階で約三万二千人。デンジラスの規模を考えれば、かなり順調な滑り出しを迎えていると言えるだろう。

企業勢の特徴ではあるのだが、『期』が重なるごとに序盤のチャンネル登録者数は増えていく傾向にある。主な理由は新人に対する導線が増えるからなのだが、その恩恵を同期の雷火さんはしっかり享受できているわけだ。

もちろん、導線はあくまで導線。そこからファンを獲得するのは本人の資質次第。だが雷火ハナビというライバーは、その資質もしっかりと備えていた。

属性としては活発な後輩キャラ。ともすれば喧《やかま》しいと評されかねないほどのテンションで配信するスタイルは、多くの人々から高評価を得ている。

例の一件によって生まれた澱《おり》を焼き払うかのような、文字通り花火のように鮮烈な彼女の姿が、リスナーたちの心をガッツリと魅了してみせたのだ。

山主：雷火さんが伸びるのはいいことです。でも同時に、山主ボタンがこの体たらくってのはマズイんですよ。

　だがしかし、物事というのは表裏一体。花火がより強く輝けば、それに比例して濃い影ができてしまうのが道理というもの。

山主：誹謗中傷が加速するとか、そういう話ではなくて。伸びない男性ライバーの存在そのものが、例の件を想起させる要因になる。だからリスナーたちは、余計に山主ボタンの存在を受け入れられない。少なくとも、心の根っこの部分ではそう思っているはず。マネさんたちだって、薄々勘づいてはいるでしょう？

葛西：……その通りです。ですが、その辺りは我々としてもしっかりと手を打っていきます。時間を掛けてでも、確実にボタンさんをリスナーの方々に受け入れさせてみせます。

山主：気概に関しては疑ってませんよ。でも多分、それじゃ遅いです。これは配信者ではなく、切った張ったで飯代を稼いでいる探索者としての勘なんですがね。このあたりが分《ぶん》水嶺《すいれい》なんですよ。ここで流れを変えないと巻き返せない。ズルズル引き摺《ず》ってゲームオーバーです。

　分かりやすさ優先で『勘』とは言ったものの、ぶっちゃけコレは確信だ。預言と言っても差し障りないレベルだ。

なんで断言できるかって？　そんなの簡単で、こちとら命をベットして浪漫を求めていたからだよ。死ねば終わりだからこそ、我が身の行く末とかには敏感になるのだ。

だからこそ分かる。このタイミングで手を打たないと破滅すると。いや正直、俺個人としてはそこまでダメージはないが、【山主ボタン】としては致命傷になる。

俺という負債が膨らんでいって、事務所の方が音を上げる。デンジラスはもう二度と男性ライバーを切り捨てられないからこそ、関係者すべてを巻き込み溺死する。

山主：俺は配信も素人に毛が生えたレベルで、企業のマーケティングなんて素人そのものですよ。……でもね、勝負勘には自負がある。機を窺《うかが》い見極めることに関しては、こっちにだって一家言あるんです。なので断言させてもらいます。ここが分水嶺です

失礼なのは百も承知。不興を買うことも覚悟しての訴えだが、果たして——

葛西：……なるほど。ボタンさんの言いたいことは理解しました。そして分かりました。テコ入れ、しましょう。

山主：ありがとうございます！

よしっ、受け入れられた。これで第一関門はクリアだ。

山主：よかったです。本気を伝えるために、わりと喧嘩腰な台詞になってしまったので……。

葛西：いえいえ。ライバーさんがやりたいことをサポートするのが、運営の役目ですので。気負わないでほしいと思っていただけで、テコ入れ自体は私も賛成でした。

山主：おっと、そうでしたか。それは失礼を。一人で早とちりしてしまって、お恥ずかしい限りです。

なんとなくというか、かなりハッキリと過保護の気配を感じていたのだけど。よくある『我々がやりますので、座ってお待ちください』的な空気感が漂っていたのだけど。

まあ、マネさんがそう言うのなら、きっと俺の勘違いなのだろう。……そういうことにしておこう。

葛西：でもちょっと意外でした。さっきのボタンさん、かなり強キャラみたいな感じで、配信や打ち合わせの時の印象とは大分違いましたね。

山主：あー。まあ正直、これまで少し猫被《かぶ》ってましたからね。特に配信とかだと、下手に押しの強いところを見せると、一気にマイナス側に評価が寄りそうだったので……。

気性が荒いとは言わないが、なんだかんだ我の強い性格をしているのは間違いない。ただ俺を取り巻く環境を考えると、素を晒《さら》すのはリスクの方が高いと判断したから控えていた。……まあ、おかげで配信におけるキャラが薄くなってしまい、伸び悩む結果になったわけだが。

葛西：うーん、勿体《もったい》ないですね。さっきの不敵な感じは、わりと女性受けしそうなんですが。ボタンさんのモデルの雰囲気ともマッチしていますし。……あ、テコ入れってそういうことですか？

山主：いや、ちょっと違います。クール寄りで美麗系のガワですから、そういうロールも悪くないと思いますけど、やっぱりデンジラスのファン層は男性の比率が圧倒的なわけで。そんな中でそういう売り出し方をしても、顰蹙《ひんしゅく》は買えど人気には繋がらないかと。

ガワに合わせるロール自体は、選択肢としては無難な部類に入るだろう。でも無難じゃ駄目だ。俺、山主ボタンを取り巻く状況では、その程度のテコ入れでは逆効果にしかならない。

必要なのはインパクトだ。これまでの悪印象を、丸ごと吹き飛ばせるぐらいのインパクト。それこそ、デンジラスを知らない人ですら引っ張ってこられるほどのインパクト。

山主：俺が思い描いているのは、もっと派手なテコ入れです。誰にも真似《まね》できず、大勢から注目されるような内容です。

葛西：……そんなアイデアがあるんですか？

山主：ええ。ただ正直なところ、かなり異端寄りの内容です。いわゆる炎上系に分類されるような、犯罪や非道徳的な行為ではないのですが、VTuberでやることかと言われたらちょっと判断に悩む。やるとしても個人勢で、企業勢がやることではない類いのテコ入れです。

実のところ、伸びる方法自体はとっくに思いついていた。ただVTuberという枠組みからは大分外れていたために、このギリギリまで控えていた。

これは裏返せば、それだけ山主ボタンが置かれた環境が悪いということ。使用を躊躇《ためら》う切り札すら出さなければならないほどに、追い詰められているということ。

葛西：今のところ、デメリットの方が大きいように思えますが？

山主：ただ確実に伸びます。いや、もっと言ってしまえば、批評を押し流すだけの反響を得られる確信があります。ただ何度も言うように、これは禁じ手寄りの内容です。だから詳細を今から説明するので、運営サイドで話し合ってください。

葛西：……分かりました。聞かせてください。ただ最後にもう一度だけ訊《たず》ねますが、犯罪行為や道徳に反することではないんですね？

山主：その点については問題ないと断言します。俺はただ、自分の強みを全面に押し出すだけですから。

　さあ、プレゼンの時間だ。ここから先は、伸《の》るか反《そ》るかの大博打。目標まで突っ走るための最短ルート、いっちょ示してみせましょう！

□□□

　マネさんとテコ入れについて話し合ってから二日。ちゃんと運営の方で議題として挙げてくれたらしく、その返事が今日伝えられた。

「自由にやらせてくれるのは、ありがたいったらないねぇ」

『面白そうだから、是非ともやってくれ』難色を示されるかなと思っていたのだけど、中々どうして運営側もノリがいい。

「……ま、ノリ以外にも思うところもあるんだろうけど」

単純に提出した企画によって、利益が見込めそうだからＯＫしたのか。それともかつてプロデュースできなかった彼を想って、後釜である俺に自由を与えてくれているのか。

……追及するべきことではないな。

ともかく、許可が下りた以上は遠慮無用ということで、諸々《もろもろ》の準備を済まして今。最後の機材チェックを完了し、あとは配信を始めるだけ。

「うしっ」

てことで、スタート。配信開始ボタンをクリック。用意していたＢＧＭも起動。それと同時に、チャットの勢いがかすかに速くなる。

：お、始まった

：ばんわー

：新企画ときいて

同接者は二十三。有名ライバーと比べるのも烏滸《おこ》がましく、企業勢としてみてもかなり不甲斐《ふがい》ない数字。

「はい皆さんこんばんは。デンジラスに所属するスーパー猟師、山主ボタンです」

：ばんわー

：ばんわー
：ばんわー
　パッと見る限り、配信に来てくれているのはいつもの面子。運営の方針に理解を示している者、逆境だからこそ応援してくれている者などが、山主ボタンの主なファン層。
　ありがたいことだ。苦しい時に手を差し伸べてくれる人間こそ信用できるというのはその通りで、今こうして生配信にわざわざ顔を出してくれている彼らの存在は、活動を続けていく上での一つの指針となるだろう。
　……だが、それでは足りないのが現実というもの。悲しいことだが、少数の真摯なファンだけでは企業としての利益は見込めないからこそ、ここで勝負に出なければならない。
「さて。本日の配信ですが、Tweeterですでにお知らせした通り新企画をやります。……まあ、ぶっちゃけてしまうとテコ入れですねー」
：あー
：テコ入れかぁ……
：まあ状況的にはしゃーない
：俺は山主は頑張ってると思うぞ！
：あの一件で何人かのアンチは粛清されたけど、それでもまだまだ湧いて出てきてるからね……
：運営君ともども、結構キッツい状況だからなぁ

「そうなのよ。あんまり数字にまつわることを話題に挙げるのはよろしくないし、応援してくれる皆にも申し訳ないんだけどね。やっぱり企業勢である以上、収益は考えなきゃならないわけで」

状況が状況だからか、生々しい話題になっても雰囲気は悪くなってはいない。もちろん、コメントにしていないだけで、あまりよく思ってない者もいるだろうが、ここはあえて目をつぶる。

「で、テコ入れのための新企画。具体的に言うと、料理配信をやろうかなと」

：待って？

：料理？　山主、料理男子なん？

：なんで？

：なんか今日は音の感じが違うと思ってたら、もしかして山主キッチンにいる？

：それテコ入れになります？

テコ入れの内容を明かされ、コメント欄に疑問符が乱立する。リアクションとしては予想通りだ。俺とて第三者なら首を傾《かし》げる。

「お、鋭い人がいるね。その通り。今、俺がいるのはキッチンです。……料理がテコ入れになるかと言われたら、多分なるんじゃないかなと。飯テロはコンテンツとしては強いしね。なによりコレを見れば、ちょっと意見も変わるはず。――ってことで、はいドン」

台詞と同時に画面の切り替え。キッチンにセットしていたカメラ映像を、配信画面に載せる。

「てってれってててってれ。なんか凄いやつー」

：なにそれ!?

：デカッ!?

：え、待ってそれなに!?

：カニかなにかの……ハサミ？　いやでも、ええ？

：デカすぎんだろ

　ザワつくコメント欄。この反応もまあ予想通り。だって用意した食材は、一般人の常識の外にあるものなのだから。

　バットの上にあるのは鋏。甲殻類、エビや蟹などについているハサミが一つ。種として獲物を掴むために発達した部位であり、殻の下にはそれに相応《ふさわ》しい量の筋肉、いやご馳走が詰まっている。

　ここだけならいい。問題なのは、そのハサミだけで中型犬ぐらいの大きさがあるということ。

「はい、これが今回の食材です。見ての通り普通の食材ではありません。いわゆるダンジョン食材というやつですね！」

：ダンジョン食材！

：またすげぇの用意したな

：ダンジョンで獲《と》れる食材って、こんなデタラメだったりするの？

：ダンジョン食材とか超高級品じゃん。山主、よくそんなもの用意できた

：それだけテコ入れに本気ってことか。いやでも、奮発しすぎな気も……

「あ、勘違いしてる人もいるみたいだし、訂正しておくけどね。これは買ったわけじゃないよ。自分で獲ってきた。俺、本業は猟師、てか探索者だから」

　ここですかさず情報投下。ライバーがリアル寄りの情報を出すのはあまりよろしいことではないが、ちゃんと許可は取ってある。

　金にものを言わせて食材を用意するよりも、自力で調達してきたと公言する方が絶対にインパクトは大きいからね。

「ちなみにライバーになる前は探索者一本で食ってました」

：マジで!?

：猟師って設定なのは知ってたけど、山主さんマジでそっちの職業の人だったの!?

：しかも専業レベルって……。バイト感覚でやるのとわけが違うぞ

：配信機材とか揃えられる程度には貯蓄があるってことだし、もしかしなくても探索者で結構稼いでる？

：いや逆に、探索者で稼げないから兼業でライバーに手を出した線も……

：多分稼いでる側だと思うぞ。その証拠に、キッチンがどことなく高級っぽい

：あ、マジだ。見えてる限りだけど、かなりちゃんとしたキッチンじゃねこれ？

よしよしよし。雰囲気は悪くない。いい感じの手応えを感じるし、コメント欄の流れも徐々に速くなってきている。

やはり分かりやすいインパクトは大事だ。素人と大差ないトークスキルでどうにか回すよりも、ずっとずっと効果的にリスナーの意識を引き寄せることができる。

「これを料理して、ところどころ解説入れて、作った料理を美味そうに食べれば、結構面白い配信になるんじゃないかなって思うんだよね。どうよ？」

：絶対に面白いですね

：凄い楽しそうだと思う

：正直早く見てみたい

：高級食材や珍味の調理って、かなり需要あるもんな。いいと思う

：むしろなんで今までこれをやらなかったの？

「わりと好評なようでなにより。……あー、なんで今までコレに手を出さなかったっていうと、地味にリアル寄りの内容だからだね。お気持ちとか発生しても困るから、ギリギリまで控えていたんだよ。普通にやって伸びそうなら、奇策に走る必要もないじゃん？」

ま、結果は奇策に走るしかなくなったわけだけど。追い詰められた以上は、批判覚悟で突き進むしかないよねと。

「てことで、レッツクッキング。皆が楽しめるように、そして魅了できるように、ガッツリ飯テロさせてもらいます！」

　というわけで調理開始ィ！　だがその前に、リスナーにコレがどんな品物なのかを説明していきましょう。事前知識は大事。

「まず元となったモンスターの解説から。これはタイラント・クレイフィッシュのハサミです。いくつかのダンジョン中層、淡水エリアに出現するやつでね。端的に説明すれば、鉄並みの強度の殻をまとった羆《ひぐま》サイズのザリガニ」

：なにそれ怖い

：説明だけで分かるバケモン

：危ないことせんといてくれ

：それはもうザリガニじゃなくて自動車の亜種では？

：なんでそんな危ないのに挑んでるのさ。ダンジョン食材ならオーク肉とかでいいじゃん……。

　……ふむ。コメント欄は驚きが八割、心配二割というところかな。心配されたことは素直に驚いたけど、この辺りは前提条件の違いだろう。

　俺にとっては然《さ》して危険ではない相手であっても、大抵のリスナーからすればモンスターはどれも危険。推しが危ないことをしてるとなれば、そりゃ止めたくもなるというもの。

「心配の声が上がってるけど、その辺りは大丈夫だよ。こっちもプロだし、倒せるモンスターしか倒さないから。それにオーク肉より、こっちの方がインパクトは大きいじゃん？

あれ普通に流通してるし」

：インパクトがデカいのは認める

：いや、オーク肉もブランド豚みたいな扱いだし、十分に希少なんですがそれは

：まあ、そのザリガニの方が希少そうではあるけども

：いや、希少なんてレベルじゃねぇぞ多分。流通ゼロのレベルだ。さっとネットで検索してみたけど、全くヒットしねぇもん

：初見です。いまさっき知り合いから勧められて見にきた専業探索者なんですけど、ちょっとチャンネル主さんに確認いいですか？　そのザリガニって、あのウォーターカッター吐いてくるやつです？

：お？　有識者きちゃ？

「……んー？　なんか有識者っぽいコメントきたね。はいはーい、大正解でーす。他の人に分かりやすく説明すると、このザリガニはいわゆる強ＭＯＢの一種です。水辺とか移動してると、水の中から不意打ちで木を薙《な》ぎ倒す威力のウォーターカッター飛ばしてきます」

：待ってそれヤバくない？

：自動車どころか戦車じゃねぇかよ！

：回答ありがとうございます。……アレを狩れるのか。やべぇぞこの人。あとあの化け物、そんな名前だったのか

：へい有識者。一般人にも分かるように教えて？

：探索者のレベル的にはどんぐらいなん？

：自力であのザリガニを狩ったのなら、間違いなく実力は日本でもトップクラス。中層ってのは、専業で普通に暮らしていけるレベルの、自分で言うのもアレだけど探索者の中の上澄み。で、件《くだん》のザリガニは、そんな奴らで構成されたパーティを余裕で壊滅させる

：ひぇっ……

　生体戦車と表現しても間違ってないからね。ウォーターカッターだって、掠《かす》っただけでも余裕で致命傷になるし。外界に出てきたら大惨事確定よ。

「実際、あのザリガニって中層メインで活動する人たちからは、蛇蝎《だかつ》の如く嫌われてたりするからなぁ。弩級《どきゅう》クラスの地雷モンスターってやつ。食料系ダンジョンじゃなくても出現するタイプなんだけどさ、いるって判明すると、誰もその階層の水辺に近寄ろうとしないレベル」

　タイラント・クレイフィッシュは、いわゆる強ＭＯＢ、初見殺しに分類されるモンスターだ。

　該当レベルの探索者が本気で倦厭《けんえん》するような、同ランク帯の中でも頭一つ抜けたスペックをしている。

　ネットで食材として検索しても、ヒットしないのはその辺りが理由。ダンジョン中層で活動してる探索者じゃ狩れないから、そもそも食材になってないんだ。

もちろん、中層の探索者たちでも、しっかり対策を練って死ぬ気で挑めば、十分に討伐することはできる。

だがゲームと違って、現実はコンテニューなんかできない。怪我をしただけで人生が詰みかねないわけで。

「ほぼ全ての探索者は、何重にも安全マージンを取って活動していて、危険なんか絶対に冒そうとしないから。死神扱いされるモンスターなんか無視一択なんだ。つまり、欲しかったら自分で獲りにいくか、一流の探索者に大金積んで依頼するしかない、流通ゼロの超希少食材というわけです」

だからこそ、その調理はエンタメになる。悪評なんて吹き飛ばすレベルで、大勢の興味を惹《ひ》く内容になる。

「ま、探索者でダンジョン食材を専門にしてる料理チャンネルとかもあるし、何番煎じなんて言われたらそれまでなんだけど」

なお、似たようなことをやってるストリーマーも、このレベルの食材は扱ってない模様。だからやったわけなのだが。

そういう人たちは、大抵がオーク肉とか、ギリ流通に乗っているような食材ばっかりだったりする。

流通に乗らないレベルとなると、自力で調達するには相応の実力が必要だし、依頼して入手するには費用が掛かりすぎるから。

つまるところブルーオーシャン。真似できる配信者が滅多にいないからこそ、需要そのものを俺が独占できる。

「じゃ、まずは身入りの方を確認してみようか。といっても、これはダンジョン食材の中でもドロップ品に分類されるやつだから、ギッチリ中身は詰まってるんだけどね――ほら」

喋りながら包丁を真横に一閃《いっせん》。刃は抵抗なくスルリと殻に入り込み、刃渡りすら無視して巨大なハサミを一刀両断してみせる。

そして切り開かれた殻の中から覗《のぞ》くのは、真珠のような光沢を放つプリプリの身。

「うん。身入りもいいし、ちゃんと処置したから新鮮なまま。これなら刺身でも問題ないね」

：はい？

：待って？

：待て待て待て！　今なにした!?

：サラッと意味分かんないことしてねぇか!?

：なんだやらせか

：あのザリガニを包丁で真っ二つかよ……。マジでこの人バケモノじゃねぇか。なんでVTuberなんかやってんだ

：なんで包丁以上のサイズのものを一刀両断してるんですかねぇ……

んー、コメント欄がザワついてるなぁ。仕込みを疑っている者もちょくちょくと。いやまあ、馴染《なじ》みのない光景と現象なのは分かるんだけどさ。

ただこの辺はなー。説明するのが凄く難しいというか、説明したところでわりと理解不可能な領域だからなぁ……。

「あー、今のやつに関してはノーコメントで。上手く説明するのは無理だし、仮に説明できても絶対に理解できないだろうから、シンプルにそういうものと受け止めといて。探索者だったらできる人はできるよ、多分」

：人間辞めてない？

：まあ、うん……。確かにダンジョンが出現してから、物理法則とかちょくちょく怪しくなってるけどさ……

：専業探索者として言わせてもらうが、できてたまるか。んなことできる奴、滅多にいねぇよ

：探索者って凄いんだなぁ（白目

：おい同じ探索者が否定してるぞ

：でも皆無と言わないあたり、人間の可能性を感じる

個人差だよ個人差。実力差とも言うけど。……真面目な話、探索者ってかなりピンキリだったりするしねぇ。

キリ側は普通に一般人だし、ピン側は人間辞めてるというか、人型の決戦兵器か大量破

壊兵器と思っておいた方が無難だ。

なお自画自賛になるが、俺自身は限りなくピン側だ。だって同等クラスの探索者って、俺の知る限り二人しか知らんもん。

「ま、冗談はともかく。そろそろ話を戻して、メニューの方を決めちゃおう。とりあえず、全部は流石《さすが》に多いから、使うのこっちの半身だけにして、残りは保存して後日かな」

俺の場合は裏技的なアレがあるので、鮮度などに関しては無視できる。適当に保存して、また気が向いた時に消費していく予定だ。

で、残りの半身である。んー、どう調理していくべきかなぁ？　鮮度を考えると、やっぱり刺身は外せないかな。あと焼きもいいし、汁物があった方がバランスもいいか。

「――決めた。刺身と焼き、あと味噌汁にしよう。刺身は切り出して大きい甘海老みたいにして、焼きの方は殻付きのままテーブルコンロで炙《あぶ》れば見栄えはいいかな？　味噌汁は余りを適当にぶち込めば、出汁《だし》たっぷりでいい感じになる気がする」

ヨシ。それじゃあ、ちゃちゃっと調理していこう。まずは味噌汁用に水を鍋に入れて火にかける。で、沸騰するのを待つ間に、刺身のためのさく取りかなー。

「はいスーと。で、ここからヒョイとやって」

：すげえ……

：山主さん、めっちゃ手際いいやん

：鉛筆みたいに包丁動かしてんな

：調理工程がグルメ漫画のそれなんよ

コメント欄を見る限り、包丁捌《さば》きは好評のようでなにより。摩擦やら抵抗やらが明らかにゼロな動かし方をしてるので、ワンチャン不気味な印象を与えるかなと思ってたのだけど。

「……うし。刺身の方はコレで終わり。さく取りのあとに軽く切り分けるだけだから楽だねぇ」

端材の方は鍋に。次は焼き。……まあ、工程的には刺身と大して変わらないのだけど。違うのは殻をくっ付けてることぐらいか？

で、焼き用に切り出したやつの端材も、同じ感じで鍋にポイ。殻付きだけど、コレはコレでいい出汁が出るでしょう。

「あとは市販のカット野菜、カレーやけんちん汁用のアレを一緒にぶち込んで……」

それからしばらくことこと煮込んで、火を止めてから味噌を溶き、最後にこれまた市販の細ネギをパラリ。

あとは諸々を盛り付けて、配信画面を切り替えて。テーブルに並べて、バーンと映せば。

「——はい、てなわけで完成！　タイラント・クレイフィッシュのハサミ肉の刺身、焼き、汁物のザリガニ尽くし！」

：やべぇぇえ！

：美味そう！

：見た目は超豪華
：見たら分かる美味いやつ！
：ズルい。これはズルい
：高級御膳やん

ハッハッハ！　そうだろうそうだろう。もう一目見るだけでテンションが上がってくるやつだろう。

「……あ、ちなみに補足しておくと、見た目と名前はザリガニだけど、コイツ実際はモンスターなので。完全に別物ですので、生食とかのご心配は必要ありません」

くどいかもしれないけど、しっかり杞憂《きゆう》民の芽も潰しておきましょうねー。せっかくのテコ入れ配信で、ケチが付いてもアレだから。

ちなみに本物のザリガニは、少なくとも生食はアウトだったりする。かなりヤバい寄生虫とかいるからね。……というか、どんなものにせよ素人判断での生食はマジでアカンよ。最終的には自己責任とはいえ健康第一。

俺がこうして生食に手を出してるのだって、公的な資格とかはないにしろ、ちゃんとした知識、技術、道具を備えているからだ。

あとはダンジョン食材、特にドロップアイテムの特殊性か。ドロップアイテムは死体の消滅とともに、謎の光から再構成されるため、少なくとも出現時は無菌なのだ。

そのため、そこからしっかりと保存して鮮度を保てば、わりといろんなものが生食でイケたりする。……限度はあるけど。

「と、そんな諸注意はさておき。とりあえず皆さん、これをどう思います？」

一品目、刺身。通常の切り身と違い、甘海老を模す形で切り出された、細長いブロック状のそれ。色合いといい形といい、否《いや》が応にもエビの美味さを連想させることだろう。贅《ぜい》沢《たく》に頬張り、噛み切る醍醐味《だいごみ》というものを教えてくれる。味変用に用意しておいたカボスとかが楽しみでならない。

二品目、焼き。テーブルコンロで焼けるように、殻付きのまま切り出されたそれは、刺身と違ってとても分厚い。まさにエビのステーキであり、加熱することでどれだけジューシーになるのだろうか。

三品目、味噌汁。具は市販のカット野菜ということでオーソドックスな野菜類と、ふんだんに投入された殻付きのハサミ肉。芳醇《ほうじゅん》なザリガニ、いや甲殻類の香りが漂い、大量の出汁が溶け込んでいることが確定の一品。

「ちなみに味は絶品確定。だって食料系のダンジョンの中層で調達してきたからね。奥で獲れるものほど価値が高いというダンジョンの法則が、これらの味を保証するわけよ」

上層で獲れるオーク肉ですら、ブランド豚と同等の扱いで絶賛されていたりするのだ。つまり中層の強ＭＯＢのドロップアイテムとなれば、そりゃもう相当に美味いということになる。

「いやー、自画自賛みたいになるけど、これ本当に壮観だよねぇ」

料理を視界に入れつつ、コメント欄の方にも意識を向けると、かなりの数のコメントが投下されているのが分かる。……いや、本当に多くない？　てか、同接六千人超えてるんだけど。

「……なんかいつの間にか人増えてない？　同接めっちゃ上がってるじゃん。テコ入れ配信とはいえ、こんな即効性は期待してなかったんだけど」

：おたくの同期と先輩たちが拡散してたで

：巫女《みこ》様とか残った半身に集《たか》る気満々やったぞ

雷火ハナビ：同期が凄いことやってれば、そりゃ拡散するよねぇ？

：身内が拡散→ファンが拡散→探索者クラスタが認知→有名探索者パーティがコメント→トレンド入り（今ココ

巫女乃美琴《みこのみこと》：飯テロされて悔しかったから巻き添え増やしたった。それはそれとして今度奢《おご》れ

：トレンド入りしとるよ

：ハナビ!?　ハナビおるやんけ！

：巫女様!?

：アンタらおったんかい！

「えぇ……」

調べてみたら、マジでSNSでトレンド入りしてるんだけど……。こんなに早い段階で

拡散されるのは予想外なんですがねぇ。

そして同期&先輩のあなたらは何故いるの……？　炎上回避のために、接触は最低限ってことになってたでしょうが。

そりゃ宣伝に協力してくれるのは助かるけど、下手したらお気持ち民が大量に発生するじゃん。俺は特に気にしないとはいえ、同期や先輩たちの手を煩わせるのは本意ではないんですが。

「んー、これなんて返すのが正解なんですかね？　絡まなさすぎてコメントに困る……」

：素で困ってそうで草
：アンタッチャブル扱いされてたのは事実だからね……
：信じられるか？　これ同期箱内の話なんだぜ……
雷火ハナビ：ぶっちゃけ同期で絡みにくいの煩わしいよ！　これを機に沢山絡んでこうze☆
：素直に感謝しとき。そろそろ、そういう空気を振り払うべきやで
巫女乃美琴：後輩はただ先輩に奢ればいい。他のことは気にするな
：あったけぇなぁ

「あったかいかなぁ？　なんか悪ノリで燃料投下されてるようにしか思えないんだけど……」

いやまあ、ここぞというタイミングで絡んできてくれた感はちゃんとするんだけど。に

してもこう、もうちょっと段取りってあるじゃん？　わりと二人とも火の玉ストレートすぎではないかと。

　巫女乃先輩に関しては終始ブレないし。いや別に奢ること自体は全然いいんだけどさ。ただ法律の関係で、ダンジョン産のアイテムの贈答はクソ面倒でなぁ……。

「まあ、巫女乃先輩に関してはアレです。打ち合わせなどで縁があればと。——それじゃあ実食といきましょうか」

：誤魔化したw

：巫女様スルーされてて草

巫女乃美琴：おいコラ誤魔化すな後輩

：しゃーない。会計換算がガチで『時価』になるレベルの高級品だもんね

雷火ハナビ：そもそも先輩より先に大事にするべき同期がいると思うなぁ？

：はい同期がアップをはじめました

「じゃあ実食でーす」

　この辺は触らぬ神に祟《たた》りなしということで。お約束の流れであろうとも、下手にネタにして火傷する必要もあるまいよ。

「そんじゃ、まずは刺身から……その前に焼き用のやつを火にかけておきますか。コイツの殻って耐熱性能高いから、じっくり火に掛けないと熱が通らない可能性がある」

　頑丈なクセして熱伝導率がよろしくないから、並の炎熱系の攻撃が半減以下になるんだ

よなぁ。なのでパーティで戦ってようが、後衛の能力によっては普通に詰むという。

「んー、やっぱりちと時間が掛かるな。火力強めの直火で……五分ぐらいか？」

：なぁにそれぇ……？

：生物の殻がもっていい性能ではないな

：そんなんどうやって倒すの？

：あの包丁捌きをみるに、多分普通に刃物で真っ二つにしてると思う

雷火ハナビ：ちょくちょくトンデモエピソードが出てきてワクワクが止まらない

：トップ層の探索者は人間と思わない方がいいぞ。前にチラッとみたことあるけど、アイツら何食わぬ顔で斬撃飛ばしたりするからな

：ちょっと何言ってるか分からないですねぇ……

「よしセット完了。で、は、火に掛けてる間にお刺身いっきまーす。まずはなにも付けずに、いざ」

　刺身を箸で持ち上げ、一旦カメラの前に。そうしてガッツリ見せつけたあと、パクリと一口。

「～～～っ」

：凄い喜んでらぁ

：言葉がなくても伝わる美味いやつ

：Live2Dがめっちゃバタバタしてて草

：満面の笑み浮かべてるのが凄い分かる

巫女乃美琴：おいコラ本当に寄越《よこ》せ後輩!!

：あー、うん。確かにこれだけ伝わるのなら、実写よりも二次元の甘いマスクの方が効果的だわな

：どんな味なんだせめて教えろください

「っ、ふぅぅ。……ん、食レポね。えっとアレよ。表面は甘海老みたいにねっとりしてて、でも芯の部分はしっかりぷりっぷりで。こうプチッて嚙み切ると、エビとカニのいいとこ取りみたいな、足して二で割らないで煮詰めたような濃厚な味が口いっぱいに広がるのよ。……生の次はカボスでいかしてもらいます」

：もう情報の暴力

：……いいなぁ

：なんだその『僕が考えた最強の甲殻類』みたいな食いもん

雷火ハナビ：ハイハイハーイ！　私も食べたい!!

：これまでの絡みのなさが嘘のように騒ぎ出したぞ

：しゃーない

：絶対に美味いもんアレ

「……カボス、これヤバいよぉ。もうコレだけで優勝していいわ」

：これはもう完全なテロ

：また通な食べ方しやがって！

：素材の味を活《い》かす方針ですかぁ!?

：なんか山主とコラボするためだけにVTuberになってもいい気がしてきた

味変したらまた違うなぁ。濃厚な旨味に、柑橘《かんきつ》系の酸味が加わってお口の中が幸せです。

マジで無限に食えるやつだ。アカンよ本当に。

「んー……駄目だ。このままだと刺身だけで満足してしまう。次に行こう。感動に浸ってる間に、焼きの方もいい感じっぽいし」

：山主、これもうコメント見てなくね？

：我を忘れるほどに美味いってことなんだろうなぁ

：多分ガチな気がする

：でも俺が山主の立場なら、絶対に食うことに集中する

：最高級食材を見せつけて食う気分はどうだコラァ!?

「そりゃもういろんな意味で最高の気分よ」

えーと、焼きの方を……いや待て。ここでひと手間だ。ちょちょいと箸で殻から身を剝《は》がして、その隙間に醤油を垂らして……。

「あぁ、幸せの音色と香り～」

：コメントしっかり見てるやんけ！

：ならちったぁ手を止めろや！

：焼き醤油はアカン！　それはもうアカン!!

：マジで美味そう

巫女乃美琴：後輩！　今度事務所でオフコラボな！　後でDM送るから、予定合う日教えろ!!

：巫女様荒ぶっとるｗｗｗ

雷火ハナビ：ちょっと巫女乃先輩！　同期の私が先ですよ!?　まだ同期組でコラボすらしてないんですからね!?

：ハナビも参戦したぁ！

：うーん。これは炎上不可避

「見てこれ！　こんなん魚介のステーキだよ！　醤油の香りがヤバい！　やっぱりひと手間大事だね！」

はい豪快にひと口！　……駄目ですねぇコレ!!　火が通ったことでさらに甘みが増してるよ！　食感もまた凄いの！　歯ごたえ抜群で、身の繊維が一本一本感じられるレベルよ！　そんで鼻を抜ける醤油の香りがさぁ……!!

「最っ、幸ぉぉ……!!」

：なお、当の本人は完全に食事に夢中の模様

：微笑ましい絵面だけど、やってること完全にエグいんだよなぁ……

：最高級食材の豪華ディナーとか羨ましい。マジで飯屋なら一皿でウン万消し飛ぶ内容な

んだよなぁ

雷火ハナビ：コラボ！　コラボ！　コラボ！

：ブルジョワの食事すぎて一周まわって嫉妬できねぇ

：そもそも命懸けで調達してるから……

：マジでハナビがコラボの懇願してて草なんよ。でも不思議と邪推する気が起きないという

：完全に食い気がすべてだからだろ。あと穿《うが》った見方をするには、飯テロの力が威力が強すぎる

：ここまでくると、オフで会うのも仕方ないと思えるからな。普通の感覚していれば、まあ満場一致で食べたいよねってなるからだけど

「そんで次、味噌汁ね。テンション上がりすぎてガッツかないよう、汁物でホッと一息つくのがね……」

ズズッと一口。はい無理。コレで落ち着けとか無理。むしろ食欲が増すわ。

だってさ、味噌という優しくも主張の強い調味料があってもなお、微塵《みじん》も霞《かすむ》むことのないザリガニの出汁が美味いのよ!!　完全に味噌の風味を名脇役に変えているのよ！　それでも絶対に主役として目立ってるの。渾然《こんぜん》一体で高め合っているの！

「……っ、あぁ。至福よなぁ。汁の中でホロホロに崩れた身が最高なんだ。柔くなった野菜とかと一緒に口に運ぶと、また違った味わいになってなぁ」

：すげぇ。声だけで恍惚《こうこつ》の表情になってるのが伝わってくる

：立ち絵も満面の笑みだが？

：幸福メーター振り切れてるよな。そして脳みそって蕩《とろ》けきってる

：家とかで美味いもん食ってると、黙々と食べ続けるか、独り言が多くなるかの二択だっ
たりするからなー

：分かる

「次はまた刺身で――」

デンジラスについて語るスレ

201　名無しの視聴者　ID:XXX

速報　苦難の山主さん、ついにバズる。
つリンク

202　名無しの視聴者

詳しく

203　名無しの視聴者　ID:XXX

>>201
大丈夫？　それ燃えてたりしない？

204　名無しの視聴者

リンク踏め。バズ自体は健全だぞ。

以下ザックリまとめ

テコ入れということで新企画、実写料理配信（手元メイン）を開始。

食材が流通ゼロのダンジョン食材。リアル探索者であり自力調達とカミングアウト
本人証言、及び有識者の分析から実力トップの探索者と思われる（ほぼ確定）。

この辺りでデンジラスメンバーが拡散開始。それが広がりトレンド入り。

なお、探索者クラスタ曰く、配信で扱った食材は時価換算で百万超えてもおかしくないとか。

205　名無しの視聴者

情報の大渋滞すぎるだろ……。

206　名無しの視聴者

なんでトップ探索者がVTuberやろうとしてんですかねぇ……。

207　名無しの視聴者

なんか胡散《うさん》臭いな。百万オーバーの食材とか、トップ探索者とか。あのハーレム野郎。

がそんなわけねぇだろ

208　名無しの視聴者

>>207
アンチ乙。言っておくがガチだぞ。俺も配信見てたけど、モンスター食材は明らかにやべぇやつだし、漫画みたいな包丁捌きしてたし。

209　名無しの視聴者

>>207
誹謗中傷はNG。あの事件から学んでねぇのか？

あとTweeterでトレンドに載ってたぞ。【フロンティア】のメンバーが、引用リツイートで本気で勧誘したがってた。

210　名無しの視聴者

言われて見てきたけどガチやん

211　名無しの視聴者

フロンティアって、日本屈指の探索者パーティとか言われてなかった？

212　名無しの視聴者

山主推しのワイ、やっと推しが日の目を見ることになりそうで大歓喜。なお方向性が異色すぎて微妙に引いてる模様。

213　名無しの視聴者　ID　〇〇〇

>>211
違うぞ。メディア露出が多いから勘違いされがちだけど、探索者としては上の中ぐらい。最上位ではない。これは専業やってる探索者の共通見解な。

もちろん、それでも全体の中では上澄みだし、優秀なパーティなのは事実だ。だが、まだあのレベルは人間の範疇《はんちゅう》だ。最上位はちょっと人間辞めてる。

214　名無しの視聴者

人間辞めてるってどういうことだってばよ……。

215　名無しの視聴者　ID　〇〇〇

素手で岩を砕くし、斬撃飛ばすし、瞬間移動するし、壁を垂直に走ったりするような奴ら人間カテゴリーに入れられるかよ。

216　名無しの視聴者

探索者ってそんな超人しかいないの？

217　名無しの視聴者　ID　〇〇〇

一部がおかしいだけだわ。んで、山主はそのおかしい側の人間。これ、探索者クラスタ連中の結論な。

218　名無しの視聴者

今更だけど、なんでVTuberなんかやろうと思ったんだ……？

219　名無しの視聴者　ID　〇〇〇

不明。ま、趣味とかそんなもんだろ。トップ探索者とかになると、その気になればメジャーリーガーより余裕で稼ぐし。

中東のダンジョン将軍なんて、一国の名誉将軍職に任命された挙句国政にくい込んでるし。常人には理解できんよ。

220　名無しの視聴者

なんでここでリアル一騎当千事件の話が出てくるんですかね（震え声

221　名無しの視聴者

ダンジョンで鍛えたという民間人がレジスタンスに参加して、たった一人で国軍の基地を落としまくった伝説のアレか。

……つまり山主はそのレベルと？

222　名無しの視聴者
物理的な恐怖で誹謗中傷する気が失せるVTuberって初めてじゃない？

223　名無しの視聴者
いやまあ、中の人がゴリマッチョなVもいるかもだし。見た目で判断しちゃ駄目よ。
てか大前提として、誹謗中傷がアウト

224　名無しの視聴者
言うて本人、メタクソに財力あるだろうから、普通に法でも殴ってこられると思うぞ☆

225　名無しの視聴者
これはアンチも大人しくなってニッコリ

226　名無しの視聴者
残念。むしろアンチスレは活性化してる模様

227　名無しの視聴者
なんでや……

228　名無しの視聴者
見てきたけどアレだな。やらせだとか、そういうデマが大半だわ。そんな凄腕が
VTuberなんかやるわけないって

229　名無しの視聴者
趣味は人それぞれなんだよなぁ……。てか、かなりの確率で嫉妬が根っこにあるだろ
アレ

230　名無しの視聴者
散々数字が低いとか叩いてた相手が、実は逆立ちしても勝てないレベルの成功者だっ
たわけだからな。

そりゃもうなけなしのプライドを守るために真っ赤っかよ

231　名無しの視聴者

なお、現在そこにユニコーンまで合流して地獄絵図な模様

232　名無しの視聴者

えぇ……

233　名無しの視聴者

231>>

あー、推しの近くに超ハイスペック男子が現れたってことだもんな。そりゃ奴らからしたら面白くないか

234　名無しの視聴者

強力なライバル出現！　ちな本人たちはスタートラインにすら立ててない

235　名無しの視聴者

これは事実陳列罪

236　名無しの視聴者

でもなぁ……。それで炎上したら、当人からすれば笑えないだろ

237　名無しの視聴者

この炎上がまた変な方向に燃え広がらなければいいけど……

238　名無しの視聴者　ID　×××

多分大丈夫。現在進行形で、お気持ちコメントが押し流されるレベルでバズってるし山主のチャンネル登録者数、さっき五万超えたぞ

239　名無しの視聴者

ふぁっ!?

240　名無しの視聴者
ガチじゃねぇか!?　なんでや!?

241　名無しの視聴者　ID　×××
いや、そりゃねぇ？
・フロンティアのメンバーがやった引用リツイートから、VTuber見てない層にまで拡散される。
・動画内容がコンテンツとして強い飯テロ
・食材が弩級のインパクトを誇るダンジョン産の食材
・探索者としての実力もトップクラス

こんな話題性抜群なキャラクター、そうそういないだろ。一度でも拡散されれば、そりゃバズるわな。

なんなら海外の方まで広まってるぞ。

242　名無しの視聴者
海外とかマ？　……あー、でもそっかぁ。ダンジョンの食材を料理してるだけなら、言葉が分からなくても問題ねぇもんな。

243　名無しの視聴者
でかい甲殻類のハサミとか、あっちの人とか絶対大好きだもんなぁ。

特にアメさんとか、ハングリー精神やフロンティアスピリッツとかで、探索者大好きだし。

244　名無しの視聴者
てかこれ、下手しなくても一気に跳ね上がるぞ。まだ動画一つでこれなら、あと何回かダンジョン食材での料理配信すれば、もっと登録者数が増えるのでは？　特に海外までいったのデカいんでね？

245　名無しの視聴者

母数で言えば、圧倒的に日本より海外の方が多いからな。向こうのファンを獲得できれば、かなりの登録者が見込めるかも。

256　名無しの視聴者

苦節一ヵ月。ついに山主の立場が変わるか。……いや、本当に良かった。

本人は何もしてないのに、ずっと針の筵だったわけだし。コレでようやく今までの苦労が報われるのかもな。

257　名無しの視聴者

運営としてもガッツポーズ案件だろうしなぁ。あの事件があってなお、男性ライバーをデビューさせたってことは、それだけ性別の垣根を取っ払いたかったってことだしここで山主が問題なく躍進できれば、汚名もいくらかは雪ぐことができるだろうし。

CHAPTER 02

OSHI NI SASAGERU DUNGEON GOURMET
Volume_01

00:59 / 05:43

第二章　バズってからの記念配信

A strong explorer debuts as a streamer and
aims for a gourmet collaboration with his admirer.

CHAPTER 02

第二章　バズってからの記念配信

ザリガニ食べて、配信終えて。寝て起きたらクソバズってた。……あとちょっと炎上もしてた。

「まーじーかー……」

増えた数字を眺めながら、零《こぼ》れ落ちる間抜け声。いやはや、まさかこんなことになるなんて、というやつだ。

そりゃまあ、ある程度の数字は出るだろうという自信はあった。無茶を押し通す価値があると思って実行した以上、むしろ効果がない方が困る。

——だが、こんな早い段階でバズるとは思っていなかった。こんな一気にチャンネル登録者数が伸びるとは思っていなかった。

「登録者数が約十五万。Tweeterのフォロワーも同じぐらい。まさか一回の配信でここまでいくなんてなぁ……」

情報を辿《たど》っていくと、デンジラスのメンバーによる拡散に加え、有名な切り抜き師の方々が昨日の配信を切り抜いたことが大きかったらしい。

VTuberの流行とともに発生した切り抜き文化は、宣伝という面ではかなりの力がある。今回もそれが炸裂《さくれつ》したようだ。

方々にツイートや切り抜きなどが拡散された挙句、同業（探索者）のインフルエンサーの目に留まり、そこから一気にV界隈《かいわい》を飛び越えたっぽい。

最終的には海外にまで届いたようで、それが特に大きかった。なんか凄いことになったし、今もチャンネル、Tweeterの諸々《もろもろ》の数字がジワジワ増えていってるし。

「んで、あとはこっちかぁ……」

――ただ微妙に手放しで喜べないのが、なんとも現実という感じだ。バズったはいいが、同時に一部の連中が騒ぎ出した。

「コイツら本当に学習しないなぁ」

厄介リスナー、所謂《いわゆる》アンチにユニコーン。VTuberとして活動する上で、避けては通れぬ害悪たち。思考回路の違いはあれど、その大半が『気に食わない』で行動するロクデナシども。

事務所を去ることになった先輩を筆頭に、数多くのマトモなVTuberがこのロクデナシたちに振り回されてきた。……まあ、VTuberだけでなく、人気商売をやっている人間なら基本的に抱えることになる負の遺産なわけだが。

で、そんな厄介リスナーだが、当然ながら俺も抱えていた。弱小ライバー如《ごと》きにわざわざ張り付いてご苦労様と呆《あき》れたくなるが、環境が環境なので湧いてくるのは仕方ないと諦めてもいた。

そもそも物理的な殺傷力があるわけでもない陰口など、気にする必要もないというのが俺のスタンス。ガチの呪いにでもなったら対処すればいいや、程度にしか考えてはいないのだけど。

「にしても、チキンレースが好きだねぇ……」

それはあくまで俺個人の話。いろんな意味で実害を被ったデンジラス側が、そんな不安の種を見逃すはずがないというのに。

悪質と判断したら、今のデンジラスは容赦なく法で殴りにいく。相手がピリついてると知っていて、よく挑発できるなと笑ってしまう。

「えーと……ん？　マネさんか」

当事者として、所属ライバーの責務として、愚か者たちの魚拓を取ってまとめている最中、マネさんから通話がかかってきた。

ナイスタイミングだ。話題はもちろん今回のバズのことだろうが、ついでにこの魚拓データも渡してしまおう。

「はい、山主《やまぬし》です」

『あ、葛西《かさい》です。ボタンさん、やりましたね！　凄い反響ですよ！』

スピーカーから聞こえてくる甲高い声に、思わず苦笑が浮かぶ。普段は優秀なキャリアウーマン然としているマネさんも、今回ばかりは流石《さすが》に興奮を隠せないらしい。

「テコ入れが成功して良かったです」

『成功なんてものじゃないですよ！　たった一夜で十五万人超えですよ!?　事務所トップ

の一花《いちか》さんに迫る勢いじゃないですか！』

「いやあの、そこで天目《てんもく》先輩を挙げられるのはちょっと……。数字とか関係なく畏れ多いので」

『おっと。これは大変失礼いたしました』

　天目先輩はね……。交流あるライバーからは、母や姉のように慕われている清楚《せいそ》の化身だし、デンジラスの一期生でもあり、事務所を有名にした開祖みたいな人だから。そもそも比較対象にするべきではない。

『でも本当に凄いことですよ。正直、ここまでの成果が出るとは思っていなかったです。一万人を超えれば十分と最初は考えていましたし』

「そこはやっぱり、同期や先輩たちが拡散してくれたからですよ。あとは運もあった。フロンティアのメンバーがコメントしなければ、ここまで伸びなかったかと」

『それはもちろんそうですが、むしろ日本一と名高いフロンティアの目に留まる時点で、ボタンさんも凄いかと』

「大したことはしてないんですけどね」

　これは本音。配信者としてはオンリーワン寄りのことをしたと思っているけど、探索者としてはそこそこ止まりのことしかしてないし。

　むしろ個人的には、ザリガニぐらいでフロンティアが食いつくことに驚いた。ひと握りと言えばそうだけど、アレぐらいならできる探索者もわりといるだろうに。

「ある程度は稼いでいるとはいえ、俺自身は知名度ゼロのしがない探索者ですから。そっち方面で持ち上げられるのは、なんというか落ち着かないです」

『……そのわりには、ネット上で散見される分析がかなりアレなのですが。探索者であることは採用時点で知ってはいましたが、それほどまでとは思っていませんでしたよ?』

「どうでしょうねぇ?　当たらずとも遠からずな分析もままありますが、所詮はネットですよ。すべてはただの憶測というやつです」

『……微妙にはぐらかされてるような気もしますが、まあいいです。運営側としては、金銭的な理由で活動がままならない、なんて不安がなければ万々歳ですし』

ふむ。結構あっさり引いた。ま、デンジラスはその『ネットの情報』に煮え湯を飲まされたのだから、さもありなんというやつか。

プライベートな内容でもあるし、問題がなければそれで良しというスタンスでいくのだろう。

『――さて、話を戻しますが。ボタンさん、これからの方針はどうなさるおつもりですか?』

「んー、鉄は熱いうちに打てと言いますし、今日も似た感じでいこうと思います」

せっかく波が来ているのだから、このまま一気に流れに乗ってしまいたい。特に海外にまで話題が届いている今この状況は、さらにチャンネル登録者数をはね上げるチャンスだ。

外国のファンを獲得するのは難しい。言語の壁はそれだけ分厚いから。だが言語を介さぬ料理、それもパフォーマンス寄りのものならば、勝算は十分にある。

世界中で一定以上の関心を集められる、ダンジョン由来の食材を使うことも、後押しとしては申し分ないはずだ。

『運営側も同意見です。ここは畳み掛けるべきでしょう』

「ええ。ついでに言えば、昨日のザリガニより貴重なのを出そうかなと。十五万人突破の記念枠って名目もありますし」

海外受けを考えると、やっぱり肉類が無難かなぁ。昨日は生食寄りの内容だったし、ガツンと肉々しい感じがいいと思う。肉のインパクトは世界共通だ。

『記念配信ですか……。できれば、その枠はコラボありで消費したいんですよね。キリ番ですし、凸待ちとかでパーとやった方が盛り上がります』

「……あー。いやでも、そうとなるとかなり時間が掛かるのでは？　同期の雷火《らいか》さんともコラボしてないですし、順番を考えると……」

確かにマネさんの言い分も理解できるんだけど、それだと時期を逃しそうなんだよなぁ。今までは状況が状況だった故に、コラボは控えてきた。解禁するとなると、ある程度の順序というものがある。

まず同期。俺の場合、雷火さんだ。彼女を飛ばすことはできない。下手すると不仲説が出る。いや絶対に出る。

次は先輩たち。これはまあ、何期生からとかはない。ただ少なくとも何人かとはやるべきだ。

　同期ほどの分かりやすい繋がりはないが、やはり同箱内ということで、やらなきゃ妙な勘繰りをされかねない。……やりすぎても燃えそうなのが、また面倒なところではあるが。で、この二つの段階を踏んで、ようやく外部とのコラボだろう。絶対というわけではないが、リスクヘッジというか、信義的には守った方がいいはず。

　となると、かなりの駆け足進行になりかねないわけで。十五万人の記念枠を念頭に置いてのコラボ解禁は、あんまりよろしくない気がする。

「んー、やっぱりタイミング的に、記念枠の温存はやめた方がいいかと。今回はもう割り切って、雷火さんや先輩たちには不仲説が出ない程度に、コメントだけで触れてもらいましょう」

『いや、しかし……』

「ここで勇み足は悪手ですよ。ここでコラボを次々解禁していくと、面倒な奴らが騒ぎ出しかねません。話題に便乗して他のライバーが手のひらを返した、なんて言われたら厄介でしょう？　あ、あとついでにコレを。ざっと集めた問題発言の魚拓集です」

『……ご協力ありがとうございます。担当の者に回しておきます』

　ちょうどいいからと、さっきまとめたアンチたちのコメントをマネさんにパス。ついでに判断材料にもなるしね。

『……これを出されると、私としても何も言えませんね。放火魔たちが虎視《こし》眈々《たんたん》と狙っているかもしれないとなれば、慎重に進めた方がいいのは確かです』

「とりあえず、同期コラボもまだということを明記して義理堅い印象を与えつつ、今回は一人配信ってことでどうでしょう？　ついで記念枠にしておけば、一つの節目ってことになりますし、そこからコラボ解禁もまあ自然かと」

『そうですね。では、事務所の方には私からそう伝えておきますので、ボタンさんは告知と準備の方をお願いいたします』

「はい、了解です」

　そんなこんなで通話が終了。そんじゃ、サクッと配信準備に取り掛かりますかぁ。

□□□

「――はい、リスナーの皆さんこんばんは。このたび料理系？·VTuberに新生しました、デンジラス所属のスーパー猟師、山主ボタンです」

：きちゃぁ！

：ばんわー

：待ってたぞ山主ぃ！

：十五万人おめでとう！

　ってことで、十五万人記念配信だ。まあ、告知ツイートをして暫くしたら十六万人になったんだけどな！　マジで勢いが止まらないので、正直ちょっとビビってる。

　コメント欄の流れも速い。過疎ってたこれまでが嘘のように、同接者数も増えている。特に外国語のコメントが目立つ。

　やはり注目度的には、国内よりも海外の方が大きい気がする。じゃなきゃここまで海外コメが投下されることもあるまい。料理はともかく、トークに関してはほぼ通じてないはずなのだから。

「もーねー、寝て起きたら大変なことになってて草ですよ。テコ入れとは言ったものの、まさかこんなことになるなんてねぇ」

：大変というレベルじゃねぇんだよなぁ
：初見です
：たった一日で十五万超えたのは笑った
：海外ニキのコメントが目立つね
：とりあえずオメ

　いや本当にそれな。予想はしてても、まさかそれを超えてくるとは思わないって。これでも結構多めに見積もってたんだけどねぇ。

「はいお祝いコメントありがとう。初見さんたちもいらっしゃい。海外ニキたちもねー、コメントしてくれてありがとうね。是非とも見ていってください。また美味しいもの作るから」

　流れていくコメントにちょくちょく返答。もちろん読めるものなら外国語のコメにもだ。通じてるかどうかは微妙だけど、ちゃんと反応することが大事。

「それじゃ、サクッと本題に。急遽《きゅうきょ》設定したとはいえ、今日は記念配信なので。昨日よりも豪勢なものを作ろうかなと」

：いろんな意味で早くない？

：記念配信というのなら、せめてもうちょい喋ろうや

：話した方がいいんじゃない？

：トークを切り捨てていくスタイルで草

「そうは言ってもねぇ……。これまでの配信を知ってる人は分かるかもしれないけど、俺ってトークはそこまで得意じゃないんだよね。初見さんや海外ニキも多いし、つまらないトークよりもサクッとメインに移った方が楽しめるし？　感謝の言葉は締めにしたいしね」

　まだテコ入れは終わってない。むしろ今が仕上げの段階なのだから、グダる前に一気に興味を引っ張ってしまいたいわけよ。

「――てことで、これから料理に入ります。雑談はあくまでついで、『ながら』でいいの。今日のメインは料理です」

：割り切りが凄い

：まあ、校長とかの話が嫌いなのは分かる

：雑談も需要あると思うんだけどなー

：サクッと本題に移るのは高評価

「んじゃ、映像出しますねー」

昨日と同じ感じで、キッチンの映像をドン。今日のメイン食材、巨大な牛ブロック肉を配信画面に映す。

：相変わらずいいキッチンやの

：なんかまたデカいやつが置いてあるな

：一目で分かるぐらいにいい肉やんけ！

：まあ、記念配信とかならいい肉は鉄板よな

：また外国人ニキたちが好きそうなものを

「あ、コメント正解。せっかく大勢の外国人ニキが見に来てくれてるからね。彼らがテンション上げそうなものを用意しました。やっぱりお肉の魔力は世界共通だからねー」

：ちゃんと客層を意識してるのエラい

：海外の人って豪快な肉料理とか大好きだもんなー

：そして日本人も大抵が好きという

：やはり肉。肉は全てを解決する

：同時視聴してる巫女《みこ》様たちが荒れ狂ってるぞｗ

待って見過ごせないコメントあったんだけど。

「コメントそれマジ？　先輩たちこの配信を同時視聴してんの？」

：マジやで

：なんでオフコラボの全体配信にしねぇんだよって、巫女様がキレ散らかしてる

：山主が跳ねた途端にコラボ解禁だと、いろいろと角が立つからしゃーないんだけどね

：……

：どんだけタダ飯食いたいんだよｗｗｗ

：同期コラボすらしてないのに、段階を飛び越すわけにはいかないという姿勢は、個人的には義理堅くて高評価

：理由は分かる。ただTweeterで触れるだけだと寂しいからってことで、残りのデンジラスメンバー全員で同時視聴になったらしい

：あったけぇなぁ

：なお現在は嫉妬の叫びを上げている者が多数

なんか凄い楽しそうなことになってるのな。というか、一人のV好きとしてむっちゃその枠見てみたいんだけど。

「……まあ、うん。配信を観ててくれてるのなら、全力で楽しんでもらいましょう――てことで、まずは軽く食材の説明を。これは深層に出現する牛型モンスター、【鎧《よろい》魔《ま》牛《ぎゅう》】の

ドロップ食材です。部位的にいえばシャトーブリアンに当たります。はい、コレ全部そうです」

　シャトーブリアン。牛肉の中でも最上位とされる希少部位。ヒレ肉の中心、もっとも太く、もっとも柔らかい部分のみを指す名前。

「ちなみに、シャトーブリアンは牛一頭で六百グラムぐらいしか取れません」

：は？

：しゃ？

：深層ってマ？

：いや、え？

：マジで言ってる？

：待って脳の処理が追いつかない

「ちなみに鎧魔牛っていうのはね、全身が鎧みたいに頑丈なクソデカい牛です。このシャトーブリアンのサイズから分かるように、普通の牛の五、六倍ぐらいの大きさがあります」

　体高だけで十メートルに届くような弩級《どきゅう》の牛で、その肉体は鎧の名がつくだけあって鋼のような硬さを誇る。

「主な攻撃手段は突進や蹴り。やってることは普通の牛と変わらないんだけど、とにかくヤバい。超質量＋それを平然と支えてみせる筋肉＋鋼並みの肉体という、脅威のトリプル役満。皆にも分かりやすく教えるとね……」

一旦言葉を切って、肉へと向き直る。そして予《あらかじ》め用意しておいた百均の包丁を、シャトーブリアン目掛けて思い切り振り下ろし。

――バキッィイン……!!

：……へ？

：はぁ⁉

：あっぶ⁉

：ちょっ、大丈夫⁉

：山主さん怪我してない⁉

：なにそれ怖っ⁉

「……と、こんな感じで、シャトーブリアンですら包丁が折れる。それぐらいかってぇのコイツ。筋繊維の一本一本がワイヤーと大差ねぇんだわ」

証拠というわけではないが、カメラの前で折れた包丁の刃と柄《つか》を揺らしてみせる。するとコメント欄の流れが一気に爆速になる。

ありありと見せつけられた異常性は、そりゃあ興奮したくもなろう。元となった怪物のサイズを連想させる、超巨大な希少部位。肉が鉄を弾き、折るというトンデモ。

ダンジョンに潜らなければ、いや潜っていても深く到達できなければ、まず触れることのないであろう狂気の世界。

非常識であるが故に、慣れぬ者が触れた場合は、恐ろしいほどに熱狂する。

「あ、心配してくれてる人が何人かいるけど、ちゃんと分かってやってるから安心してね。折れた包丁は空中でキャッチしたから。怪我もしてないし、どこも傷付けてないから」

：やっば！

：うわっ、これまーじーか

：分かってはいたけど、マジで山主って凄いやつなんだな

：どっちにツッコめばいいか分からんのよ

：こんな滅茶苦茶《めちゃくちゃ》なモンスターいるのか……

：空中で折れた包丁キャッチとか、サラッと凄いことしてるぅ……

：向こうでめっちゃ歓声上がって草なんよ

：見てて冷や冷やするからやめてくれ

いや、うん。これは失敬。ただのパフォーマンスなのでご心配なくというか、この程度で怪我をするほど弱くもないし。

銃弾ぐらいなら、目をつぶっててもキャッチできる。深層をソロで活動するというのなら、それぐらいできなきゃお話にならないのだ。

「では、コレがどんな肉かは皆も理解できただろうから、早速調理に入ろうと思います。――今日のメニューは、鎧魔牛のシャトーブリアンハンバーグ。繋ぎ、玉ねぎも一切なしの、完全牛肉百パーセントハンバーグをキメていくよ」

つまるところ肉。肉のお祭り。肉フェスだ。コレでテンションの上がらない人間などいるだろうか。……いるはいるか。

ま、それはさておき。インパクト特大のメニューは決まった。となれば、次はどう調理するかにシフトする。

鋼並みの強度を誇る鎧魔牛の肉。部位の中でもっとも柔らかいとされるシャトーブリアンですら、普通の包丁程度では文字通りの意味で歯が立たない。

ではどうやってハンバーグにするのかというと——

「まずコイツを挽《ひ》き肉にします」

：いや、マトモに切れない肉で挽き肉とか無理では？

：そもそも食えるのかそれ

：鉄より硬い肉を噛み切れます？

：確かにハンバーグは、かったい肉を美味しく食べるための料理だけどさ……

：ブッチャーにかけても歯が折れるだろ

案の定と言うべきか、次々に投げられてくる『無理じゃね？』のコメント群。だが仕方あるまい。常識的に考えて、鋼鉄並みの強度がある代物など、専用の工具がなければ加工などできやしないのだから。

「うん。コメント欄の指摘もごもっとも。こんなのマトモに調理はできるわけないんだわ。なので昨日のザリガニと同じで、普通の人には真似《まね》できない方法で調理をしていくよー」

リスナーに対して注釈を入れつつ、包丁を構える。そしてスキルを発動。

ダンジョンを探索することで手に入る、スキルと呼ばれる不可思議な力。それらは超常の技能であり、卓越した使い手ならば人の領域を飛び越える。

理外の食材を調理するなら、こちらも同じく理外の技術を駆使しなければ話にならない。トンチキ食材を扱う場合、料理人もまたトンチキを要求されるのである。

てことで、お肉を大きめの銀バットに移しつつ、固有スキル【阿頼耶識《あらやしき》】を発動。知覚範囲を拡大する。

この世の理《ことわり》の中から、斬撃にまつわるものを片っ端から呼び起こし、要訣《ようけつ》を抽出し、目的に沿った形で重ね合わせ、一時的に統合。

そうして生み出されるは、対象を瞬く間に塵《ちり》へと刻む即殺の技。千を束ねた斬撃を、瞬きの間に千度叩き込み、閃《せん》を実現させる乱舞の極地。

「【千《せん》の閃《せん》】」

並の者では視認不可能。故に、なにかしたと伝えるために、それっぽい技名を宣言する。

銀の光が閃《ひらめ》き、そして締め。コツンと包丁の先で突けば、鋼のように硬かった肉が塵となってバットの中に崩れていった。

「はい、ミンチ完成です。では、コレをコネていきまーす」

：は？

：ふぁ!?

：待って？

：待て待て待て!?

：意味が分からない

：どういうことなの……？

：スキル、か？　いや、にしても知らんぞそんなスキル……

：やってることがアニメすぎる……

よしよしよし。爆速で流れるコメント欄に、大変満足。一部の海外ニキは興奮してるし、リアクションに比例するかのようにチャンネル登録者が増えていく。

やはり非日常系のパフォーマンスは凄い盛り上がるよなぁと思いつつ、バットに山盛りとなったミンチ肉をコネコネ。

なお、【千の閃】はスキルっぽいだけで、別にスキルというわけではないです。普通のスキルに頼るようでは未熟者の域を出ないからね。あ、固有スキルは例外よ。

「ちなみにこのミンチも、現段階ではわりと危険だったりします。細かい鉄片と変わらないので、ギュッと握ると手がズタズタになります。なので、しっかり手のひらを硬化させてからコネましょう」

：ちょっと何言ってるか分かんないですねぇ

：硬化とか普通の人間はできねぇんだわ

：やっぱりそれ人間の食いもんじゃねぇだろ

：そもそも材料すら手に入らないよね
：なんてことないように言ってるけど、全部山主にしかできんぞ

　肉体の硬化ぐらいなら、わりと実行可能な探索者はいるんだけどねぇ。この辺りの認識の違いは大きいか。

「ま、お察しの通り、現段階だと流石に食えはしないかな。でもこうやってミンチにして、さらに思いっきりコネることで、だんだんと柔らかくなってくるって寸法よ。――ほら、もうぐにゃぐにゃ」

　理屈自体は、普通の肉の下処理と大して変わらんのよね。ただ、クリアするハードルがべらぼうに高いだけで。

「こうやって繊維やらをしっかり破壊して、さらに加熱すれば、まあ美味くなると思うんだよねぇ」

：……なんか、微妙にあやふやじゃない？
：まさか山主、それ食べたことないんか？
：いやいやいや、記念配信で完全初見の食材もってこねぇだろ
：でも滅多に手に入るもんじゃないだろうし、初見の可能性も全然あるぞ

「あー、コメント正解。この肉を食べるのは今回が初だよ。だって普通に考えてよ。配信でもないと、こんな面倒な肉とか使おうと思わないって。もっと簡単に食べられるダンジョン食材だって山ほどあるし、そうでなくても普通にコンビニで飯買ったりするからね

俺」

調理にガチの戦闘技術がいるような食材とか、よほど特別な理由でもなきゃ食卓に上がることなどあるまいて。

：それはそう

：正論

：ぐうの音もでない

：草

：自分で面倒って言うかー

：まあ分からなくはないけど、よくそれで食べようと思えたね。普通、鉄みたいな肉とか食えなくない？

食材かどうか怪しいというツッコミは、確かにごもっともと頷《うなず》くしかないかなー。

「食おうと思った理由に関しては、結構シンプルでねー。美食なのが確定してるからだよ。ダンジョンは奥にいくほど、手に入るアイテムはゲームとかでいう高ランクになる。その法則に則《のっと》って、食料系のダンジョンの深層で取れたものは、癖の差はあれど絶対に美味いの。馬鹿みたいに美味いの」

中層で獲《と》れるザリガニ肉ですら、最高級甲殻類のいいとこ取りみたいな味をしているわけで。

ザリガニがいる場所よりも遥かに深く、ザリガニなんて羽虫のように蹴散らす怪物からドロップした食材が、どれだけ美味いかっていう話だ。

「うし、コネ終わった。それじゃあ、塩コショウで下味つけて、成形して焼いていきましょう。豪快に一キロぐらいにして、残りは冷凍かなぁ。……おっと、こっちのコンロで石焼きプレートを焼いておかねば」

器の用意をしつつ、ハンバーグを長めの俵形に成形。そんで、少量のオリーブオイルをひいたフライパンにポン。

暫くすると、バチバチジュージューと、それはもう食欲を唆《そそ》る音が響きはじめる。

「おお……。流石は硬くともシャトーブリアン。この段階でも結構な肉汁が出てくるね。こりゃソース作りが捗《はかど》るぞ……」

：うわ美味そう！

：安定の飯テロ

：同時視聴枠も大絶叫となっております

：コレが包丁をへし折った肉とか信じらんねぇ……

：見た目は美味そう。見た目は

いやいやいや、こりゃ凄いぞマジで。ソースだけでバチクソに美味いって絶対。てか、匂いの時点でもうヤバいんだけど。食欲をダイレクトに刺激されてる感じというか。えげつない勢いで腹が減っていくのですが。

「……よし。全体の表面に焼き色がついたから、一旦肉を皿にどけてと。……この感じだと、脂を拭うのはもったいないな。オイル、念のために少量にしといてよかった。そんじゃ、このまま赤ワインと、各種調味料を適量ぶち込んでいきます」

：あー、いけませんお客様！　これはいけません！

：昨日も思ったけど、めっちゃ手際がいいよな山主

：一人暮らしって前の配信で話してたし、ダンジョンで野外調理とかもやってるだろうしなぁ

：マジでプロの料理人みたい

：でもちょっと火から上げるの早くない？　サイズ的にはまだ中身とか生じゃね？

：ステーキならともかく、成形肉で生焼けはアカンぞ山主！　表面だけにあった雑菌が、全体に回っちまってるからな！

　生なのはもちろん承知ですとも。その辺りはご心配なく。……猛毒ならともかく、生食やったぐらいで腹を下すか怪しいところはあるけど。

「分かってるよー。ほら、横でプレート焼いてるでしょ。これに盛り付けて、真ん中の方はテーブルで焼くのよ。俵形ハンバーグって調べてみな？　めっちゃ美味そうだから」

：あああっ!?

：調べたけど、これは美味そうだわ

：うわぁ。こんなんあるのか。店いきたいわ

：近場に店あるっぽい今度いこう

：はえー。ワイも鉄板買って作ってみようかなぁ

直前で仕上げの火入れをするのが、この形態のハンバーグのズルいところでねぇ。溢《あふ》れ出る肉汁が、鉄板とかの上ですげえ音と匂いを立てるのよ。アレはガチの飯テロよ。

「あ、ちょい待ち。自分もやろうって言ってる人いたけど、あんまオススメしないからね！　ぶっちゃけ、家でやることじゃないから！　対策なしにやったら、掃除でエラいことになるよ！」

匂いは部屋につくし、メタクソに脂が跳ねるからヤバいことになる。

なので基本的にオススメしない。俺の場合は、デカいテーブルクロスを用意して、床にカーペットとか敷いておらず、匂いは魔法でなんとかなるから実行しているだけでじゃな、本来は店でやるものよコレ。

「普通のリスナーはお金払って店にいくか、この配信で涎《よだれ》を垂らして我慢しましょうね。ガッツリ対策できる人は、まあ頑張りましょう。諸々の手間とコスト、クオリティを考えたら、大人しく店で食べた方が無難な気もするけど」

：言い方《かた》ァ!!

：忠告は助かるけど、明らかに喧嘩売ってて草なんよ

：店で頼んだ方がいろいろ楽ってのは、まあ同意

：これは低評価

：どんなに準備したって、よほどの料理上手じゃなければ、最終的に出来上がるのは素人

クオリティだからなぁ……
：草。巫女様が絶対にオフコラボするって叫びまくっとるぞ
：正直、女性ライバーに囲まれてる山主よりも、山主と同じ事務所の巫女様たちの方が羨ましいレベル
：女性ライバーの方が嫉妬されそうなの草なんだよなぁ

「……なんかちょくちょくコメントで、向こうの様子が実況されてるけどさ。内容が面白すぎて、気になって覗きたくなってくるんだけど」

　時折流れてくるコメントだけで、もうすでに面白いの本当にやめよ？　こっちは余計な波風立てないように、一人で記念配信やってるんだからさ。楽しそうな実況で誘惑してくるのマジで勘弁。

「えーと、コメント欄で向こうの状況を実況するのは、ちょっとだけ控えてもろて。普通に気になりすぎるんで。このままいくと、お互いに枠を覗き合う謎の配信が誕生するのよ。記念枠にそんなトンチキなことしたくないんですわ」

：草
：鳩はね。マナー違反だもんね
：ごめんなさい
：了解
：でも正直、そんなトンチキ配信も観てみたくはある

それはそう。俺もそういう配信あったら観たいよ。でもそれアレやん。

「ならもうコラボしろって話になるでしょうが。そんなことするなら、普通に通話繋ぐってば。——まあ、一部の人たちは通話よりも先に、事務所辺りで直に顔を合わせることになるかもだけど」

巫女乃《みこの》先輩とか巫女乃先輩とか巫女乃先輩とか。あと低確率で雷火さん。

「とりあえず、絶叫しすぎて喉を痛められてもアレなので。心当たりがある人は、リクエストでも考えといてください」

巫女乃美琴《みこと》：フルコース！
雷火ハナビ：魚介類を希望します！
夜光《やこう》channel：なんか面白いもので
四谷《よつや》言葉《ことは》：美味しいお酒
吹雪《ふぶき》氷雨《ひさめ》：お肉
常夏《とこなつ》サン：一番高いやつ
天目一花：なんかゴメンね……。できれば甘い、果物とかで

反応が早いんだわ。そしてメンバー勢揃《せいぞろ》いはちょっと予想してなかったんだけど？　てか、できれば裏でリクエストしてほしかったんですがねぇ……。

「……まあ、リクエストについては了解です。対応する品を用意させていただきます」

：うーむ。凄い苦笑いしてるのが分かる

：これには先輩たちもニッコリ

雷火ハナビ：ありがとう！　メンバーを代表してお礼を言うね！

：やっぱり女性陣は強い

：でも山主さんも満更でもなさそうよね

：……いったいいくらの品が出てくるのだろう？

　んー、どうしようかなぁ。コラボだし、いろいろと気にかけてもらってる人たちだし、振る舞うなら相応の品にしたいよなぁ。

「——はい完成です。じゃ、テーブルに移動しましょうねー」

　ま、それはあとで考えるとして。ひとまず調理が完成したので、キッチンから場所を変えてダイニングへ。

　そうして配信画面に映し出されるのは、限界まで加熱された石焼きプレートの上に、ドンッと鎮座する俵形の巨大ハンバーグ。あと付け合わせのコーンとマッシュポテト。そしてライス。

　さらにさらに、部屋の中では暴力的な音と匂いが蔓延《まんえん》している状態。匂いは伝わらずとも、ジュージューという音だけでも十分に食欲を刺激する。

　これだけでも飯テロ。美食という名の暴力なのだが、これから肉の旨味《うまみ》をたっぷりと含んだ艶々のグレイビーソースを掛けるわけで。

　この後は一体どうなってしまうのだろうな？　考えるだけで涎が止まらない。

「それでは実食の方に入らせていただきます」

：ヤバい

：美味そう

：これは飯テロ

：禁止カード

：こんなことしていいと思ってるんですかぁ⁉

うむ。コメント欄も賑《にぎ》わっていて大変結構。特に海外ニキたちの熱狂ぶりが凄《すさ》まじい。

あっちの人たちって本当に肉料理とか好きよね。

でもここからが本番ですよ！　デカい肉の塊を真っ二つにして、熱々のプレートでガッツリ焼く！　これこそが今回の醍醐味《だいごみ》！

「さあ皆様ご覧じろ！　鉄すら弾く強度の肉が、どんなものになったか――をっ⁉」

言葉が止まる。配信者として褒められたことではないが、驚愕《きょうがく》でそれ以上マトモに喋ることができなかった。

ナイフはいっさいの抵抗を感じさせることなく、スッと肉の中を進んでいく。そして、そこから溢れ出る肉汁が――。

「ちょっ、やばっ、ふぁぁ⁉」

まるで噴水。堅牢《けんろう》な肉の中に閉じ込められていた水分。それらが微塵《みじん》に刻まれ、コネられ、加熱されたことで解き放たれた。

使ったのはシャトーブリアン。きめ細かいサシの入った極上の赤身肉。その瑞々《みずみず》しさは桁外れ。鋼鉄のような強度を誇ろうとも、触れた際にはしっとりと手に吸いつくかのようだった。

だからこそ、溢れ出る肉汁は膨大。肉に宿っていた旨味とともに、だくだくと洪水のように零れていく。

プレートによって熱せられ、蒸発していき、それでもなお消えきらず、ソースもかくやと残る肉汁の凄まじさ。肉汁が沸騰し飛び散ることすら気にならないほどの、食の暴力。

：……すご

：うまそう

：ヤバい

：うわぁ

コメント欄ですらこの有様。流れは加速しているが、その大半から語彙《ごい》力というものが感じられない。匂いは届かず、見た目と音だけのはずなのに、思考を蕩《とろ》かすにあまりある美食の光景。

配信者としての思考、余裕が一瞬にして消え失せたわ。これは駄目だ。本当に駄目だ。食欲を唆るという表現すら生易しい。こんなの飢えそのものだ。——見ているだけで、腹が減って仕方がない。

「……ソース、かけるわ。もう食べる」

決定。コメント欄すらもう目に入らない。それだけこのハンバーグは暴力的だった。

我慢などできるわけがない。生焼けかどうかもどうでもいい。並の人間ならいざ知らず、超人の領域にまで鍛えあげたこの身体ならば、毒を食ったところでまあ耐えるだろう。

だから動く。用意しておいたグレイビーソースを手に取り、一気に肉へと振りかける。

素材の味を楽しむとか、そんな小洒落《こじゃれ》たことをする余裕もない。今はただ、さっさと目の前の肉を最高にして、一気にかぶりついてしまいたい。

——ジュワァァァ!!

「っ、ハハ。ハッハッハッ……!!」

自然と変な笑いが零れた。なんだこれ、なんだこれ……!?　音、匂い、景色！　全部が全部洒落《しゃれ》になんねぇぞこんなの!!

「いった、だきます……!!」

ナイフで切る。フォークを突き刺す。そして口いっぱいに頬張る。……カメラの前にフォークを持っていくとか、そんなのやってる暇ないわ。映り込み防止で、犬食いみたいにがっつかないようにするだけで精一杯だ。

「～～～っ!!」

そんで感想も言えない。言葉にできない。肉の旨味がガツンと頭をぶん殴るせいで、思考が上手くまとまらない。

——いや、違うな。コメント自体は思いつくんだ。『最初の硬さはなんだったんだってぐらい軟らかい』とか、『蕩けるような舌触り』とか、『口から肉汁が溢れてしまいそう』だとか、『元が強靭《きょうじん》な肉質だからか、軟らかいと同時にステーキみたいな重さもある』とか。食レポしようと思えば、いくらでもできる。それぐらいのポテンシャルがある。

「あぐっ、んぐ。ふぅぅ……うま……」

でも無粋だ。この料理の前じゃ、下手なコメントとかいらない。んなことで口を動かすなら、どんどん肉を口の中に運んでしまう方がいい。

「っ、ぁぁぁ……！　やばっ……」

箸休めにマッシュポテトとコーン。これもまたヤバいなぁ。肉汁とソースを吸ってるから、まあコッチもガツンとくること。

「んぐっ、やっぱりライスいるわぁ……」

そして日本人といったら、やっぱり米よ。白米よ。馬鹿みたいに美味いハンバーグをおかずに、一気に掻き込むライスの素晴らしさよ！　もうコレはさぁ……!!

「――ふぅぅぅ……」

――気付いた時には、全てを食べ終えていた。一キロのハンバーグも、付け合わせのマッシュポテトにコーンも。ライスに至っては、三回ぐらいおかわりしてしまった。それぐらい一心不乱に食べていた。

「……優勝。以上」

：いや感想よ

：食レポすらせずに食ってただけじゃねぇか！
：でも分かる。アレは言葉なんて不要だわ
：美味そうという感想以外浮かばなかった
：なんという飯テロ
：俺らもただただ魅入ってたからなぁ……
：雑談とかせずに延々と食べてただけなのにな
：つまらなかったら、同接数は減っているはず。でも結果はむしろ増えているという。それほどの配信だったという証拠よ
：腹減ってきた

　一息ついたら、コメント欄も似た感じになっていた。というか、リスナーがまた増えてる。文字に起こせば、ただバクバク食べてるだけの配信でしかないというのに。

　それでも、低評価すら現状ではついていないのだから、コンテンツとしては楽しめる内容だったのだろう。……てか、海外ニキたちは絶賛してる。言葉が分からないからこそ、飯を無我夢中で食ってるだけの内容の方が楽しめたのかもしれない。

「えーと、リスナーの方々。配信をほっぽってしまって、誠に申し訳ないのだけど……。俺の料理配信に関しては、もうこういうものだと思って納得してくれると助かります。結構な確率でコメントできない」

：草

：開き直ったｗｗｗ

：謝罪と開き直りを一緒にやるなｗ

：まあ、うん。仕方ないよねという気も

：ええんやで

：山主の好きなようにやればええ

良かった。謝罪は受け入れられたか。アンチも抱えている現状で、こういうことを言うのは賭けな気もしたけど、流石に杞憂《きゆう》だったか。

とりあえず、ネガティブ系のコメントはなし。モデレーターの方々が頑張ってくれてる可能性もあるが、とりあえずは目につかない。だったらもう、リスナーも納得のあるあるとして定着させてしまおうか。

「はい、あったかいコメントどうも。それじゃあ、好きにやらしていただきますね。てことで、今日の記念配信はここまで。最後に感謝の言葉で締めさせていただきます」

：いや草

：これで終わりかい！

：そういや記念配信だった

：好きにやれとは言うたけども！

：記念配信なのに、トークほぼぶっちぎったVTuberがおるってマ？

：堂々としすぎて草ですわよ

：このメンタルは見習いたい
：いろいろと強すぎる

「いや仕方ないでしょ。なんかもういい感じに一段落ついちゃったんだから。変に一人語りしてもどうせグダるし、だったらサクッと終わらせるべきだって」

　その辺りの取捨選択は間違っちゃいけない。流れを見極めて、退屈と思わせないことが長く受け入れられるコツなのではと、素人モドキとしては思うわけですよ。

　ということで、締めの言葉に入ります。

「それでは皆様、俺の十五万人記念配信に来ていただきありがとうございました。多くの関係者のご協力により、初期からご視聴していただいていたリスナーさんたちだけでなく、大勢の方々の目に触れる機会を獲得できたこと、誠に嬉しく思います」

：おめでとー
雷火ハナビ：私はほぼなんもしてないけどね！
巫女乃美琴：気にするな。お礼は飯で
：一昨日ぐらいまで伸び悩んでたもんなぁ
：推しが一気に時の人になって、嬉しいやら寂しいやら
：新参ですけど、今後は応援させていただきます！
天目一花：私たちはほぼなにもできなかった。だからこの結果は、山主君の実力だよ

「はい、はい。温かいコメント、ありがとうございます。――では最後、これからの展望

についてお話しさせていただきます。激増した登録者数ですが、これはどちらかといえば一過性のもので、固定ファンの獲得には至ってないと個人的には考えています」

あくまで今は、昨日からの流れに乗った状態。ここで気を抜いてしまえば、登録はしたけど配信は観ない層ができてしまう。それはできれば避けたいところ。

「また、知名度に関しても、ダンジョンの諸々の要素による後押しが強く、国内よりも国外の方が恐らく高い状態です。ですので今後は、しっかりとした固定ファンの獲得と、国内知名度の上昇を目指して活動していきたいと思いますので、皆様どうか応援よろしくお願いいたします」

そして一礼。一番の目標は変わらず、推しとのオフコラボ。そのスタートラインにようやく立てたのが今。

だからどうか、協力してほしい。代わりにちゃんと楽しませるから。皆もどうか、俺を目標の場所まで届けてくれ。

「――それでは、本日も配信にお越しいただき、誠にありがとうございました。おやすみなさーい」

――配信後のチャンネル登録者数、二十二万人と少し。また海外の方で拡散されたらしい。特に【千の閃】の切り抜きが爆速でミリオンを超えたとかなんとか。なんでや。

□□□

私、日南朱里《ひなみあかり》はとある企業でVTuberをやっている。VTuberとしての名前は『雷火《らいか》ハナビ』。所属事務所はデンジラス。

もともとVTuberが好きで、業界に憧れて、そのままオーディションに挑んだら受かった形だ。両親がそれぞれパフォーマンスとパソコンに強かったこともあって、配信の素人ながらもどうにか受かることができた。

でもVTuberとしての知名度はまだ低め。デビューしたてだし、所属事務所も業界の中では新参寄りの中小クラスという理由もある。

特に事務所に関しては、とても辛《つら》い事情があってね……。一時期は新進気鋭と呼ばれるぐらいには勢いがあったんだけど、ある事件から一気に失速しちゃったんだ。そのせいで事務所の拡大が叶わなかったとか。

それでも、個人的には頑張っている方だと思う。デビューしてから一ヵ月ちょっとで、チャンネル登録者はもうすぐ三万三千人に届くぐらいだし。

先輩たちがコツコツ築いてきた知名度による恩恵を、最大限受け取っている形ではある。でも、私も自分なりに努力して、先輩たちから流れてきた人たちを取り込んだと思っている。『雷火ハナビ』のファンを、しっかり獲得してきたという自負がある。

「自負、あったんだけどなぁ……」

――それがここ数日で揺らいでしまってたり。その原因は私の同期、デンジラス唯一の男性ライバーである山主ボタンだ。

「同期が伸びてくれるのは嬉しいけど、流石にコレはねぇ……」

彼のチャンネルを覗くと、そこには私とは比べものにならない数字が載っている。しかも、少し前に覗いた時よりも明らかに増えている。

元から数字が離されていたわけではない。むしろ数日前までは、私の方がチャンネル登録者は多かった。あけすけに言ってしまえば、ボタンはデンジラスの中でも不人気なライバーだった。

理由はシンプルに、ボタンが男性ライバーだから。デンジラスは女所帯の事務所のイメージが強いせいで、性別が男というだけで拒否反応を起こす厄介なリスナーたちがいるのだ。

かつてのデンジラスが勢いを失ったのもそれ関連で、その影響はかなり大きいらしい。そうした背景もあって、ボタンの存在はアンチ以外からも微妙に距離を置かれていた。まるで光と影のように、私とボタンの差は開いていった。いやむしろ、ボタンがいたからこそ私の数字が増えた側面もあると思う。

新人を期待してたリスナーたち。本来なら分散するであろう彼らが、私の方に一極集中した形になったから。

もちろん、ラッキーなんて思ってない。ボタンは大切な同期だ。余計なヘイトを集めないよう表には出していないだけで、裏では積極的に交流していた。

これは私だけじゃなくて、先輩たちだって同じ。……むしろ先輩たちの方が、かつての一件を繰り返すまいと全力で絡んでいたりも。

まあともかく。そういう事情もあって、私も先輩たちもボタンのことは気にかけていたわけだ。

だって納得いかないじゃん。問題も起こしてない、性格だって悪くない人が、理不尽な理由で嫌われるなんてさ。

確かにVTuberは人気商売だし、跳ねる跳ねないは自己責任と言えばそうだけど。ボタンの場合はそもそもスタートラインをズラされてる状況だった。一方的にデバフを掛けておいて、自己責任論で片付けるのは違うんじゃないかと。

少なくとも、同じ事務所の仲間として、唯一の同期としては認められない。認めてやるもんかって思っていた。

ぶっちゃけてしまえば、表に出したら諸共《もろとも》炎上するレベルで心情的に肩入れしていた。

「なのに、なのにさぁ！」

——それがほんの数日でガッツリ逆転されたんだから、私としては情緒がぐっちゃぐちゃだよ！

そりゃ大前提として、同期が伸びて嬉しい気持ちもあるよ！　あと数字が大きい方が偉

いとか、そういう格付け的な感覚もないよ⁉

でもコレは違うじゃん！　不遇な立場に置かれた同期を心配してたのに、実際はデバフすら撥《は》ね退《の》けるレベルでポテンシャルの塊だったとかさぁ⁉　なんか梯子《はしご》外された気分なんだよ！

「確かにちょっと変わったところはあったけど、こんなの予想外すぎるじゃん……！」

アンチからの誹謗《ひぼう》中傷とか全然気にしてないし、専業レベルでコンスタントに配信してるし、その割には金銭的な不安とか表裏含めて全く感じさせなかったけど！

蓋を開けてみたら納得だよね！　リアルの方じゃスーパー勝ち組なんだもん！　そりゃ不安なんか感じないよね！……アンチからの誹謗中傷を『物理的に害があるわけじゃないから』なんて超理論でノーダメだったのは、未《いま》だにちょっと納得いってないけど。

「はぁ……。なんで言ってくれなかったのかなぁ」

まあ、いろいろコメントしたけど、結局はこの感想に尽きるよね。人が心配してたんだから、そういう安心できる要素があるなら先に言ってよ、って。

いや、分かってるよ？　同期だとしても、プライベートなアレコレとか話す関係じゃないし？　普通の会社とかでもそうなんだから、バーチャルで活動するVTuberなんて、よっぽど親しくないとそういう会話はしないよ？

でもさぁ、匂わせるぐらいはしてくれてもいいじゃんか……。こうして振り返れば、ちょっと『あれ？』ってなるところはあったかもだけど、もう少し分かりやすくやってよって思うじゃん。

全力で協力する気でいたのに、一人で解決されたら立つ瀬がないよ。……酷《ひど》い前例があるからこそ、そして事務所の置かれた状況を薄ら把握してたからこそ、こっちは本気で心配してたってのに。

「なんだろうなぁ、この釈然としない感じ」

状況は改善した。ボタンのチャンネル登録者数は二十万の大台に乗ったし、それによって事務所が抱えていた負のイメージは払拭されはじめた。

ボタンがやったことはシンプル。正真正銘の天才による、そのジャンルのスーパープレイ配信。ある意味で分かりやすく、だが限られた人間しか手を伸ばせないブルーオーシャン。

ダンジョンという世界でも通用するジャンル。それに加えて飯テロ、探索者の専売特許であるデタラメな超絶技巧を見せつけることで、ダンジョンとは縁のない層の関心すら集めてみせたわけだ。

多分もう、この流れは止まらない。話題性が抜群すぎる。ボタンはこのまま伸び続ける。不祥事を起こして炎上とかでもない限り、人気ライバーの階段を駆け上がっていくはずだ。

私が事務所の恩恵を最大限利用し、その上で努力して獲得した数字。それを軽々と、しかも完全な自力で超えられたことは……うん。正直に話すと、思うところはある。ぶっちゃけ悔しい。

でも同時に、ボタンはこれまで不遇だったから、同期が日の目を見たことは素直に嬉しい。

何度も言うけど、数字が大きい＝偉いってわけじゃないからね。そういう考えはギスりのもとなので私は嫌い。

そもそも私だって、先輩たちと比べればかなり早いペースでチャンネル登録者を獲得できているわけで。でもそれは事務所の力で、先輩たちの力。

私が威張れるわけじゃないんだから、数字云々《うんぬん》について言いはじめたら普通に恥知らずだ。

だからコレはアレだ。この私のモヤモヤは、つまりそういうことだ。

「頼ってくれたっていいじゃんか……。ボタンの馬鹿野郎」

――絡ませてくれなくて寂しい。唯一の同期のはずなのに、観客と大して変わらない立ち位置のまま、全てが解決してしまったことが不満なんだ。

本人のポテンシャルの関係で、誰かに頼るほどのことでもなかったのかもしれないが、そんなの知ったことか。

だったら教えてって話でしかないし、それを怠ったのだから私としては不満ありありなわけで。

「――うん！　やっぱりちょっと懲らしめてやらなくちゃね！」

同期を蔑《ないがし》ろにした罪は重い。だから私は、仕返しのためにボタンとマネさんとにメールを送ることにした。

CHAPTER 03

OSHI NI SASAGERU DUNGEON GOURMET
Volume_01

第三章　楽しい楽しいコラボ配信

A strong explorer debuts as a streamer and
aims for a gourmet collaboration with his admirer.

CHAPTER 03

第三章　楽しい楽しいコラボ配信

マネさんからコラボの話がきた。相手はもちろん、同期である雷火《らいか》ハナビ。同期コラボもまだという理由で、キリ番の記念枠を単独でやったのだから、まあ当然の流れだろう。

だがこうして、いざコラボ解禁となると、中々感慨深いものがある。俺の数字が凄《すさ》まじい勢いで伸びたことにより、多少のアンチの声ではもはやビクともしないと運営に太鼓判を押されたようなものだからだ。

ここまで伸びれば、表での交流を控える必要はない。それどころか、どんどんコラボを重ねて、俺のところのリスナーを他のメンバーのチャンネルにもアクセスさせたいというのが運営の本音だと思う。

なにせ俺の抱えるリスナーは、本来デンジラスが抱えているファンとは異なる層が大半だ。そもそもからして海外勢の方が多いし、国内の方も純粋なVTuberファンよりも、ダンジョンクラスタとかそっち系の人間が多い。

もはや新規開拓と表現できるレベルで層が異なるので、そんな彼らをデンジラスに引き込めれば一気に事務所として成長できる。

だからこそ、運営としても俺のコラボ解禁は急務で、それでいて絶対に成功させたい肝入り案件と化していたのだが。

「ボタン。そろそろ時間だよー」

「……」

――そんな勝負どころで、まさかオフコラボをぶっ込んでくるとは思わなかったというのが、スタジオに案内された俺の率直な感想だったり。

「今更だけど、マジでこれやるの？」

「そりゃもちろん。スタジオまで押さえてもらったんだから、ここでやっぱりやめますは通らないよ？」

「男女のオフコラボも通らないと思うんだけどなー」

「ボタンは細かいなー」

「そっかー」

駄目だこれ。分かってはいたけど、この子ったら本気でオフコラボの危険性を気にしてない。むしろ面白がってる。

同期の雷火ハナビは、どうやらこっちが思っていた以上に問題児というか、チャレンジャー気質だったらしい。……もっと言えば、配信上の姿そのもの。

VTuber雷火ハナビのモデルは、ウェーブのかかった赤髪ロングをベースに、イエローのメッシュがいくつも入ったパンク寄りの少女だ。そのガワから発揮させる鮮烈な個性こそ、彼女のVTuberとしての持ち味だ。

ハスキーで、少しだけふにゃっとした声。繰り出されるエピソードはところどころ抜けていて、だが周囲を笑顔にさせる花火のようなキャラクター。

「楽しそうだねぇ、雷火さん」

「そりゃ楽しみだもん。美味しいもの食べたーい！」

「ア、ハイ」

まんまなんだよなぁ、本当に。配信とかで時折覗く、サイコ的な言動がそのまま出ている。……あれ、多少なりとも演技というか、そういう配信モード的なアレだと思ってたんだけどなぁ。

髪はメッシュのない黒髪ストレートだし、パンク系の印象はゼロだし、そもそも見た目もガワと違って幼い感じだし。本人曰《いわ》く大学生ではあるそうだけど、ぶっちゃけ高校生にしか見えないレベルの童顔女子だ。

でも、彼女は間違いなく『雷火ハナビ』だ。ガワとは似ても似つかない、外見的な特徴なんて全然違うはずなのに、違和感らしい違和感が湧いてこない。

面構えというか、顔つきとか本当にまんま。特に笑顔、あのにぱっとした笑い方なんか、配信上のそれと完全に一致している。

表では絡んでこなかったとはいえ、裏では同期として普通に交流はあったし、結構仲はいい方ではあったけど……。それでも、彼女がここまでエンタメ思考をしているとは思わなかった。

「いやはや。配信上のネタで言ったことが、まさか本当になるなんてねぇ」

「負担ばかりかけてしまい、ボタンさんには申し訳ないです……」

「いや、マネさんが謝ることではないですよ。OK出したのは俺ですし、別に負担でもないですし」

恐縮そうに頭を下げるマネさんだが、個人的には本当に負担でもなんでもないので、そういうのはやめてほしいところ。

マネさんにはとても迷惑をかけているのだ。初《しょ》っ端《ぱな》は大ゴケするし、テコ入れ配信の際には根回しとかしてもらってるし。

ただでさえ多忙な、雷火さんを含め、複数のマネージャーを兼任しているレベルで忙しい人なので、結構マジで申し訳なさが湧いてくるんだよね。

それにいま言った通り、オフコラボをOKしたのは俺だから。ついでに提案したのは雷火さんだし。マネさんは全然悪くないんだよ。

「実際問題、俺が人気なのはダンジョン系のアレコレが理由ですしねぇ。下手に普通の雑談コラボをしたところで、リスナーたちを満足させられる自信はないですし。むしろ余計に火種が増えるだけと考えたら、ねぇ？」

「……まあ、確かに」

山主《やまぬし》ボタンは、ダンジョン食材による飯テロとか、ダンジョン雑学とかで爆発的にヒットした。つまりリスナーが求めているものは、軽妙（笑）なトークではないわけだ。

となると、雑談コラボは悪手寄りだ。雷火さんがいればトークの質は上がるかもだけど、アンチなどの放火魔の存在を考えるとね……。

だったら雷火さんとスピーカー越しで雑談するよりも、オフで会うリスクを承知した上で、ニーズに合わせた飯テロ配信を披露した方が面白いだろうと。

「ですが、食材はボタンさんの持ち出しじゃないですか。せめて、事務所の方に食材の費用請求をしていただければ……」

「いやー、それは流石《さすが》に通らないでしょう。公式企画ならともかく、これは俺の持ちネタみたいなもんですし」

その辺りは詳しくないからアレなんだけど、個人的にはグレーゾーンというか、横領している気分になるというか。

特に今回は、いろんな事情を加味して俺のチャンネルでやることになっているので、余計にそう感じてしまうわけで。

「あとコレが一番デカいんですが、こっちが主導する形での個人消費にした方が、いろいろと丸いんですよねぇ。ダンジョン系のアイテムで金銭が発生すると、かーなーり手続きが面倒でして。なので逆にそういうことしたくないというか……。あ、もちろん所有している探索者の私的利用は合法ですよ？」

ダンジョン系のアイテムはね……。洒落《しゃれ》にならない代物がそこそこの頻度で出てくるから、取り扱いがめっちゃ厳しいんだ。

ゲットした薬品、ポーションとかは一度国を通さないと販売できないし、それ以外の素材系のアイテムにしても、国を通さない売買の際には、探索者協会の方にいろんな書類を提出しなきゃなんないし。

だったら食材に関しては、自分の『好意』でご馳走《ちそう》する形にした方が圧倒的に楽なんだよ。……あと、金額的な問題もある。

あんまり大きい声で言えないんだけど。多分ね、金額申請してもデンジラスじゃ払えないのよ。

俺がめっちゃ気楽に使ってるから、マネさんも忘れてるんだろうけどさ。俺の配信で使ってる食材、値段にしたら最低でも六、七桁とか余裕でいくものばっかなんだ。もちろん、それ以上の場合もある。

なので事務所の規模とか関係なく、申請したところで絶対に許可なんか下りない。コラボのたびにそんなことしてたら、冗談抜きで事務所が詰む。

「ま、そんなわけで気にしないでください。俺は俺の事情から、この配信に参加したんですから」

マネさんからしたら、中々信じられないだろうけど。俺の最終的な目標は、推しのリーマンにダンジョン系の料理を振る舞うこと。だからコレも、全然負担になんか感じない。予行演習みたいなものだ。ついでに同期との親睦を深められるとなれば、むしろ願ってもないレベルだろう。

「──おーい！　ボタン、そろそろ時間だよ！　準備してー。あと開始ツイートもー」

「あ、ほいほーい」

――それじゃあ、定石破りの初＆オフコラボ配信を開始しますか！

「やっほー！　デンジラス四期生の雷火ハナビでーす！　今日は待ちに待ったコラボ回だよ！　てことで、ボタンにパース！」

「テンション高すぎない？　――はいどうも、デンジラス所属のスーパー猟師、山主ボタンです。いろんな意味でお待たせしました」

：きちゃ！
：待ってた！
：ついに同期コラボ解禁かぁ。長かったなぁ
：もうこの段階で分かる仲の良さ
：ウッキウキなハナビ可愛い
：ハナビの方はボタン呼びなのか

　配信開始。それと同時に加速するコメント欄。特に今日は雷火さんがいるためか、投下されるコメントが普段と少し違う感じ。可愛いとか、そういう系のコメントが散見される。

「いやもう、コメントにもあるけどさ！　本っ当に長かったよね！　ずうっと待ち望んでた同期コラボが、やっと解禁されたんだよ！　裏ではいっぱい話してたけど、ついにコソ

コソしなくてよくなったとか最高だよ！」

「裏のこと話す必要ないよね？　てか、嬉々《きき》として火種になりそうなこと投下せんでもろて」

：草

：開幕からぶっちゃけてて草なのよ

：想像以上に仲良さそうでよかった

：これは燃やされても致し方なし

：うーん、これにはユニコーン君も涙目

：なんだかんだ鬱憤《うっぷん》溜《た》まってたんだろうなぁ……

　ほらもう、早速いろいろ言われはじめてんじゃん。配信後のエゴサが凄いことになりそう。厄介民が騒ぐと魚拓取る作業が発生するんだから、できれば燃料投下は控えてほしいんだけど……。

「はぁ。これ以上延焼しないように、サクッと本題に移るよー」

「ええっ、なんでよぉ。もっと同期で仲良く雑談しようZe☆」

「うちのチャンネルは、本題までサクサク進むのがデフォルトだから。郷に入れば郷に従ってください。それに詳細の説明は早くしなきゃ。リスナーも気になるでしょ」

　インパクト重視で、内容については告知してないからね、今回のコラボ。なんだったらオフコラボであることすら明かしてない。……これに関しては、事前にアンチたちを騒がせないようにっていう面もあるけど。

「むむっ、それは確かに。なら情報解禁！　今日のコラボ企画はこちら！　――『言質は取った！　なら逃がさないよ。山主シェフの豪華ディナー』です！　わざわざスタジオを用意してもらったので、ボタンには本気でやってもらいます！」

「つまるところ、俺が雷火さんにダンジョン食材を使って料理を振る舞う企画ですね。前の記念配信の時の言質を利用された形です」

「利用なんて人聞き悪いなぁ。二つ返事だったくせに、このこのっ！」

：それってつまりオフコラボってこと!?

：いきなりアクセル全開じゃねぇか！

：テンション高いのはそれが理由か！

巫《み》女《こ》乃《の》美《み》琴《こと》：は？　一人だけ豪華ディナーとか許せないんだが？

：マ？　これまで絡むの控えてたのに、初コラボで顔合わせまでするとか……

：また巫女様おるぅ
：ユニコーンを根絶やしにしにきてて草
：スタジオでってことは運営公認なんだろうけど、にしても大胆だなオイ
：まあ、運営もアンチたちには嫌気が差してるだろうし、山主が人気になったタイミングで一気に駆逐したいんだろうな……

　んー、コメントの雰囲気的にはギリセーフってところかな？　心配の声はままあれど、

全体的には受け入れられてる感じ。……それでもちょくちょく削除されてるコメントがある辺り、本当に元気だなって思う。

　チラッと雷火さんに目配《めくば》せして、マイナス寄りのコメントとかには触れない形で、このまま進行してもらおうか。

「ではザックリとした企画説明が終わったところで、質問ですボタンシェフ。当日のお楽しみってことで教えてくれなかったけど、今日のメニューはなんですか⁉」

「リクエスト通り海産系ですねー。せっかくですし、豪華なものをお出ししますよー」

「豪華⁉　具体的に言うとどれぐらいかな⁉」

「時価だからなんとも。でも前にどっかの高級寿司屋が、ダンジョン産の魚を二百万とかで買い取ったみたいなニュースあったし。ちゃんと売りに出せば、最低でもその倍はいくんでないかい？」

「……え、へ？」

：ふぁっ⁉

：ハナビ絶句してて草
：倍って四百万なんですが……

：金銭感覚バグってません？

：まーたエグい食材持ってきたのかコイツ。マジでバケモンじゃねぇか
：ちょっと何言ってるか分からないですね

最早恒例となった、加速するコメント欄。対して、雷火さんを筆頭にカチンコチンに固まるスタジオ。面白いぐらいの対比だ。

「ま、待ってボタン！　それは流石に聞いてない!?　私、ちょっとお高いぐらいのものかなぁ、程度にしか考えてなかったんだけど!?　オーク肉とかそんな感じの！　そこまでいくと洒落にならないんだけど!?」

「いやまあ、市場に出せばそれぐらいってだけで、個人で楽しむ分には値段なんて付かないから。釣り人が釣った魚を食べるのと同じよ」

「えぇ……」

：んなわけ……

：趣味人感覚で下層以降に突入しないでくれません？

：なんか台詞的に大丈夫かこれ……？　山主さん、うっかり脱税とかしてない？

：ここまで金銭感覚がガバだといろいろと怖いんだけど

む。これは失言だったか。ちょっとよろしくない疑惑が浮上してしまった。

「一応補足しておくけど、税金に関しては専門の税理士さん雇ってしっかりやってるよ。ダンジョンの食材を配信で使用してるのだって、ちゃんと法律の範囲内で行ってることだしね。この辺りは配信で再三伝えてるけど、念のため」

ダンジョン産のアイテムって、流通に乗せない、他人に無償譲渡しないという前提なら、わりと適当に扱っても問題なかったりするのよ。危険物など一部例外はあるけど。

なんでかって言うと、ダンジョン産のアイテムって時価計上がデフォルトだから。決まった価格を設定するにしても、安定して大量に確保することができないし、未知のアイテムがそこそこの頻度で登場したりするから、いろいろな処理がおっつかないんだよね。

だから国は考え方を変えて、流通に乗る段階で介入して管理することに決めた。それが転じて、探索者が個人的にアレコレする分にはかなり緩くなったという。

正確には、緩くしなくちゃやっていけなかった。……もちろん、緩いとはいえ、法律違反をすれば普通に捕まる。なんなら重罪。

「ま、興味ある人は、その辺りの法律を調べてみると面白いかもね。――ともかく、ここで重要なのは、俺はしっかり税金払ってるし、適法の範囲で配信をやってるってこと」

この部分は強く断言しておく。じゃないと妙な火種になる。俺のことを未《いま》だに燃やそうと狙っている放火魔もまだ多いし。

「というか、根本的な認識の違いなんだけどさ。そんなことしなくても、俺の場合はお金なんていくらでも稼げるし。セット売りの市販の探索者装備で、保存食と水をリュックに詰めて、木の枝でも片手に二、三日ダンジョンを散歩する。で、手に入れたアイテムを引き取ってもらえば、それだけでサラリーマンの平均年収の十倍は稼げるんだよ。ここまでいくと、犯罪や脱税するメリットとか皆無よ、皆無」

普通に生活して、金銭関係は税理士さんに丸投げしてれば、一生贅沢《ぜいたく》に暮らせるからね。

お金が欲しくなったら、潜る頻度増やせばいいし。

　そうなってくると、悪事を働くリスクとリターンが全く釣り合わないのよ。だから俺は清廉潔白に生きてます。

「……サラッと凄いこと言われた気がする。探索者ってそんなに稼げるの……？」

「無手かつソロで下層の散歩が可能なら、って条件がつくかなー。この条件をクリアできる人なら、誰でもこれぐらい余裕で稼ぐでしょ。……そこまでいくまでに、大抵がダンジョンと人生にサヨナラバイバイしちゃうから、絶対にオススメしないけど」

「えぇ……」

：一回の探索で収入八桁ってマジで言ってる？

：探索者ってそんな稼げるんだぁ（震え声

：今までの配信から、そこら辺が嘘じゃなさそうなのが本当に笑えない

：逸般人の感覚をさも常識のように語るんじゃねぇ！

：騙《だま》されるなよ一般リスナー。ダンジョンの下層って、自衛隊のエリート特殊部隊がフル装備で挑むような魔境だからな。ひと握りの天才しか縁のない領域だし、それ以外はそもそも下層まで辿り着けんぞ

：九割負ける無意味なギャンブルだ。そんで山主の言う通り、ベットするのは自分の命と人生な。自〇と大して変わらん

　なんか探索者クラスタらしきリスナーたちが警告してるね。いやまあ、ダンジョン関係

者からしたら、全部が善意の忠告なんだろうけど。

「……とりあえず、ボタンが想像を絶するお金持ちなのは理解したけどさ。やっぱり高価すぎるものはいただけないよ」

「企画倒れになるから駄目です。そもそもダンジョン食材なんて基本高価なんだから。お高いものが出てくるなんて分かりきってたでしょうに」

「そりゃ高いのは知ってたけど、ここまでだと思ってなかったんだってば！　他人にご馳走するものだし、せいぜい数万円ぐらいだと思ってたの！　それでも悪いと思って、裏でお代も払うつもりだったんですけど⁉」

「他人に振る舞う品で手なんか抜くか。あと気持ちはありがたいけど、金銭が発生するとこっちが面倒だから絶対に受け取りません。——ほら、いいから大人しく席についてなさい」

「超高級品を集《たか》ったって炎上しそうで嫌なんだけどー⁉」

そんなの今更でしょうが。オフコラボの時点で燃える要素満載なんだから、諦めて受け入れてもろて。

「……同期が予想以上にぶっ飛んでた。もうちょっと常識あると思ってたんだけどなぁ」

「そういうのいいから。今から俺は調理に入るから、進行の方は任せるよ。適当に回しといて」

「だからさ、そういうので片付けていい領域じゃないんだって。やっぱりボタン、常識ちょっと怪しくない？」

：草

：これはハナビが正しい

：そもそも論として、ソロでダンジョン下層以降を潜る時点で正気じゃないし……

：マジで山主にとっては趣味で釣った魚と大差ないんだろうな。三桁万円のアイテムでも

：わりと先輩たちを振り回す側のハナビが、見事に振り回されてるｗ

：サイコ寄りと真性の狂人には越えられない壁があるからね。仕方ないね

　なんか辛辣なコメントが流れてる。調理に移っていても、配信用のスマホでコメントの確認はできるのじゃぞー？

　……まあ、指摘するのも面倒なんでスルーするのだけど。指摘したらまた脱線しそうだし。ネタの選別も大事だ。

　それよりも、サクッと調理に取りかかってしまいましょ。まずは袋から食材を取り出して――

「はいストーップ！　ボタンさん、いまそれどっから出しました？」

「んー？　どしたの？」

「いや、どしたのじゃないんだ。私の目がおかしくなってなければ、その小さい皮袋からなんか出てきたよね？　それ、最初のテコ入れ配信の時の残りだよね？」

「うん」

確かに今取り出したのは、前に使ったザリガニの半身だね。魚介類ってリクエストだったから、ついでに残り物も処分しようかなって。

「……あ。もしかして鮮度とか気にしてる？　大丈夫だよ。ちゃんと時間は止まってるから。新鮮なまま」

「ちっがーう!!　てか、ツッコミどころ増やさないでくれる!?　それ明らかにサイズ合ってないよね!?　そのサイズの袋に入ってていいやつじゃないよね!?」

「【空間袋】だからね。所謂《いわゆる》アイテムボックス的な、亜空間にいろいろ突っ込めるやつ。しかも時間停止機能つきの優れもの」

「そんなのあるの!?」

：アイテムボックスって、それ実在していいやつなの!?

：おまっ、空間袋まで持ってたんか!?　それ前にエグい騒ぎになってたアイテムだろ！

：国動くやつじゃねぇかそれ!!　なんで個人所有してんだよお前は!?

巫女乃美琴：後輩さん……？

：……前に出てたニュースの、アメリカが買い取ったってやつだと、どんぐらいだったっけ？　確か日本円換算で四百億とかだったような……

：探索者らしきリスナーが大絶叫してるぅ

：四百億!?

：フィクションとかで考えると、確かに納得したくなるけども……

：怖い怖い怖い怖い

なんかコメント欄が阿鼻《あび》叫喚《きょうかん》になってて草ですわよ。ちなみにスタジオの空気も石化レベルで凍りついてて、居心地最悪ですわよ。

「……ボタンさん？　なんか凄い怖いコメントが散見されるのですが。その無造作にポケットに突っ込んでる皮袋、配信で言っちゃ駄目なやつなのでは？」

「いや別に？　これユニークアイテム、特殊なモンスターを倒したりすると手に入る、獲得者専用のアイテムだし。俺以外には使えないし、そもそも触れない。だから資産価値もゼロなの。汎用だったらめっちゃ高いのは間違いないんだけどね」

残念なことに、ユニークアイテムは呪いの装備みたいなものだからなー。

非生物しか収納できない代わりに容量はデカいし、時間停止機能もついてるしで、世界でも最高峰の空間袋だとは思うんだけどさ。

俺にしか使えないから、売買とか完全に不可能という。売れたら兆単位の金額にはなってたはずなんだけどなぁ。

：なんてことないように言ってるけど、身の安全には注意しろよ山主

：馬鹿はどこにでも湧くからな

：陰謀論になるけど、下手したら外国のヤバい奴らとかも狙ってくるかもしれんし

：悪用の幅がデカすぎるんだよなぁ

：これ本当にVTuberのコメント欄なんですかね（震え声

：山主さん、あなた表に出ていい人種ではなかったのでは……？

「あー、その辺りは大丈夫よ。ご心配なく」

包丁でザリガニを捌《さば》きながら、コメント欄に発生した杞憂《きゆう》民たちを宥《なだ》めていく。

俺はなにされようが自力でどうとでもなるし、家族や友人にはそれとなく警護がついてるっぽいから、本当に心配ないのよね。会いにいったりすると、大抵見知った気配が近くで窺《うかが》ってたり。

まあそもそも、多少縁のある公安とかそっち系の人曰く、極まった探索者を相手に喧嘩を売るような組織は、今の時代にはほぼ存在しないそうなのだけど。

復讐心から無敵の人になった時点で、やらかした側は完全に詰むからだとか。中東のダンジョン将軍の事例とかを考えれば、さもありなんというやつだろう。

武力じゃ勝ち目はないし、それでいて日々モンスター相手に殺し合いをやっている人種なので、覚悟完了からの襲撃が簡単に想像できる恐怖よ。

これぞまさに抑止力。むしろ暴力に慣れている無法者の方が、この手の想像は容易だったりするのだとか。

「ま、そんなことはさておき。——はいコレ。お通しの刺身と焼き。刺身はこっちの調味料をお好みで。焼きの方はこのガスコンロで。魚介類をリクエストしたってことは、甲殻類も食べられるよね？」

「あ、うん。それは大丈夫。……いや違くて。さておきで流せる話題じゃないんだわ。なんかもうずっと予想外が連続してるせいで、心臓に悪いんだよ。コラボを少し後悔してるレベルだよ」

「なら、美味いものでも食べて落ち着きな。それを食えば、些細なことなんて気にならなくなるよ」

「些細じゃないと言ってるでしょうが」

ジト目を向けてくる雷火さんに、いいから食べなとジェスチャー。

食べてリアクションしてもらってる間に、こっちは汁物作ってるから。野菜を切って、ザリガニも殻ごと刻んで一緒に煮込む。頃合いになったら味噌を溶こうか。

んー。それでもそこそこ残ったな。やっぱり元がデカいから、お通しとかに流用しても使いきれない。メインではないので、出しすぎるのもアレだしね。

とりあえず、スパッとさく取りして、切り落としにしてお皿にポイポイと。

「……どしたの雷火さん。人のことジッと見つめて。お通しなんだから早く食べな？」

「目の前でアニメみたいな調理シーン見せられて、スルーしろって方が難しいと思うんだ」

「俺の配信だとよくある光景だし。一瞬で食材が刻まれてたりするぐらい普通普通」

「実際に目にするのは違うじゃん。……で、その山盛りのお刺身はどうするの？」

「余ったからスタッフさんたちに差し入れ。雷火さんはさっさと食レポする」

：気を遣えてエラい！

：スタッフちょっとザワついてて草なんだけど

：そりゃ料亭とかだと、ほんの数切れで万とかいきかねない刺身だもの……

：急に差し入れられたら、そりゃ嬉しいだろ

：これは現場における山主の好感度がうなぎ上り

　いやいやいや。いうてコレ、ガチの余りものなんだよなぁ。なんかマネさんが凄い恐縮そうに受け取ってくれたけど、逆にこっちが申し訳ないというか。

　頼んでることは残飯処理で、盛り付けも超雑盛りだからね？　なので気にしないでほしい。

「んー、よし！　スタッフさんたちにも行き渡ったのなら、一緒にいただきますしよっか！　こういうのは、皆で食べる方が美味しいだろうし」

「あー、それはいいかもね」

「ボタンも一緒にやっとく？」

「いや、シェフなので。食べるにしても裏でかな。ま、お構いなく」

　こっちはメインで使う用の酢飯を作っておくから。是非とも気にしないでください。

……あと、他人のリアクションを、冷静な状態で観察してたい。絶対に面白いことになるから。

「ＯＫ。――それじゃあ皆さん、お箸は持ちましたでしょうか⁉　それではご唱和ください。いただきます！」

「「「いただきます！」」」

——そんで全員でパクリ。

「～～っ!!　うっまっ!?　なにこれスゴい！　スゴいスゴいスゴい!!」

パタパタと手足を動かし、全身で感想を語る雷火さん。配信画面のモデルも右に左への大騒ぎで、どれだけ感情が爆発しているのかがよく分かる。

そして雷火さんだけじゃない。似たようなリアクションをしているのはマネさんたちも同様だ。

なんとか配信に声が乗らないよう抑えてはいるのだろうが、小刻みに震えている辺りがなんとも趣深い。

思わず酢飯を扇《あお》ぐ手が止まりそうになるぐらいには、見ていて楽しい光景ですね、こるぇは。

「今まで食べたエビ蟹《かに》よりも一番美味しい！　それも圧倒的に！　スゴいスゴい!!」

：めっちゃはしゃいでて可愛い

：本当に美味いんやろうなぁ

：中層以降のダンジョン食材はな、マジで一度食べるとこれまでの記録を塗り替えるんだ。それこそ、食材のために命を懸《か》ける探索者が出るくらいには

：人類がせこせこ品種改良してきたものが、ガチのファンタジー食材に勝てるかと問われるとね……

ふむふむ。やはり探索者クラスタは分かってるなぁと、一部コメントを見て思う。専業でやっていると、必ず何処《どこ》かでダンジョン産の食材を食べる機会があるから、大抵の専業探索者はあの感動を知っているのだろう。

だからこそ、見てて凄い愉《たの》しい。ダンジョンと基本的に関わりのない人が、ダンジョンの美食に堕《お》ちていくのは最高に面白いんだ。実際、コメントの文面からもう愉悦の感情が伝わってくるもの。

「ボタン！　なんでこれはこんなに美味しいの⁉　完全にエビと蟹のいいとこ取りみたいな味なんだけど⁉　それもめっちゃ高級なやつ!!」

「ダンジョン食材だからかなぁ。そもそも元が既存の生物とは違うから、味もまた未知の旨味《うまみ》が襲ってくるのよ」

「そんなのズルくない⁉　レギュレーション違反だよこんなの!!　私、もう普通のエビ蟹に戻れなくなっちゃうよ⁉」

「それでも箸を止めないのは草なんですよ」

「止まんないんだよぉ……!!」

：わりと悲痛な叫びを上げてて草

：そこまでなのか

：やっぱり最初はそうなるよなー

：多分頑張って静かにしてるだけで、スタッフも似た感じになってるぞ

：ファンタジー食材だから、既存の味に囚《とら》われないんだよな。だから世の美食家がこぞって熱望するわけだし

凄いよねぇ。パクパクと箸は止まらず、でも一口一口を噛み締めてるのが分かるもん。

てか雷火さん、よく見たらちょっと涙目になってない？

テンション高い人だとは思ってたけど、ここまでなのか。まだそれお通しだし、中層のアイテムだから食材のランクとしても、メインよりもずっと下なんだけど。

「雷火さーん？　今からメインなんだけど、その調子で大丈夫？　涙目になってますけど、このあと感動でガチ泣きしたりしない？」

「しないよ⁉　というか今も泣いてなんかないよ⁉　そういうデマはいけないと思う！」

「いやデマでは……」

「デマ！」

ああ、うん。はいはい黙ります。じゃあ、大人しく次に行くので、ちょっと箸止めてね。

……いや、そんな名残り惜しそうな顔しないでくれません？　別に取り上げるわけじゃないんだからさ。

「で、メインってなんなの？」

「……そんなムスッとするレベルで美味しかった？」

「してない！　で、メインは⁉」

：してるんだよなぁ

：草

：可愛い

：子供かw

：これはお子ちゃま

：ロリverのファンアート期待だな

「ちょっと⁉　ボタンのせいで変なこと言われたじゃん⁉」

「ゴメンネ」

妥当な評価では？　と思ったのは黙っておくことにします。話が進まない。

てことで、メインを出して無理矢理にでも話題を修正。はいドンッ。

「……なにそれ？」

「ダンジョンでドロップするマグロ。正確に言えば、マグロっぽいやつ」

「……ぽいやつ？」

「モンスターだからねー。【砲弾《ほうだん》マグロ】っていって、文字通り海中から砲弾みたいに音速で突進してくる、牛ぐらいのサイズの魚型モンスター」

「ひえっ……」

：それ普通は死ぬよね？

：なにそれ怖い

：それはもう砲弾ではなくミサイルでは？

：牛サイズの魚が音速で突っ込んでくるとか、かなりエグい威力にならない？

　そうね。家が三軒ぐらいまとめて吹っ飛ぶ威力だと思うよ。ちなみにマグロって名前がついてるとおり、コイツは群れます。

「まあ、とりあえずトロだよ。部位的には大トロ、中トロが混ざってるお腹《なか》のところだね。重量的にな、大体十キロぐらいかな」

「……写真撮っていい？」

「どうぞ。ついでにツイートしといて」

「うん」

　今回はコラボの関係で、映像は出せないからね。なので写真撮って、Tweeterで拡散してくれると助かります。

：ツイート見てきたけど、なにあれデッカ!?

：一目で分かる高いやつ！

：これ十キロあるってマジで言ってる……？　何人分よこれ

：うわ凄っ。ここまで瑞々《みずみず》しい赤身、そうそうお目にかかれんぞ。しかも大トロまでのグラデーションも鮮やかすぎる

：これは確かに最低でも四百万はするわ。いや、その倍額でも全然おかしくねぇ

：調べてみたけど、最高級のクロマグロがキロで七万とかだもんな。初競りとかだと億とかいった事例もあるとか。……ダンジョン産のマグロとなると、これ値段的にヤバいので

は?

あ、ふーん。クロマグロってそれぐらいの値段なんだ。じゃあ確かにもっとするかも。全身じゃなくて、腹肉だけで十キロとかだし。競りに出せば普通に八桁はいきそうな気がする。

「……お祭り価格なしだと、三千万ぐらいかな?」

「待って今スゴい怖いこと聞こえた! ボソッて怖いこと言った!?」

「はいはい、落ち着いて。値段とか細かいことはいいの。ほらこれ、酢飯と海苔。あとザリガニの味噌汁」

「いやだから細かくないと……! で、酢飯ってことは、やっぱり寿司? お寿司なの?」

「ちょっと惜しい。家でやるタイプの手巻き寿司だね。流石に寿司は握れないし」

捌いたりとかはね、ダンジョンでの戦闘とかで慣れてるんだけどさ。握るとなると話は別というか。刃物とかを使わない系の職人技は、修業でもしないと再現とか無理です。ただやっぱり、海鮮系の料理の王様と言ったら寿司なので、手巻き寿司でお茶を濁しました。……海苔の上に、自分でシャリとかネタとか載せるのも楽しいと思うので、その辺りは勘弁してください。

「……じゃあ、これ全部をネタにするってこと? マグロだけ?」

「うん。スーパーとかでマグロの握りオンリーのパックとかあるし、その延長だよ。ドンドン捌くから、好きなだけ食べてどうぞ。もちろん、スタッフさんたちも」

「これもう、細かいこと考えない方が、幸せになったりするのかなぁ……？」

「断言するけど、どうせ細かいことは考えられなくなるよ。中層のザリガニなんかより、こっちの方が遥かに美味いから」

「なんか嫌だなぁっ、その断言！」

はいはい。それじゃあ、捌いていきますよー。

「よっと」

まず軽く腹肉を持ち上げ、スッと包丁を入れて皮を剝《は》ぐ。そのまま赤身、中トロ、大トロに分割。これにて成形は完了。

次はさく取り。ここはサイズに関わるところなので、気持ち大きめにして贅沢に。で、さくの筋目と逆になるように、そして角が立つように包丁を入れていって刺身は完成。

そんで次。最初と最後の部分は、どうしても形が歪《いびつ》になってしまうので、叩いてなめろうみたいにしてしまおうか。……なお、さくもいくつか残しておいて量を増やした。刺身だけだとちと退屈だからね。

で、叩いたやつに味噌とわさびを和えて、さらに叩く。ついでに練る。ねっとりしてきたら完成。これ、味変用の変わり種なんだけど、マジで馬鹿美味いんだ。ご飯に載せたら秒でお椀が空になるレベル。

で、最後。刺身の口当たりとかのために、皮の方にあえて付けてた肉を、スプーンでこそいでいく。所謂《いわゆる》本当の意味でのネギトロだ。まあ、薬味として小皿に長ネギのスライスは添えておくんだけど。

あとは配膳しておしまい。もちろん、スタッフさんたちのところにも届けます。それでも量が量なので、使わなかったさくはラップに包んで空間袋にポイ。時間停止機能がついてると、こういう時に便利である。

「――はい。てことで、贅沢マグロ尽くし。手巻き寿司セットです」

「……はい、じゃないのよ。今この瞬間でツッコミどころが増えたんだわ」

「というと？」

「こっちが呆気《あっけ》に取られてるうちに料理が完成してるからだよ！　ちょっと写真撮るから、リスナーも見てこれ！　これと追加でスタッフさんたち用の差し入れ分も作ってるんだよ!?」

：見てきたけど、クッソ大量で草

：ええ……

：調理開始を宣言してまだそんなに経《た》ってなくない？

：こマ？　調理番組の伝家の宝刀『～したものがこちらです』とかじゃなくて？

：相変わらずのファンタジークッキングで草

ちなみに調理時間は三分ぐらいです。刺身だと捌く工程が八割だからね。これぐらいは余裕よ。なんなら刺身だけなら三十秒もかかってないし。大半がなめろうと叩き、あとは盛り付けの時間だったり。

「ま、いいから食べんしゃい。ご馳走の前でうだうだ叫ぶのは、ちょっとばかし無粋というやつだよ」

「……反論できないのがまた悔しい」

　ムスッとした表情を浮かべながらも、矛《ほこ》を収める雷火さんに思わず笑ってしまう。

　パフォーマンスの一端みたいなものではあるけど、いつまでその態度を維持できるものか。本当に楽しみだ。

「ニヤニヤするんじゃないよっ。全くもう……」

「はいはい。あ、左から大トロ、中トロ、赤身ね。で、こっちがネギトロで、そっちがなめろうモドキ」

「ん。じゃあ、大トロから」

　海苔を取り、大トロを載せ、最後に少量の酢飯を。そして醤油をちょんとつけて、パクリと雷火さんが一口。

「……」

「お味はいかが？」

「……」

「おーい。雷火さん？」

「……」

「……ありゃりゃ。予想はしてたけど、駄目みたいですねぇ」

：無言やん

：無反応で草

：モデルすらピクリとも動かんｗ

：なんか感想言えｗ

：美味すぎて言えないんやで

：残当。ダンジョン産の食材を食べ慣れてない人間に、いきなり深層レベルの代物を食わせたらね

　コメントなし。リアクションもゼロ。雷火さんはひたすらに口を動かし、ただただ大トロを味わっている。

　やっぱり人間というのは、美味いものを食べると壊れるのだ。正確に言えば、舌から伝わる怒濤《どとう》の情報にフリーズする。そして黙々と食べるだけの機械になる。

「雷火さん、まだ一つ食べただけだよ？　そんな風に名残り惜しそうに味わう必要もないんだよ。――さあ、お食べ」

「……うん」

：ヒエッ

：待って。今すごくゾワッとした！

：乗るなハナビ、戻れ！

：後戻りできない系の選択させる悪魔やん
：……山主さん、もしかしてSだったりします？
：なんだ今の妖しげな台詞。ちょっとMっ気を擽《くすぐ》られた自分がいるんだけど
：どう考えても主人公サイドのキャラを洗脳して操る悪役です。本当にありがとうございました
：これは今後のボイスに期待

　なんかコメント欄で凄い失礼な誤解が生じてるぅ。ちょっとしたジョークというか、燃えない程度に『はよ食べましょうね』と急《せ》かしただけなのだけど。

「ちょっとリスナー。人のことSとか言わないでくれません？　俺、そんなんじゃないですけどー。コラボ相手が固まったから、適当なパフォーマンスで配信を回してるだけですぅ」

：えー、本当でござるかぁ？
：ダウト。あの感じはガチ
：まあ真性って基本的に無自覚だからね
：声が凄く愉しそうだったから、言い逃れはできないと思う
：お前がそう思うのならそうなんだろうな。お前の中ではな
：わりと真面目に需要はあると思うから、とりあえずボイス出して
：そもそも山主、配信とかでは緩めに喋ろうとしてるけど、言動から曲者《くせもの》の気配が滲《にじ》み出

てるし。猫を被《かぶ》りきれてない
：なおハナビのガチ恋勢は怒り狂うと思われ
：とりあえず松明《たいまつ》焚《た》いとく？

　本当になんて言われようだろうか。これじゃあ、マジで俺にＳっ気があるみたいじゃないか。

　あと気まぐれ感覚で火に油を注ごうとしないで。止めてよ本当に。今コメントでようやくユニコーンの存在を思い出したんだから。

「実際、今のって燃えるかなぁ？　でも、しょうがなくない？　マジで雷火さん、さっきの一言から黙々と食べ続けてるんだよ？　手巻き寿司作って、食べるだけの人形みたいになってるからね。これは流石に背中押したくなるでしょ。ロボットのスイッチと同じだって」

：言い方ァ!!
：やっぱりお前Sじゃねぇか!
：その発想をする時点で真性
：崖っぷちにいる人間の背中を押したのと同じだぞ!?
：つ松明
：ド畜生で草なんよ
：(´ω`)つ　ガソリン

だから燃やそうとするんじゃないよ。冗談に決まってるでしょうが。

「てかね、わりとマジでネタにしないとなんだわ。現在進行形で、スタジオ全体が中々カオスになってるの。雷火さんだけじゃなく、スタッフさんたちも黙々とマグロ食べてるんだよ。蟹《かに》とか食べてる時みたいって言えば、多分イメージしやすいと思うけど」

：あー……

：確かに全く音がしないな。さっきまではちょくちょくザワついてたのに

：ハナビがいただきますの音頭取ってたりしたから、もうちょい歓声とか出てもおかしくないもんな。お通し？の時はそんな感じだったし

：蟹かぁ。黙々と食べちゃうよね

：殻ほじくるのに集中しちゃうよなぁ

：深層レベルの食材を食わせた山主が悪い

うん。自業自得と言われてしまえばそれまでなんだけどね？　雷火さんのリアクションとか、普通に楽しみにしてたわけだし。

ただやっぱり配信者なので、放送事故的なのは勘弁というところ。

「ま、雷火さんたちの反応も仕方ないんだけどねぇ。砲弾マグロって、冗談抜きでこうなっちゃうぐらいに美味いから。事前に食べた立場としてザックリ説明させてもらうけど、ザリガニみたいな目新しい感じじゃなくて、ひたすらにマグロとしてのクオリティが高いタイプなんだわ」

お通しとして出したザリガニは、甲殻類の集合体のような味、食感をしていた。それが上手くまとまって、この上ない美食となっていた。

対して砲弾マグロ。こっちはそういうのじゃない。奇を衒《てら》っていない、王道一直線なマグロとして暴力的な旨味が特徴。

「脂にはガツンと魚の旨味が宿っていて、それでいてくどさは皆無。身質はまるで絹のように繊細で、舌に滑らかな食感を残しながら、雪のように消えていく」

だから食べた気がしない。美味いという感覚だけが残り、食べれば食べるだけ食欲が高まっていく不思議な魚。冗談でもなんでもない旨味の塊。

「最高級の寿司屋で出されるようなマグロが、スーパーで半額になっているマグロに思えてしまうほど。それも血抜きも失敗して、生臭くなっているようなやつ。そのレベルで質が違う。――そう考えると、この結果も納得だよね。無心で食べちゃうよね」

：例えが滅茶苦茶《めちゃくちゃ》なんだよなぁ

：やれやれみたいな雰囲気出してるけど、諸悪の根源お前やろがい

：マグロは知ってるのに、全然想像つかない

：美味そう。めっちゃ食べてみたい

：スタッフも羨ましいなぁ。てか、これ他のスタッフとギスったりしない？

：俺がスタッフの同僚だったら、わりと本気で嫉妬の言葉を放つ自信がある

：それな

「コメント。地味に厄介な指摘をするんじゃないよ」

……とりあえず、お食事型オフコラボは定期企画にするとは伝えておこう。あとは運営さんサイドで調整してもろて。

扱う食材次第では、差し入れはなしになったりするかもだけど。その時は運が悪かったということで、ね？

「ま、それはそれとして。配信、どうしよっかねー？　無我夢中で食べてるのを邪魔するのも悪いし。雷火さんの意識が戻ってくるまで、適当に雑談タイムで時間潰そうかなと思うんだけど。一応、同期組での配信タグが裏で【鉄砲隊】になったとか、そういうネタはあるんだけど」

ちなみに由来は、俺が猟師設定で、雷火さんの名前がハナビだからだ。猟師は銃を使うし、花火は火薬。で、銃関連かつ複数形ってことで【鉄砲隊】。

：そういうことサラッと言うやん

：配信タグ了解

：悪くないと思う

：物騒なコンビ名だけど、二人とも大なり小なり物騒なところあるし、いいと思います

：ちょうだいちょうだい。そういうのもっとちょうだい

：コラボ配信で一人雑談とかなんだこの枠w

なんなんだろうね。

□□□

——多少のトラブルはあったものの、雷火さんとのコラボは無事終了。かくして、大手を振って他の先輩たちともコラボできるようになったわけだけど……。

「運営さんにちょっとは加減しろと怒られて、料理系のコラボが当面禁止となりました。デンジラスのスーパー猟師、山主ボタンです」

：草

：開幕から草

：怒られたんかい

：うーん残当

：コラボなのに半分ぐらい一人雑談枠になってたしな

悲しいことに、最強の武器が封じられてしまいましたとさ。マグロがお高すぎてダメだったらしい。法律的には問題なくとも、コラボする側の心理的な負担が大きすぎるとのこと。

実際、配信終了後に雷火さんからひたすら謝られたり。『配信すっぽかして黙々と食べ続けてしまい、本当にごめんなさい』的な感じで。
あと『お高いものを用意してもらいありがとうございます、美味しかったです』とも。
……なんだかんだで真面目な娘さんだと驚いたのは内緒だ。
ま、ともかく。やはり高級品のイメージが先行してしまって、相手方にとってはそれがかなりの負担らしい。
市場に流さない限りは価値ゼロというか、空間袋の中で俺の気が向くまで永遠に死蔵されるだけの代物ではあるのだが、その辺りは認識の違いというやつなのだろう。
「んー、喜ばれると思ったんだけどなぁ。恐縮なんてしなくていいのに。許可取ってるから話すけどさ、雷火さんだけじゃなくて、先輩たちからもチャットで猛ツッコミされちゃった。『やめてください』の大合唱でした」
：本当に草
：当たり前なんだよなぁ
：四桁万円のプレゼントは、重いなんてレベルじゃねぇんだわ
：不思議そうなのがおかしいんだよ
ちなみに、一番本気かつ真面目に断ってたのは巫女乃先輩だったり。配信途中でコメント欄から消えてたのも、どうやら提供される品の値段に怖《おじ》気《け》付いて、謝罪文を考えてたからだ、とは本人の談。
あの人、配信上ではガサツ系の横暴キャラで通ってるけど、裏ではとてもしっかりして

るんだよね。気さくだけど、締めるところはちゃんと締めるタイプというか。

　巫女乃先輩を筆頭に、あそこまで強く遠慮されたら、無理強いするのもなぁって感じ。それはもう善意の押し売りみたいなものだ。

「ま、駄目と言われちゃ仕方ないよね。とりあえず、皆さんが俺の感覚に慣れてくるまで、料理を振る舞うのはストップ。コラボをするとしても、普通に通話繋いでなんかやる感じかな。……そもそも雷火さんが例外だっただけで、オフコラボなんて滅多にやるもんでもないしね」

：それはそう

：そこまで騒ぐことでもないはずなんだけど、やっぱりその辺はなー

：諦めてはないんかい

：最近は面倒になったよなぁ

：ライブラが女性ライバーのアイドル売りで大成してから、かなり潮目が変わったよな

：アイドル売りしてなくても、面倒な奴らは湧くからね

　ふむ。海外ニキたちをはじめ、界隈《かいわい》外からの新規参入してきたリスナーが多い我がチャンネルだが、それでもやはりVTuber事情に詳しい者が多いのも事実なわけで。

　炎上とかそっち系の話題になると、思うところはあれど納得の声が大半を占める。……特にここの古参リスナーを筆頭とした、デンジラス推しの方々のコメントは重い。なんというか、字面だけで苦い感情が伝わってくる。

「ということで、前フリが長くなりましたが。今日は告知していた通り、久しぶりの雑談枠です。最大の武器が規制されたので、代わりに使えそうなカードを話し合いたいなと」

：雑談枠は久しぶり

：昔のまったりとした空気も好きだったので、地味に嬉しかったり

：でもやっぱり、雑談となるといつもよりちょっと人が少ないよね。特に海外ニキのコメントとか顕著

：サムネにデカデカと『not cooking』って書いてるせいで、今日は外国語コメントは見かけないよなぁ

：やっぱり言語の壁を越える料理は強い

　そうなんだよねぇ。やっぱり俺は料理で爆伸びしたVTuberなので、需要がどうしてもそっち方面になっているのよね。

　なのでそこから外れると、ガクッと集客率が落ちる。特に大半が言葉の通じない海外ニキたちとかだと、より顕著に表れてしまう。

　だからこそ、雷火さんとのコラボをわざわざオフでやったりしたわけで。俺のリスナーを彼女の方に誘導するためには、やはり料理が一番だったからだ。

　が、結局運営から待ったが入ってしまった。デンジラスとしても悩みに悩んだのだろうが、最終的には焦りすぎもよくないという判断になった。

　俺という導線自体は、すでにできているからね。無理する必要もないと考えたのだろう。

「まず大前提として、今回の件はギスギス系の話じゃないよ。運営さんも苦笑い気味の反応だったし、ぶっちゃけると俺としても少しありがたかったり。ちょっと料理配信の頻度を減らそうと思ってたんだよね。流石に大変だったから」

：ほう？

：大変とな。なんか意外

：まあ、なんだかんだ材料調達とか大変そうだしなぁ

：これまで使ってたの、調達するのに苦労しそうなやつばっかりだったし。やっぱり負担はあるってことか

うん。コメント欄でなんとなく納得気味の雰囲気が出てるけど、微妙に違いますね。食材調達に関しては、本当に負担でもなんでもないの。大変なのは別な部分なの。

「えーと、勘違いが発生してるから訂正するけど、大変っていうのは材料調達ではなく、シンプルに料理するのが面倒になってきただけね。あんなマトモな料理、男の一人暮らしが頻繁にやるもんじゃないのよ」

：そっちかい！

：草

：料理が面倒とか、料理系配信者にあるまじき台詞やん

：でもちょっと分かる

：手料理は面倒だもんね

：料理が『できる』と、料理を『続ける』は、似てるようでわりと違うからな……

やっぱり共感する人いるよね⁉　そうなのよ。料理って実は面倒くさいの。趣味でやってるとか以外では、できる限り適当に済ましたいの。味なんてほどほどに美味ければいいの。

　俺自身、そんな感じで日々を過ごしてきたわけですよ。料理はできる方ではあるけど、趣味ってほど好きじゃない。だからカップ麺や男料理ばっかりだったし、なんなら結構な頻度で配達とか頼んでたりした。

　そんな人間が、配信映えするようなマトモな料理を頻繁に作れるものかと。面倒くさく思いはじめるのも必然というやつだろう。

「いや、本当に切実なんだよ？　調理時間、難易度、見た目とか、諸々《もろもろ》を考えなきゃいけないし。このペースでやってたらネタがなくなる。なによりこの頻度で食べてると舌が肥える。普通のご飯が楽しめなくなる」

：あー

：分からなくもない

：確かに高級食材って、週何回も食べるもんじゃねぇしなぁ

：生活に支障が出るのはいくない

　そうなんだよ。ダンジョン食材で作る料理は美味しいし、並大抵のことでは飽きることもないんだけどさ。なまじ美味しすぎるせいで、食事方面の幸福レベルというか、最低ラ

インが上がってしまいそうなのがね……。

　やっぱりジャンクフードや外食の類いを楽しめなくなるかもってのは、個人的には結構寂しいものがあるし、人付き合い的な面でも致命的すぎる。

「だから少なくしたいわけだけど、となると代わりのコンテンツはどうするって話。結構悩みどころなんだよ。テコ入れ前が証明しているように、普通の配信は退屈だったってことだし」

　ここまで伸びた理由はあくまで料理。つまり、ここでオーソドックスな配信内容に舵《かじ》を切ると、ファン離れが起きる可能性が少なからず存在するということ。

：んー、そこまで悲観することでもない気がするけどなぁ

：アンチや知名度でデバフが掛かってただけで、今はまた状況が違う気も

：トークが苦手とか言ってるけど、なんだかんだ喋れてはいるしな。料理を抜きにしても、ダンジョン系のエピソードはちょっと気になる

：普通にゲーム配信とかでいいと思うけど

「あー、トークを褒めてくれるのはありがとう。でもダンジョン以外では、わりと寂しい日常を過ごしてるから。そもそも雑談のネタがない。そしてゲームは……うん。あんまり力は入れられないかなぁ」

　ゲームはなぁ……。嫌いってわけじゃないんだけど、腕前が完全に人並みなんだよね。配信映えしない気配しかないというか。いや、人並みの腕前でも面白いVTuberも普通に

いるんだけどさ。

　俺の場合、体質的な部分がちょっとネックになるというか。そもそもフェアじゃないというか。

「ゲーム、特に対人ゲーとかがそうなんだけど、普通にプレイすると人並みで退屈だし、本気を出すと大抵の人に勝てちゃうんだよね。肉体スペック的な問題で、フレーム云々《うんぬん》が余裕で判別できるから」

：あー！　そっか探索者だとそっちの問題があんのか！

：そりゃ特定ジャンル以外のゲームは手を出しにくいわな

：ダンジョン発生初期のスポーツ、eスポーツ界隈で問題になったアレか。そりゃ駄目だ。火種にしかならん

：山主レベルになると、一般ピーポーとは反応速度からして違うもんな。プロでも追いつけない

　そうなんだよねぇ……。探索者と一般人では、そもそも立てる土壌が違う。一般人を基準に作られたゲームで、根本的なスペックが底上げされてる探索者が参加するとどうなるか、って話になるわけで。

　分かりやすく自分自身を例にすると、俺は銃弾を余裕で認識できるし、見てから回避も余裕だ。それぐらい動体視力、反応速度が異なってくる。

　実際、スポーツ業界だと探索者登録をしている人間は門前払いだったり。個人的に楽し

むならともかく、ちゃんとした舞台に立つのはNGという。

　大多数に見られる配信とて似たようなもので、ゲームによってはチートの誹《そし》りを受ける可能性は高い。だからやれない。

「んー、やっぱりアレかなぁ。面白さとかを考えると、ダンジョン系の雑談でもした方がいいかな？　一般リスナーにも分かりやすいよう、動画や写真とか並べて解説とかしたら受けるかな？」

：あ、それ面白そう
：食材の元となったモンスターとか、すっげぇ気になる
：サラッとすげぇこと言ってて草
：それはまさか深層の情報とかもか!?
：探索者が絶叫するやつじゃねぇか！
：マジで言ってます!?
：探索者クラスタらしきリスナーが色めき立ってる……
：あー、これまた大事になるぞー

　ふむ。意外と反応は悪くない？　料理が駄目だった時の次点ネタぐらいにしか思っていなかったけど、想像以上に需要はありそうか。

「んじゃ、近いうちにまたダンジョン潜るかー」

　まずは探索に耐えられるカメラ買わなきゃかな。それも、できるだけ画質のいいやつ。

「あ、あとアレだ。ちゃんとした告知はあとでツイートするけど、天目先輩と今度コラボしますので、お楽しみに」

□□□

「えーと、始まったかな？　……うん。イッカの皆、オハナしよーね。デンジラス一期生、天目一花《いちか》です」

：オハナしだー！
：オハナしだー！
：オハナしだー！
：コラボ楽しみ
：オハナしだー！
：待ってた
：オハナしだー！

さてさて。カメラの準備やらなんやらをこなしていたら、いつの間にかやって来ましたコラボ当日。

お相手は我らがデンジラスの一期生にして、開祖としてメンバー及びファンから崇《あが》められる天目一花先輩。

一応、表の方では初絡み……以前の配信で、軽くコメント欄に顔を出した程度だし、初絡みということで良いと思う。それ以外では、ＳＮＳでもマトモに絡んでないし。

「今日の配信なんだけど、私ずっと楽しみにしてたんだ。こうしてちゃんとお話しすることができるようになって、本当に本当に嬉しいの」

だからだろうか。トークの熱量が、普段のそれより若干高い気がする。まあ、デンジラスの過去が過去であるため、裏の方ではかなり密に交流を重ねていたので、その辺りの感情があるのだろう。

特に天目先輩は、根がとても善良なお人なので、二度と同じ過ちを繰り返してなるものかと、先輩たちの中では特に積極的に声を掛けてくれてたりしたし。

そして俺は俺で、配信関係ではガチの素人であったため、彼女の気遣いに何度も助けられた。

「というわけで、今日のコラボの相手はこの人！　デンジラスの新人にして、いま話題沸騰中の山主ボタン君です！」

「山主ボタンです！　本日はよろしくお願いいたします!!」

「なんか挨拶が硬いよ!?」

――つまるところ、俺は天目先輩には頭が上がらない。それもネタでもなんでもない、ガチな方で。

「どうしたの山主君!?　そんな畏《かしこ》まった挨拶しなくても大丈夫だよ!?」

「自分はいろいろと迷惑をお掛けした新人ですので！　少なくとも、最初はしっかりと頭を下げさせていただきました！」

：部活かな？

：テンションが運動部のそれ

：草

：イチカちゃんガチで狼狽《うろた》えてて草

：ああいう子、後輩にいるわー

：ちゃんと挨拶できて偉い！

：同期コラボを優先したことといい、なんだかんだで義理堅いよね山主って

　まあ、こういうのはねぇ。しっかりとしなきゃいけないよ。別に体育会系というわけではないけど、それはそれとして上下関係は大事ってね。

　というか、一回は表で頭を下げないと、俺の環境的に発火しかねないという。いや、もう多少の理不尽じゃ燃えないネームバリューはあるとは思うけど。

　大恩があり、それでいて迷惑を掛ける可能性があるのなら、しっかりと最初にカマしておくべきだろう。

「……ふぅ。失礼しました。コレは自分なりのケジメのようなものなので。以降は普段通

りにしますね」

「お願いね？　ずっとそんなのだと私も反応に困っちゃうよ……」

「うす」

よしよし。とりあえず、これで予防はおしまい。それじゃあ、本格的にコラボの方に移っていきましょー。

「てことで、改めてよろしくお願いいたします。天目先輩のチャンネルにお邪魔させていただいているということで、大変に緊張しております」

「まだ硬くない？　というか、山主君って緊張とかするんだね……」

「俺のことをなんだと思ってます？」

：草

：草

：これはイチカちゃんが正しい

：だって緊張しそうにないじゃんキミ

：草

：天上天下唯我独尊みたいなイメージですが？

：どうせ台詞だけ

　我が強いと認識されていることは分かった。そして全く間違ってないので反論が難しいという。

「……それはそれとして。今日のコラボについて話していこっか」

「露骨に話を逸《そ》らしましたねー。ノリますけど」

「えへへ……。で、本日の企画ですが、一緒にゲーム配信をしようかなって思います。タイトルはコレだよ」

天目先輩の言葉と同時に、配信画面が切り替わる。そうして映し出されたのは、おどろおどろしいイラストが背景のタイトル画面。

それは様々な配信者が実況している、有名な横スクロール型のホラーゲームであった。

「……同意した時点で今更ではあるんですけど、やっぱり最初のコラボでホラゲーってどうなんですかね？」

「あはは……」

天目先輩の返事は乾いた笑いだった。本人も中々無理があると思っているのは明白だろう。

とはいえ、仕方のないことでもある。なにせこちとら、根本のスペックから異なる探索者。特定ジャンルにおいては常人では相手にならないが故に、遊べるゲームも限られてくる。

で、天目先輩と話し合った結果、アクションや対戦要素がない、ストーリー系のオフラインゲームが妥当という結論に。

そうして該当するいくつかのゲームの中、リアクションなどで配信映えするホラゲーが選択されたのである。

「あー、その、ね？　味がある配信ってやつだよ」

「やっぱり俺が料理を振る舞う配信の方が良かったのでは？」

「お腹痛くなるから止《や》めてほしいかなぁ……」

：ガチトーンで草

：草

：草

：当たり前なんだよなぁ

：ウン十万とかするもんご馳走されればな……

：そりゃそうよ

：草

：奢《おご》りだと分かっていてもストレスがマッハなんよ

金額なんて気にする必要ないんだけどなぁ。俺としては、買い溜めしたカップ麺を提供している感覚に近いのだが、中々理解してもらえないのがなぁ。

値段なんて、結局は市場に出さなければゼロと同じ。ならばあとは所有者次第だろうに。

ま、かと言って押し付けるのも違うので、ネタにする以上のことをするつもりはないのだけど。

「で、このゲームなんだけど、山主君はやったことある？」

「完全初見ですね。天目先輩はどうですか？」

「私もコレは初プレイかなぁ。ただ前のシリーズのやつは全部プレイ済み」

「そういやなんかやってましたね」

切り抜きとかで観た気がする。ライブやアーカイブでは流石に観てないけど。

「ちなみにコレは最新タイトルとのことですが、無印からやんなくて大丈夫なんです？」

「ストーリーは独立してるから、特に不都合はないと思うよ。無印からやった方がいいって意見もあるのは分かるけど、やっぱりこういうのは一緒にリアクション取りたいなって。だから私も初見の最新版にしちゃった。ゴメンね？」

「いえいえ。複数でのホラーの場合、新鮮さが大事ってのは分かりますし」

まあ、初見のプレイヤーのリアクションを、作品経験者がニマニマ眺める楽しみ方もあるが。

ただ天目先輩の性格的に、そっちの選択肢は生えてこなかったのだろう。

「ところで天目先輩って、ホラーとか耐性ある人ですか？　なんか悲鳴上げてる切り抜きが多い印象なんですけど」

「……正直、結構な怖がりだよ。ただジャンル的には嫌いじゃないの。心霊番組とか、怖くても観ちゃうタイプ」

「あー」

わりといるよね、そういうタイプの人。道理でアーカイブにそこそこの数のホラゲーがあるわけだ。

：頻繁に悲鳴上げてるよね

：イチカちゃんはホラー好きだよ

：怖くてもつい観ちゃうんだよなぁ

：ホラーはなー

：そういう魅力があるよね

：あの怖がりようで好きってのはかなり意外なのよ

：いつも最後は楽しかったで締めるもんな

　ふむ。コメントを見る限りでも、本人の証言と大差ないと。なら強がりの類いでもないか。

　じゃあ大丈夫かな。いや、天目先輩がホラー苦手かどうか、地味に気になってたんだよね。こっちの事情でホラゲーがピックアップされたわけだし、苦手な人に無理に付き合わせるのは申し訳ないからさ。

「そういう山主君はどうなの？　ホラー系は駄目だったりする？」

「ホラーは普通に好きですよ。怖がりとかでもないです」

「あ、そうなんだ。じゃあ今日は頼りにさせてもらうね？」

「失礼を承知で言わせてもらえば、正直ゲームよりも今の天目先輩の言葉の方が怖いっすわー」

「なんで⁉」

炎上の気配がするからですかねぇ……ってコラ。リスナー、嬉々としてコメント欄に炎のイラストを投げるんじゃない。

ネタなのは重々承知してるが、これまでがこれまですぎるから、派手に延焼しそうで洒落になってないんだよ。

「……ま、冗談はさておき。操作の方はどうしますか？」

「んー、ゲームシステム的にはクリックしていくだけだし、どっちでも変わらないとは思うよ」

「じゃあ、天目先輩が操作する感じでいきましょうか。自分のペースで進めていった方が、心臓に悪くないでしょう」

「そうだね。ありがとう」

「俺は後ろで野次を飛ばす係をやりますね」

「せめて応援にしてくれないかな⁉」

：草

：草

：草

：草

：草

：最初の体育会系ムーブはどこいったしｗ

：草

ホラゲーの応援なんて野次の一種だと思うのだけど、そこんところはどうなのだろうか？

まあ、天目先輩のリアクションに合わせて、その都度コメントをしていけば問題なかろう。

「じゃ、スタート。えーと……『暗い夜の道を歩く。部活の練習に熱が入ってしまい、私は普段よりも遅い時間に学校から帰っていた――』」

画面に表示されるテキストを読み上げながら、天目先輩が主人公と思わしきキャラクターを動かしていく。

おどろおどろしいＢＧＭ。横へと歩く主人公。主人公の動きに合わせて、ゆっくりと動いていく背景。――その途中で唐突に映り込む、明らかに人ではないナニカ。

「ピッ⁉」

「今なんか変な鳴き声上げました？」

：可愛い

：可愛い

：可愛い

：草

：可愛い

：やっぱりイチカちゃんビビりだわｗ

：そんで山主は動じねぇなオイ

：これは確かに野次ですね

うーむ。速攻で悲鳴を上げたなぁ。雰囲気的に一発ジャブが飛んでくるのは明らかだったし、ホラー耐性を抜きにしてもそこまで怖くないと思うのだけど。

これでビクつくとなると、天目先輩って本当にビビりなのでは？

「あの、まだ序盤も序盤ですよ？」

「だ、だだ大丈夫！　大丈夫だから！　えっと『なんだったんだ今のは？　幻覚？　でもあそこに』——ふぉおうわっ⁉」

「駄目みたいですね」

バンッとホラー演出が入った途端、天目先輩からまたもや奇っ怪な悲鳴が上がる。

ここまでビビりだと苦手と言っても差し支えないはずなのに、自己申告とリスナーのコメントによるとホラー好きというのだから、人間ってのは不思議なものだ。

「あの、本当にホラー好きなんですか？　面白いぐらいに取り乱してますけど、実は無理してたりしません？」

「ととと取り乱してなんかないよ⁉　普通だよ普通！」

「どの口で……」

不安になるぐらい言葉がつかえてるんですが。テキスト読み上げとかに支障が出るレベルでは？　……いやでも、驚いたあとにすぐ操作を再開しているし、やはり嫌いではないのか。

「というか、山主君は本当に動じないね？　今のシーン、結構なビックリポイントだと思ったんだけど……」

「そりゃ当然ですよ。探索者が不意打ちでビビってたら、普通に死にかねないですし」

「それは禁止カードじゃないかな⁉」

：草

：草

：ぐうの音も出ねぇ

：ホラー苦手かどうかの質問に出てくる答えじゃねぇんだわw

：草

：それはそう

：草

：実際その通りではある

だって驚きでいちいち身を竦《すく》めてたら、命がいくつあっても足りないし……。何があっても平常心を維持するのなんて、一定レベルを超えた探索者にとっては必須技能みたいなものです。

あとはシンプルに、ゲームの演出的に予想できたってのもある。ホラーなんて、大抵は何かしらの予兆があるものだし、その上で知覚能力が常人とかけ離れてるとね……。ドッキリがドッキリとして成立しない。

「もしかして、山主君がホラー平気なのって……」

「ぶっちゃけ慣れですよね。日常的にモンスターとバトってますし。恐怖とかの許容範囲がデカいんですよ。あとは単純に、ホラー作品のエネミーが大したことなく思えるというか。『あ、コイツ勝てるわ』ってなるんすよね」

「えぇ……」

ドン引きされてしまった。いやでも、仕方ないんですよ。目の前に出てきたところで、普通に瞬殺できるであろうことを考えると……うん。

自分より弱い奴がウオーって画面の中で暴れていたとして、それを怖いと感じられるかって話だ。

ストーリーをしっかり楽しんだ上で、登場人物たちに大変そうだなぁと憐《あわ》れみを向けるのが精々だろう。

「ま、現実の感覚をフィクションに当てはめるのは、かなり無粋な行為ではあるのですが……。中々どうして、この手の認識は矯正が難しくてですねー」

「怖がろうにも怖がれない？」

「そんな感じですねー」

「そっかー」

：自分より弱い相手を恐れる道理もないか

：勝てる勝てないで判断するっておかしくない？

：思考回路が物騒すぎる

：山主さん、ホラーととことん相性悪いなぁ……

：寺生まれのTさんかな？

：まあ、ダンジョンのモンスターの方が恐ろしいと言われたら、それはそうとしか言えないわな

：物理的な恐怖に慣れたら、感覚が麻痺《まひ》するのは仕方ない

納得八割、微妙な同情とその他のコメントがともに一割といったところか。同情は恐らく、一つのジャンルのコンテンツが楽しめなくなったことに対してだろう。

とりあえず、妙な方向に流れることなく、トークのネタとして消化されたことでなにより。

「——に、『逃げなきゃ、逃げなきゃ逃げ』……ぴうっ⁉　……そういえば地味に訊《き》きたかったんだけど、探索者の人って霊感に目覚めやすい噂があるんだって」

「驚いてからシームレスに話題振ってきましたね」

やっぱり天目先輩ホラー好きだわ。驚くは驚くけど、そのあとの切り替えが早すぎる。

「それはそうと、探索者の霊感ですか。……んー、正確ではないが、あながち間違っては

ないって感じですかねー」

「嘘っ⁉　これ、噂じゃなかったんだ……」

「ちなみに俺も幽霊は見えます」

「そうなの⁉」

：幽霊ってやっぱりいるの⁉

：ここで霊感キャラ追加とか属性盛りすギィ！

：山主さんマジでなんなん⁉

：まさか心霊系VTuberとしてもデビューしちゃう……？

：なんでもありかアンタ

：ネタかガチか分からないラインを攻めるのやめれ

：山主さんだからなぁ……

：嘘だとしても嘘と思えないんよ

　いや、流石に霊感キャラとしてやっていく予定はないから……。というか、俺の場合は霊感としてカウントしていいのかも微妙なものだし。

「タネを説明しますと、探索者ってスキルで魔法とかを使ったりするんですよ。で、その関係か妙な部分で感覚が鋭くなる人が一定数いるんですね」

「それが霊感、ってこと？」

「そんな感じです。あとはモンスターの中にアストラル系……あー、レイスやゴーストなんて呼ばれる存在もいるので。そういうのと何度も遭遇したりすると、自然とそういう非実体系の存在の気配を憶《おぼ》えたりするんですよ」

だから霊感に目覚めるというよりは、見えなかった、見ようとしなかったものに、意識を向けられるようになるってのが正解だったり。

「なので世間一般で言うところの、霊能者とはまた違うんですよね。意識のチャンネルを合わせられるようになってるだけなんで。見ようと思えば見えるかなって感じです」

「な、なるほど……。じゃあ、幽霊と出会っても除霊とかはできないんだ」

「あー、物理的な被害さえ気にしなければ、アストラル系のモンスターを狩れる探索者なら、普通に仕留めることはできますよ？　それを除霊と表現するかは議論が分かれる部分ですが」

「……ちなみに山主君は？」

「余裕で倒せますね」

「探索者ってなんなの？」

そんなこと言われましても……。探索者は探索者だとしか。

実際は探索者じゃなくて、ダンジョンがなんなのって案件だし。ちなみに、探索者を強いて表現するなら、浪漫を求めて人を辞めていくバカタレどもである。

「でもそっか。……それなら、山主君に協力してもらえば、夏に凄いホラー企画とかもできるってことだよね？」

「それ、心霊番組とかで出てくる、解説役兼護衛の霊能者をやれって言ってます？」

「……ダメ？」

「別に構いやしませんが」

：いいんかい！

：サラッと決めていい内容ではなくね!?

：ホラー好きと最強探索者主催の、ガチホラー企画ですと!?

：めっちゃ気になる企画を計画するやん

：ひとりかくれんぼとかやっちゃう？

：ヤバめな降霊術たくさん試してみてほしい……

：危ないからやめた方が……いや多分危なくねぇな

：山主さんがいるだけで謎の安心感がある

　繰り返すが、俺は別に霊能者ってわけじゃないのだが……。安全確保はできるし、やれと言われれば喜んでお手伝いさせてもらうつもりではあるけど。

「ま、そんな先のことよりも、今は目の前のホラゲーをクリアすることが最優先なんですがね？」

「うん！　頑張って全チャプタークリア——ひうっ!?」

「失礼を承知で言いますけど、あなたその体たらくでよくホラー企画なんて提案できましたね」

——なお、ビビりすぎて全体の半分ぐらいのチャプターで、天目先輩は力尽きた模様。

CHAPTER 04

OSHI NI SASAGERU DUNGEON GOURMET
Volume_01

第四章　炎上キラーパス

A strong explorer debuts as a streamer and aims for a gourmet collaboration with his admirer.

デンジラスのスーパー猟師　山主さんについて語るスレ

301　名無しの視聴者
そういえば話変わるけど、山主《やまぬし》ってまだダンジョンなんだっけ？

302　名無しの視聴者
そのはず。イチカちゃんとのコラボのあと、今後の動画の素材を集めるために、一週間ぐらい潜るとか呟いてたし。

303　名無しの視聴者
配信のネタのためにやることじゃないんだよなぁ。

304　名無しの視聴者
いや本当に。安否確認もかねて、戻ってきたらちゃんとツイートしてほしい。

305　名無しの視聴者
それな。ただでさえ今週は嫌なニュースがあったのに、ここで山主まで戻ってこなかったら悲しすぎる。

306　名無しの視聴者
まさかウタちゃんが、外出中に階段から落ちて意識不明になるなんてな……。

307　名無しの視聴者
一人のウタんちゅとしては、未《いま》だにあのツイートがデマだと信じてる。

308　名無しの視聴者
公式サイトからの情報だぞ。気持ちは分かるが諦めろ。

309　名無しのリスナー
春の大型企画を成功させたあとにコレだもんな……。悲しいにもほどがある。

310　名無しのリスナー

テンテンも心配だわ。一緒に遊んでたっぽいんだよな？

311　名無しのリスナー

多分そう。流石に事故直後に公式が発表することはないだろうし、ある程度のラグはあるはず。で、ウタちゃんやテンテンの配信から推測されるスケジュール、ウタちゃんの最後のツイートから推測した場合……。

312　名無しのリスナー

しかもテンテンもお出掛けの日を最後に、一切ツイートしてないんだ。だからほぼ確定。

313　名無しのリスナー

アレなんだよな。確か配信では、個人的なお疲れ様会みたいな感じって言ってたんだよな……。

314　名無しのリスナー

そんな楽しい日に……。同期で親友が目の前で階段から落ちて、そのまま目を覚まさないとかトラウマすぎるだろ。

315　名無しのリスナー

一応、事故当日から結構な日数が経《た》ってるし、山場は越えてると思いたいけど……。

316　名無しのリスナー

それはそれで絶望的なんだよなぁ。公式から以降の情報がないってことは、つまり状況は好転してないってことで。意識不明のまま脳死、寝たきり、なんてパターンも。少しマシでも半身不随か。

317　名無しのリスナー

やめてくれよ。こんな終わりだったら泣くぞマジで。

318　名無しのリスナー

またライブラの皆で笑ってるところを見せてくれ（泣）

319　名無しのリスナー　ID:〇〇〇

お前ら、気持ちは分かるがそろそろ落ち着け。流石にもう見過ごせん。それ以上はスレチだ。ここは山主さんのスレだぞ。

320　名無しのリスナー

気持ちは本当によく分かる。最大手事務所の人気Vの今後にまつわる内容だからな。でも、スレチはマナー違反だ。ウタちゃんの安否を気にするなら、専用の板にいけ。

321　名無しのリスナー

うっ、すまん。ちとマイナス思考に寄ってた。

322　名無しのリスナー

ゴメン。スレとは関係ないライバーの話をして、辛気臭い空気を持ち込んじゃいけないよな。

323　名無しのリスナー　ID:〇〇〇

分かってくれればいい。何度も言うが気持ちは分かるしな。

324　名無しのリスナー

ここのスレにもウタんちゅや天空民もいるだろうしな。大勢が心配してるのは間違いない。

325　名無しのリスナー

でもアレよな。スレチなのは確かにそうなんだが、山主とか戻ってきたらどんなリアクション取るのかね？　確か山主、結構なV好きじゃなかったか？

326　名無しのリスナー

あー。そういや配信とかでそんな話はしてたな。ウタんちゅや天空民かどうかは知らんけど。

327　名無しのリスナー
もし山主がウタんちゅだったりしたら、かなり落ち込むのでは……？　少なくとも、俺なら膝から崩れ落ちる自信はあるぞ。

328　名無しのリスナー
海外出張から帰ってきたら、推しが死にかけていると考えたら……まあキツいわな。

329　名無しのリスナー
いやでも、山主さんだったらなんかいろいろしてくれるかも？　すげぇ高い食材を気前よく提供してるし、ダンジョン産の薬とかも寄付してくれたり……。

330　名無しのリスナー
あ、なんか分かる。山主の印象って、狂言回しとかそっち系だし。

331　名無しのリスナー
>>329
馬鹿野郎。滅多なこと言うんじゃねぇよ。そういう憶測はトラブルのもとだ。真に受けるやつがいるかもしれんし、便乗して燃やそうとするアホとか出たらどうするつもりだ。

332　名無しのリスナー
>>329
そのコメントは最悪だぞ。そもそも食材とポーション類は価値が違いすぎるだろ。売るか食うしかないであろう食材と違って、即座に傷とかを回復してくれるポーションとか探索者の生命線だろ。普通に考えたら。

お前それを理解してんのか？　もしそれで山主が周囲から寄付を迫られたらどうするつもりだ？　それは最終的には山主の命に関わることだぞ？

333　名無しのリスナー

>>329
そもそも大前提として、その薬を山主が持ってるかどうか不明なわけで。いやまあ、持ってたとしてその資産価値は何十億の世界。いくら推しでも、他人に寄付するのはちとキツいと思うけどな。

334　名無しのリスナー

怒濤《どとう》のツッコミが入ってて草生えますわよ。いやまあ、この件に関しては迂闊《うかつ》な発言を控えろってのは、大賛成なわけだけど。

335　名無しのリスナー

>>333
寄付云々《うんぬん》の是非はともかく、お金に関してはボタンニキも気にしないと思うけどなぁ。

336　名無しのリスナー

>>335
いや、この場合だと気にするべきはウタちゃんサイドじゃね？　確か寄付、クラファンとかもだけど、贈与税の対象だった気がするけど。何十億のアイテムを寄付されたとして、その分の税金なんか払えると思うか？

337　名無しのリスナー

あぁ！　税金の問題があるのか。それは……山主も迂闊なことできんな

338　名無しのリスナー

んー？　治療系の寄付とかは、やり方次第では非課税にできた気がするけど、どうなんだ？

339　名無しのリスナー

税金はややこしいからなー。ま、ウタちゃんレベルならワンチャン払えなくはないだろうけど。チャンネル登録者は百万超えてるし、全員がスパチャやメンバーに入れば……無理か？

340　名無しのリスナー
まあ、どちらにせよ全ては俺たちの妄想だ。そもそも山主が薬を持ってるかどうかも不明な以上、意味のないたらればでしかない。

341　名無しのリスナー　ID:△△△
>>340
……妄想が妄想で終わらなかったぞ。山主が帰還ツイートしてる。そしてクッソタイムリーな地雷を踏み抜き、ものの見事に炎上中。

342　名無しのリスナー
>>341
ファッ!?

343　名無しのリスナー
>>341
なんでや!?　なにをどうやったらダンジョンから帰って炎上すんだよ!?

344　名無しのリスナー
舌禍か？

345　名無しのリスナー
>>340
ツイート見てきたわ……。山主君さぁ、なんでこうも的確にアカンところぶち抜くん？

346　名無しのリスナー　ID:△△△
>>344
……舌禍、ではないと思う。別に悪いことはしてないし、普段なら賞賛されてただろう善行。だが時期が悪すぎるわ。もう本当にこれに尽きる。多分、ダンジョンから帰還したばかりで完全に知らんかったんだろうけど……。

以下、一連のツイートコピペ

さっきダンジョンから帰還しました。で、いざ帰宅と道を歩いてたら、空から瀕死《ひんし》の子猫が落ちてきました。……どういうことなの？

とりあえず、スルーできなかったから予備の上級ポーションぶっかけて助けたけど……。助けた以上、やっぱり最後まで責任持たなきゃ駄目よなぁ。

てことで、ちょっと今日は配信おやすみ。用意した素材とかの編集もあるから、配信は明後日ぐらいになるかもです。

347　名無しのリスナー

えぇ……。

348　名無しのリスナー

一人の猫好きとしては拍手してやりたいところだけど、タイミングよ……。

349　名無しのリスナー

多分カラスだろうなぁ。あいつら、子猫とかそうやって殺して食べるし。

350　名無しのリスナー

おまっ、野良猫に使うのなら、その予備はウタちゃんに使えよ!?　上級ポーションならワンチャンいけただろう!?

351　名無しのリスナー　ID:△△△

>>350
まさにそれで大炎上してるんだ……。特にウタんちゅが怒り狂ってる。

352　名無しのリスナー

山主からしたら理不尽でしかないんだろうけど、これはなんとも間が悪い……。

353　名無しのリスナー

山主君さぁ……。なんでキミはこんなに話題が尽きないの？

CHAPTER 04

第四章　炎上キラーパス

□□□

野良猫助けたツイートをしたら、盛大に炎上したでござる。……流石《さすが》にこれは予想外すぎて唖然《あぜん》としたよね。

いやまあ、事情を把握すると納得というか、なんかトンデモないことになってて驚いたのだけど。

「まさかウタちゃんがねえ……」

バーチャルアイドル【色《いろ》羽《は》仁《に》ウタ】。業界最大手とされ、VTuberのアイドル売りを確立させた事務所ライブラに所属するVTuberで、チャンネル登録者数はなんとなんと百万人オーバー。

この数字は生半可なことで取れるものではない。アイドル売りの先駆者にして、不動の帝王であるライブラの看板だけでなく、自らの資質で大勢のファンを獲得しているからこその結果。才能、努力、環境の三要素が揃《そろ》ってようやく届く大台。

つまるところ、色羽仁ウタはそれだけ人気があるVTuberということであり——だからこそ、彼女を襲った不幸はライブラのファンたちに、いや業界に激震を走らせた。

『悲報。大人気バーチャルアイドル、生死の境を彷徨《さまよ》う!?　復帰は絶望的』

デカデカと注目を集めるようなサムネに、なんとも意味深なタイトルの動画。いくつかの動画サイトで軽く検索をかければ、それだけでこんな感じのまとめ動画が大量に。それほどまでに衝撃的な一件だったのだろう。

ザッと情報を集めてみたところ、外出中に階段から転落し、そのまま意識不明の重体。以降、公式からの続報はなしということのようだ。

「はぁ……」

自然と溜息が漏れる。全く。人がダンジョンでせこせこ配信のネタを用意している間に、こんな大事件が起きてるとかどうなってるんだ。

わりと真面目にショックだ。ウタちゃんは推しというほどではないし、精々が切り抜きをたまに眺めるぐらいの認知度だけど、それでも事態を把握した時は固まった。それだけ知名度が高いライバーだったから。

なにより一番勘弁してほしいのは、意味不明な軌道で火種がキラーパスされたこと。なんで巻き添えに俺まで大炎上してるんだ？　夜桜猪王としてはライブラのライバーの程度の認識だし、山主ボタンとしては交流すらないんだぞ。

いや、分かるよ？　推しが生死の境を彷徨ってるであろう状況で、同じライバーが野良猫にポーション使ってたら腹も立つだろうけども。

でも仕方ないじゃん、知らんかったんだから。知ってたら流石にツイートしないわ。空から瀕死《ひんし》の子猫が降ってくるとかいう珍事のせいで、帰還後にいつもやってる情報収集が完全に頭からすっぽ抜けたんだよ。なお原因は恐らくカラス。

で、そんなこんなで事態の全貌を把握したのがついさっき。『助けた以上は責任持たないとなぁ』ってことで、近場の動物病院探して訪ねて、ペット用品を買い揃えて帰宅。

そして汚れ、負傷時に流れた血、ノミダニを落とすためになんとか丸洗いとブラッシングを済ませ、ようやくケージに突っ込んだところで、マネさんから緊急の通話が入ったわけですよ。

「ミャアー！　ミャアァァ!!」

「はいはい落ち着く」

お湯をぶっかけられたせいか、恐ろしくご機嫌斜めの子猫を宥《なだ》めつつ、スケジュール帳に予定を書き込んでいく。

予想外の炎上ということで、近いうちに事務所に顔を出すことになったのだ。かなり特殊な状況のため、マネさんだけでなく役員クラスの方々と話し合う必要があるということで。

なにせ今回の炎上は、一般的なそれとはわけが違う。大抵の炎上というものは、本人の言動からくる自業自得か、アンチによる揚げ足取りや誹謗《ひぼう》中傷、複数の要因が絡んだ末の事故のどれかだ。

で、俺の炎上はそのどれでもない。いや、事故と言えばガッツリ貰い事故なのだけれど、バックボーンが例外的すぎるのだ。

まず、俺を燃やしている者たちには悪意がない。皆無とは言わないが、そんなのは極一部。大半は推しに対する善意と正義感からの暴走。

ウタんちゅ、そしてライブラのファンたちからすれば、俺は生死の境を彷徨っているであろう推しを救える数少ない可能性。しかも野良猫に高価な薬を使用する善人、またはお人好し。

だからこそ彼らは縋《すが》りにきた。ウタちゃんを助けてくれと、お前の持っている薬を提供してくれと。……まあ、最終的には数が増えたことで強気になったのか、要望から『寄越《よこ》せオラァ!』という恫喝《どうかつ》に変わりつつあるのだが。愉快犯も扇動してるっぽいし。

「ミャアッ! ミャアンッ!!」

「……あー、この感じあれか。お腹《なか》すいたんか。ちょっと待って。今ミルク作るから。えーと、作り方は……」

そして一番問題なのが、彼らが【ライブラ】の名前を出してしまっていること。その上で犯罪スレスレの集団圧力を掛けてきてしまっているので、事態は事務所同士の問題にまで発展してしまっているわけだ。

ライン越えの発言をしている一部の馬鹿たちは、開示請求からの刑事告訴で対処完了ではあるのだけど、それ以外は扱いが極めて難しい。

デンジラス側としても、業界最大手のライブラとことを構えたくなどないだろうし。

……いやまあ、多分やり合うことになっても、状況的にこっちに分があるんだけどさ。

それでも余計な波風は立てないに限る。なによりウタちゃんが哀れだ。自分が重体になってしまったせいでファンが暴走し、無関係な他所の事務所とライバーが燃やされ、所属事務所にも迷惑を掛けるなど……。

普通に考えればケジメ案件というか、よほどの図太い人間でもなければ罪悪感で鬱《うつ》になりかねない。もし体調が回復したとしても、違う種類の地獄に叩き落としては本末転倒だろう。

「ミャアッ、ミャアァァ!!」

「だから落ち着けと！　いまミルク作ってるから暴れるんじゃないよ!?」

「ミャアァァッ」

……やめた。延々とケージの中で暴れ回る子猫君のせいで、シリアス方面に思考を割けない。今後のアレコレよりも、目の前の欠食児童を落ち着かせる方が急務というもの。

まあ、明日の話し合いまでこちらができることなど皆無なので、子猫君の方を優先してもなんら問題もないのだけど。下手に騒ぎを大きくしないように、ツイートも配信も完全にストップすることになってるし。

てことで、完全に意識を切り替える。ミルクの香りに釣られて荒ぶる子猫君をケージから引っ張り出し、膝の上に乗せて哺乳瓶を……。

「ミャアッ、ミャアッ!!」

「哺乳瓶を弾《はじ》くな！　大人しく咥《くわ》えなさい！　そんなに荒ぶるっ、コラ零《こぼ》すな!?」

「ミャアァァ!!」

ちょっ、タオルタオル!?　なんでこんなにミルク零すのこの子!?　子猫だからって食事下手すぎない!?

てか、マジで荒ぶるなこの子。やっぱり瀕死の状態から一気に健康体になったから腹減ってるのかな？　ポーションで活動に支障がないレベルまで肉体が回復していても、これまで蓄積していた飢えの感覚が消え去るわけではないし。

健康になった分、余計に腹が減ってるように感じているのかも。……それで荒ぶった挙句、上手くミルクを飲めてないあたり本末転倒感が凄《すさ》まじいが。

「ミャアッ、ミャアッ！」

「頼むから大人しく……ん、なんぞ？」

「ミャアッ、ニャウッ！」

哺乳瓶を片手に悪戦苦闘していると、脇に置いていたスマホに着信が入った。

マネさんから追加の連絡かなと思って覗いてみると、画面に映っていたのは雷火《らいか》さんの名前。なにか用事だろうか？

「はい、山主ですけど」

『あ、ボタン？　今って大丈夫？』

「大丈夫だけど。……あ、だから暴れるなと」

『……暴れ？　なんかお取り込み中？』

「いや違うよ。ツイートで説明した子猫にミルクやってるんだ。初めてだからちょっと苦戦してるけど」

　実際は苦戦なんてレベルじゃないけど。なんだこのリトルモンスター。哺乳瓶を奪おうとガンガン爪立ててくるし、これ俺が硬化使えなかったら手がズタズタになってるのでは？

　ついさっきまで野良猫だったし、感染症とか起きたら……自力で回復できるから特に問題ないか。

『ふーん。なんか凄い大変なことになってるから心配してたんだけど、全然大丈夫そうじゃん』

「そりゃまあ、舌禍とかじゃなければ炎上なんて気にするだけ無駄だし。ネット越しの誹謗中傷よりも、モンスターの攻撃の方が億倍怖いよ」

『価値観が武闘派すぎるんだよなぁ。いやうん、私の杞憂《きゆう》だったのならそれでＯＫなんだけど。……例の事故以降、いろいろと大変だったからね』

「あ、やっぱり？」

『うん。リスナー側もそうだけど、ライバー側、特に企業勢に走った衝撃が凄くてね。というか、一花《いちか》先輩がヤバかった。表には出してないけど、裏ではかなり動揺してた。なんなら今も引きずってる』

「天目先輩が？」

どうしてここであの人の名前が出てくるんだ？　いや、確かに慈母みたいな性格の人だけど、それでも他人の事故だろうに。

まだ交流のあるライバーとかなら分かるけど、デンジラスとライブラの間に交流なんかないし……。

「なんか絡みでもあったっけ？　俺の記憶だと、先輩たちがライブラのライバーとコラボしたとか、そういう記憶はないんだけど」

黎明期から存在しているライブラは、紆余《うよ》曲折を経てVTuber界のガラパゴスと化している。アイドル路線に入ってからは男性ライバーとのコラボは激減、それどころか外部コラボすら少なくなった。

例外は、年末などで行われる箱を超えた超大型企画ぐらい。それ以外では、ライブラ内でほぼ完結しているのが現状だ。

なので、デンジラスとライブラの間には、交流なんてない。デンジラスが誕生した頃には、すでにライブラは現在の方針で運営されていたので、絡む余地などないはずなんだ。

『いやー、それがさ……。あんま大声で話すことじゃないんだけど、前世の方で友達だったらしくて……』

「……あー」

前世、前世かぁ……。忘れてた。そうか、そっちの線があったか。

ここでいう前世というのは、その人がVTuberとして活動する前の姿を指す業界用語だ。中の人、魂とも言われたりもする。

配信者というのは、敷居が高いものだ。特に事業として行っている企業勢となると、完全な素人を採用するのは中々リスキーで、配信経験者を引っ張ってくるというのは、よくある話だったりする。……実のところ、素人採用だった俺と雷火さんは、例外パターンというやつだ。

そんなわけで、結構な数のライバーには、前世というものが存在するわけだ。で、今回はその前世同士の縁があったということらしい。

その手の情報は興味なかったから知らなかったけど、確かに二人のデビュー時期は同じ年度だったりするので、前世の活動期間も案外近かったりするのかも。

「そっかそっか。お友達がそうなったら、確かに落ち込むかもね」

『うん。正直、チャット越しでも空元気なのが分かるから、かなり気の毒。そんな状態で、今回の騒ぎだから……』

「oh……」

それは、その、うん。なんというか、申し訳ないなと。いや、俺のせいでもないんだけど。

『多分さ、一花先輩は板挟みになっちゃうと思うんだよ。友達は助けたいけど、後輩に無茶振りするのもって。だから私が、ボタンの安否確認も兼ねて訊《き》いておこうかなって。……これ、私の独断専行ね？』

「なるほど。そして了解。雷火さんは優しいねぇ」

『でしょー？　こんな同期をもって誇らしく思えよー？』

「それを誇るのもなんか違う気がするんじゃが……」

ただ、個人的には嫌いじゃないよ。そういうお節介は。良い後輩してるじゃないの。

「そうだね。じゃあ、天目先輩にはこう伝えといて。了解ってね」

『――なんとかなるの？』

「なんとかするんだよ……ああっ、コラ！　だから哺乳瓶にぶら下がろうとすんな!?　中身零れるでしょうが!?」

「ミャアァァッ!!」

ちょっと子猫君!?　人がせっかくカッコつけてんだから、空気読んで大人しくしててくれません!?

あのねっ、哺乳瓶はお前さんを支える構造をしてないんだよ！　だからひっつこうとするな、猫パンチもやめなさい！

『……ふふっ。締まらないなぁ。ミルクあげるの苦戦してるなら、タオルかなにかで首から下を包んじゃった方が楽だと思うよ。猫ちゃん動画でやってた』

「っ、ありがと雷火さん！」

なるほどその手があったか！　えっと、タオルはペット用品と一緒に買ってたから……!!

『うん。大丈夫そうなのは確認したし、聞きたいことも聞けた。だからもう切るね。そっちも忙しそうだし。猫ちゃんのお世話頑張って。あと写真か動画ちょうだい』

「あ、了解！　心配してくれて本当にありがとうね。あとアドバイスも！　んじゃ、ばいばい」

『ばいばーい』

通話が切れる。それと同時に簀《す》巻《ま》きになった子猫の口に哺乳瓶を突っ込むことに成功。

「んにゃ、んにゃっ……」

「ッシャア!!」

――通話が切れててよかったと思うぐらいにはガチで叫んだ。

□□□

「――あ、マネさん。おはようございます」

「おはようございます。ボタンさん」

炎上から二日後。運営側の方針がまとまったとのことで、デンジラスの事務所で本格的な話し合いをすることになった。

それにしても、また随分と早いものである。この手の対策は速度と効果が比例するとはいえ、業界最大手のライブラも絡むこの一件で、ここまでの意思決定スピードを見せるとは。

根底にあるのは恐らく後悔か。かつての苦い経験からくるであろう手際の良さは頼もしくもあり、どこか悲しくもある。

まあ、余計なことは言うまい。大人しくマネさんに案内されるのが、社会人としての正しい選択。世の中には話題にするべきではないこともある。

「ここでお待ちください。すぐに他の者もやってきますので」

「分かりました。あ、コイツはどうしましょうか？　部屋の隅の方に置いちゃって大丈夫ですか？」

「ミャー」

――そして逆に、触れなければならない話もある。今回の場合、俺の持つペットケースの中で蠢《うごめ》く子猫についてだ。

「あら。その子が例の？」

「はい。ある意味ですべてのきっかけというか、騒動の元凶となった子猫君です」

　顔合わせの意味を込めてケースを前に掲げてみせると、マネさんは興味深そうにメッシュの部分を覗き込んだ。そして中でぽてぽて動く子猫君を確認できたのか、分かりやすいぐらいに頬が弛《ゆる》んでいく。

　猫好きなのか、それとも可愛いもの好きなのか。ま、どちらにせよ、子猫君がマネさんを魅了したのは間違いないだろう。

「事前にお伝えした通り、離乳食もまだのチビ助でして。現状だと家に置いてけないんですよね」

「なるほど。ではとりあえず、話し合いの際には足元にでも置いていただければなと」

「分かりました。すいません。お手数をお掛けして」

「大丈夫ですよ。こんな可愛い子を独りぼっちでお留守番なんてさせられませんもんね。キミも寂しいの嫌だもんねー」

「ニイッ」

　寂しいとかではなく、生態的にまだ長時間目を離せないだけなのだけど。出先から帰ってきたら弱ってたとか、普通にありえるぐらいには小さいし。……これも言わぬが花というやつなのだろうが。

にしても、マネさんデレデレだな本当に。いやまあ、客観的評価として子猫君ってサバトラの美猫なので、好きな人はとことん好きになるとは思うけど。

それでもやはり、少しばかりイメージと違うかなというのが本音だったり。

「猫、好きなんですか？」

「いつか飼ってみたいと思うぐらいには。この子、お名前はなんていうんですか？」

「……まだ決めてないです」

「そうなんですか!?」

そうなんですよねぇ。強いて言うなら『子猫君』というレベル。……だってそれで不便しないんだもん。一人暮らしってこともあって、子猫君しか家にいないし。

あと昨日は、追加のペット用品の買い出しやら、模様替えやらで地味にバタついてまして。そこに未《いま》だに慣れない子猫君のお世話もあってね……。正直、名前とか考える暇なかった。

「とりあえず、しっくりくるのが思いつくまでは子猫君ですかねぇ」

「こんなに可愛い子なのに……。早く名前をあげないと可哀想《かわいそう》ですよ」

「いやー、生まれて初めてのペットなもので、まだまだ手探りな感じなんですよね。あ、マネさんが名前つけてくれてもいいですよ？」

「っ……。大変心惹《ひ》かれるご提案ではありますが、辞退させていただきます。家族であるボタンさんが名前をつけてあげるべきだと思いますし、その……私が名前をつけちゃうと、愛着的なものが湧いてしまいそうなので」

「ア、ハイ。なんかすいませんでした」

わりと軽めな提案だったのだけど、そんな断腸の表情で断られるとは思わなかった。深く考えずに無茶振りしてゴメンなさい。

にしても、子猫君が俺の家族ねぇ……。一般的にはそう認識されるのは理解していたが、こうして面と向かって言われると不思議な感じだ。

保護猫の動画とかはたまに眺めてたりするけど、実際に飼うことになるとは思ってなかった。動物は可愛いけど、知り合いのペットを愛《め》でるぐらいがちょうどいいと考えてたから。

ま、猫は構いすぎてもストレスを感じるというし、子猫君ぐらいの小ささだとそれはよろしくない。なので、案外これぐらいがちょうどいいのではと思ってたり。

「……こんな小さな子がネットで責められてるなんて、許せませんよね」

「そうですね」

――それでも、あまり実感が湧いていないとしても。子猫君が俺の庇護下にあることは変わらない。だからこそ、マネさんの呟《つぶや》きには強く同意させてもらう。

「縁もゆかりもない子猫よりも、俺たちの推しにポーションを使ってほしかった。俺としても気持ちは分かるので、それぐらいなら苦笑いでスルーしてあげても構わないのですが……」

「っ……!?」

　おっといけない。少しだけ苛立《いらだ》ちが漏れてしまったらしい。マネさんの頬が微かに引き攣《つ》っている。

　でもなー、やっぱり少しばかり腹が立つよなぁ。これまでの誹謗中傷とかはさ、『出会い厨』に『ハーレム野郎』、『詐欺師』『犯罪者』『死ね』とか、まあいろいろあったけどさ。それでも対象は俺だったし、チキンレース好きだなと逆に関心しながら、魚拓を取るだけだった。

　でも今回は違うんだよ。『猫なんて見殺しにしろ』とか、『ウタちゃんの代わりに助けられた猫が、殺したいほど憎い』とか、子猫君に向けてヘイトを撒《ま》き散らしてる奴らも多いんだ。

「——そこから先はアウトでしょ。成り行きとはいえ人が救った命に対して、よくもまあここまで唾を吐けるものだよ」

　それは流石に見過せないよ。命を助けるってことは、最後まで責任を取ることなんだ。少なくとも俺はそう考えているし、それはツイートでもちゃんと示している。

　にもかかわらず、子猫君に対して攻撃的な書き込みをしている馬鹿の多いこと多いこと。酷い奴は『猫を殺したい』みたいなことを書いてるし。

　責任を取るということは、しっかり守るということ。俺には庇護者としての義務があるんだけど、それすら理解してないのかな?

てかさ、シンプルに不愉快なんだよ。人の飼い猫になにふざけたこと言ってくれてんだ。俺に対する誹謗中傷がスルーされてたから、何言っても問題ないって増長したのかね？

粛々と然《しか》るべき措置を取ってただけなのだけど、それを無抵抗だと勘違いしたのか？運営側が『誹謗中傷には断固とした対応を』って発信しているのに？

あとアレだ。馬鹿たちがウタちゃん、ひいてはライブラの名前を掲げているのも気に入らない。お前たちがわざわざ叫ばなくても、こっちは動く気満々なんだよ。

にもかかわらず、余計な騒ぎを起こすんじゃねぇ。意識があるのかも分からない、対処すらできないであろう怪我人を、勝手に神輿《みこし》に乗せてトラブル起こしてんじゃねぇよ。推しに迷惑掛けてんじゃねぇよ。

「お待たせしました、山主さっ……!?」

「ひっ……!?」

部屋の扉が開き、入室してきた三人が息を呑《の》む。若い女性に至っては、短い悲鳴を上げてしまった。

……ああ、いけない。徐々に上昇する不快感が、自然と顔に表れてしまっていたらしい。強面《こわもて》と言われるような容姿はしていないけれど、モンスターとの殺し合いをやっているせいか、機嫌が悪くなると妙な威圧感が滲《にじ》んじゃうらしい。

知り合いに指摘されてからはできるだけ気をつけてたんだけど、今回はちょっと疎《おろそ》かになってしまったみたい。平常心平常心。

「あ、おはようございます。今日はよろしくお願いします」

「う、うん。よろしくね山主君」

　笑顔で挨拶。するとまずうちの社長が応じてくれた。企業の長としてはとても若い人だけど、やはり社員の生活を背負ってるだけあって切り替えが早い。

「えっと、こちらのお二人を紹介しよう。ライブラ法務部の佐藤《さとう》さんと、色羽仁さんの担当マネージャーである水野《みずの》さんだ」

「ライブラ法務部の佐藤です。今回は弊社の所属ライバーにまつわる一件で、大変なご迷惑をお掛けいたしました」

「色羽仁ウタのマネージャーの水野です。トラブルに巻き込んでしまい、誠に申し訳ございません」

「山主ボタンです。謝罪なんて不要ですよ。今回に関しては、全て間が悪かったとしか。ライブラさんも被害者ですので」

　深々と頭を下げる二人に対し、俺が気にしていないということを強く伝える。

　にしても、随分と腰が低い。業界最大手の態度とは思えないほど。事前に伝えられてはいたけれど、ライブラ側も今回の件はかなり深刻に考えているようだ。

　と言っても、当然と言えば当然か。ただでさえ主戦力の、チャンネル登録者数百万オーバーの所属ライバーの危機なのだ。稼ぎ頭の一人を失いかねない切羽詰まった状況で、余計なトラブルなんか抱えたいわけがない。

　ましてや相手は俺。所属事務所、VTuberとしての実績は遥か下であっても、現状では大団円に導けるであろう唯一のキーパーソンだ。

　そんな相手と自分たちが険悪に、それも外野の暴走で関係が拗《こじ》れそうになっているのだから、ライブラ側としては堪《たま》ったもんじゃないだろうさ。

　なのでライブラは味方側。少なくとも、歩調を合わせることぐらいはできるはずだ。

「とりあえず、ちゃんと話し合いましょう。今後の対応について、じっくりと」

「は、はい！」

「よろしくお願いします！」

　……あれぇ？　味方という認識で、できる限り柔和な感じで微笑みかけたのに。なんでライブラさん、ちょっと腰が引けてるの？　あと社長とマネさんも。

「……子猫君。俺、そんなに怖いかしら？」

「ニイッ！」

――もしかして今頷《うなず》かれた？

□□□

——公式サイト、Tweeterなどで、今回の件に対するデンジラスとライブラの声明が発表された。

「……以上のことから、ネットにおける安易な書き込み、情報の拡散を控えるようお願いします、か」

外部に対する公的な声明文なので、かなり堅苦しい文章であったものの、ザックリまとめてしまえば『誹謗中傷はやめろ。悪質と判断すれば、ライブラとデンジラスで協力して法的措置を取る』というもの。

公式からの声明。それも誹謗中傷に対する断固とした姿勢は、多くの暴走したファンたちを正気にさせた——なんてことは当然なく。

「反応を見る限り効果は薄い。そりゃそうだよねぇ……」

予想通りの展開に、自然と嘲笑が浮かんでしまう。公式からの声明文を出そうが、頭の沸騰した馬鹿たちは止まらない。

もちろん、効果が皆無ということはない。少なくない人数が正気に戻ったことだろう。だがこれは数の問題じゃない。そもそもからして、誹謗中傷をするような奴らは少数なのだから。

マトモな人間はネットで他人を下げるようなコメントなんか書かない。不満は心の中で呟くか、リアルで知り合いに愚痴るだけだ。

少しだけ感情的になりやすい人間は、お気持ち程度のコメントでお茶を濁す。具体的に悪意を主張しないし、自分の感想の範疇《はんちゅう》を逸脱するような内容は書かない。それぐらいのリスクマネジメントはする。

ここまでが大多数。一般的な良識と認識を備えた者たち。彼らは最大勢力であるが、マトモだからこそ声を上げない。結果として目立たない。

声が大きいのは、いつだってマトモじゃない少数派だ。特に今回のような事例に関しては、断言してもいいぐらいにはそんな奴らばっかりだ。

だってそうだろう。外野の分際で、当事者のように声高に文句を叫ぶ奴らなんて、自分の感情優先で他人の権利を踏みにじるロクデナシ以外のなにものでもないのだから。

生半可な冷水では意味がない。マトモな感覚をしていないから止まらないし、無駄に声もデカイから減ったように感じない。

「……さて、諸々《もろもろ》の設定よし」

だから潰すのなら徹底的に。弩級《どきゅう》の冷水を浴びせかけ、どれだけ危ない橋を渡っているのかを突きつけなければならない。

：そろそろか

［メッセージが削除されました］

：大丈夫かな

：大切なお知らせってまた不穏な

［メッセージが削除されました］

：今日は一段とモデレーターさんたちが頑張ってるな
：消されるコメが多いなぁ。まだ配信開始前だぞ……

配信開始前にもかかわらず、コメント欄の動きは随分と速い。公式が声明を出したばかりであるし、それだけ注目度が高いということなのだろう。あと、配信タイトルが【大切なお知らせ】という意味深なものなのも要因か。

コメントの割合としては半々。心配してたり、分別あるものが五割。ライン越えではないが非難寄りのお気持ちが三割。アウト判定でモデレーターさんたちから削除を食らっているものが二割。

マトモなリスナーたちは安心してほしい。意味深なタイトルをつけているが、特に悪い報告はないから。ただ今後の方針を話すだけだから。

「よしっ。配信スタート」

――そして、なお騒ぎ立てる馬鹿たちは覚悟しろ。お前たちには、引き際を見誤ったことを教えてやる。人生を棒に振るかもという恐怖を抱き続けるがいい。

「はい皆さんこんばんは。なにかと話題が尽きないデンジラスのスーパー猟師、山主ボタンです。今日は重要な報告をさせていただくために、こうして枠を取らせていただきました」

：きちゃ
：待ってたぞ山主

〔メッセージが削除されました〕
〔メッセージが削除されました〕
：ウタちゃんを助けてください！
：ウタちゃんは助けてくれるんですか？
〔メッセージが削除されました〕

挨拶と同時に一気に加速するコメント欄。……控えめに言って地獄だなコレ。テコ入れ前から誹謗中傷とかはされてたけど、ここまでエグい気配は漂ってなかったぞ。

個人的な感覚だけど、削除されるようなコメントは気分的には全然マシで、一番気持ち悪いのは『ウタちゃん～』とかそっち系。

本人的には悪意を向けているつもりはないのだろうけど、無自覚な独善が漂ってきて不快感が凄い。

そもそも公式がその手のコメントを控えろと声明を出しているし、それ以前のマナーだろうに。配信主が話題に挙げていない状況で、他の配信者の名前を出すのはご法度だってのは常識だぞ……。

自分のお気持ち優先の気味の悪さがプンプンするというか、文面から会話が成り立たない人種というのが伝わってくる。

こりゃ多くのVTuberが病むわけだ。少数のアンチの声を気にしてしまうというのも納得。明らかに異質だから目につくし、話が通じないと直感で理解できてしまうから気分が悪い。

相互理解不可能な敵性エイリアン、それも複数から監視されてると考えれば、そりゃ怖いし気持ちが悪い。

荒事に慣れている俺ですら軽く鳥肌が立ったのだから、一般的な配信者なら推して知るべしというやつだろう。

「で、重要な報告とはなんぞやという話になるのですが、まあ皆さん既にお察しの通り、俺のツイートを発端とした騒動についてです」

ま、それでも構わず突き進むっきゃないのだが。推しに美味いものを食べさせたいと思ったから、今こうしてVTuberをやっているように。子猫君の命に対して責任を負うと誓った以上は、降りかかる火の粉は払わねばなるまいよ。

「まず第一に、今回の件で看過できないコメントがネット上で散見されています。俺に対する誹謗中傷はもとより、俺の飼い猫となった子猫君に対する加害ツイートの数々。特に子猫君に対するものは酷い。気に食わないとか、そういう個人的な感情論ならまだしも、危害を加えることを仄《ほの》めかす、または堂々と宣言するのは看過できない」

：それはそう

：流石にそれは草も生えない

「メッセージが削除されました」

：それよりウタちゃんについて、どう考えてるか説明してほしいです！

：アンチ君さぁ……
［メッセージが削除されました］
：ここまで言われてなお、削除されるようなメッセージを打てるとか……

コメント欄の流れる速度も、内容の比率もほぼ変化なし。やはりというか、公式が法的措置を持ち出してもなお騒ぐ奴らは、その辺りの気合いが違う。端的に言ってしまえば、救いようのない馬鹿野郎だ。

「……ＯＫ。了解。あー、なにもしてない人たちには申し訳ないんだけど、少しだけ我慢してください。暴走しているのが、ファン全体の中でも少数派なのは、いやひと握りにも満たないごく一部ってのは分かってる。それでも、これはやらなきゃ駄目なことだから」

先に謝罪を。これから割りを食う羽目になる一般リスナーたちには、心の底からのゴメンなさいを。

でもこれは一種の治安維持活動だ。今後のことを考えれば、見せしめは絶対に必要だ。賛否両論、いや違う意味でまた炎上しそうだけど、真正面からぶち抜いた方が手っ取り早い。

「そんなこんなで、複数のアカウントに対して開示請求をかけました。また、危害を仄めかす内容につきましては、警察に被害届けを提出し受理してもらいました。——心当たりのある奴らは震えて眠れ、馬鹿野郎が」

さあ、ここまできたら遠慮は不要だ。意識を切り替えろ。気配に怒気を。声音には敵意を。安全圏と勘違いして騒ぎ立ててる馬鹿どもに、法という名の鉄拳を喰らわせることを宣言する。

淡々と。しかし明確な侮蔑を込めて、愚か者たちへ誰に喧嘩を売ったのかを突きつけてやろう。

「人がスルーしていたからと調子に乗ったな？　自分たちが見逃されてるとでも思ったか？　馬鹿野郎。面倒だから表に出さなかっただけだよ。気に入らないと駄々《だだ》捏《こ》ねるだけの頭三歳児の相手をしてやるほど、俺は優しくないんだよ」

：お、おう……

［メッセージが消去されました］

［メッセージが消去されました］

［メッセージが消去されました］

：山主さんブチ切れですやん……

：え、待って怖っ。普段とのギャップで凍死しそうなんだけど

：うーん、これは残当

［メッセージが消去されました］

：アンチ君も荒ぶってるなぁ

リスナーたちに動揺が広がっているのが分かる。まあそれも当然。配信内ではまず使わない口調、態度から察せられるだろうが、今の俺は正真正銘の戦闘モードだ。

武器となるのは言葉。普段の戦闘とは趣の異なる土俵だが……それだけだ。怖気《おじけ》付く必要はない。これで炎上しようが気にしない。法律的にも、道義的にも、優位なのはこちらの方だ。なにより運営からの許可も取っている。

だからやる。ここから先はVTuber山主ボタンではなく、探索者の夜桜猪王として振舞うことにする。

「この際だから教えるけどさ、デビューしてから今日に至るまで、ライン越えのコメントは全部魚拓を取ってるんだわ。運営にも報告済みで、とっくにこっちは動いているんだよ。——お前らさ、デンジラスをなんだと思ってるんだ？」

まさか忘れたなんて言わないよな？　うちの事務所はな、お前らみたいなのにずっと辛酸をなめさせられてきたんだよ。ギリギリまで追い詰められた過去があるんだよ。

動かないわけがないだろう。なんだったら俺よりもずっと精力的だわ。根絶やしにする勢いで協力してくれてるわ。

「この件については、運営サイドと協力して徹底的に追及させてもらう。分かりやすい脅迫をしてくれた馬鹿はもちろん、運営と協議して悪質だと判断された奴らも徹底的に追い詰める。弁護士の方も手配済みだし、すでに手紙が送られてる奴もいるはずだ」

：徹底抗戦の構えじゃん

［メッセージが削除されました］

：これはアンチ君たちも年貢の納め時だな

［メッセージが削除されました］

：これに関しては応援したい。毅然《きぜん》とした対応は他のライバーのためにもなる

：デンジラスはなぁ。そりゃ全力で駆逐しにくるよな

［メッセージが削除されました］

［メッセージが削除されました］

……救いようがないな。これだけ警告してなお、モデレーターさんに弾かれるようなコメントを投下するなんて。

ただまあ、どんな心理からの行動かは気になるところではある。自分は大丈夫だと思い込んで危機感を抱いていないのか、俺の口ぶりが気に食わないとのぼせ上がっているのか、それともヤバいと理解はしても引くことができないのか。……ああ、この宣戦布告をブラフと思ってる可能性もあるな。

まあ、なんであろうが関係ない。やるべきことはシンプルだ。徹底的に追い詰めて、人生に消せない汚点をつけるだけ。

「お手紙がきたら腹を括《くく》れよ？　赤字になろうが知ったことか。生憎《あいにく》と金の心配とは無縁の身でね。和解なんてせずにきっちり落とし前をつけさせる。お前たちは見せしめだ。ネット上でのやんちゃの対価は、今後のお前たちの人生だ」

：これはゲームオーバーですね

：刑事告訴からの前科コースかなぁ

〔メッセージが削除されました〕
：ごめんなさい。許してください
〔メッセージが削除されました〕
：普段怒らなそうな奴ほど、怒った時にはおっかないってそれ一番言われてるから
〔メッセージが削除されました〕
〔メッセージが削除されました〕
：金と時間がある相手に喧嘩売ればそりゃこうなる
：ライバーだって人間だし。サンドバッグじゃねえもんな。殴り返されても文句は言えんよ

うむ。アンチはさておき、普通の感性をしているであろうリスナーたちの反応は上々。少なくとも否定的な意見は出ていない。リスナーとしても、それだけ思うところがあったということだろう。

あと、俺の本気を理解したのか、ちょくちょく謝罪コメントが現れるようになった。削除されるコメントも若干少なくなったような気もする。

といっても、その辺の謝罪は全部無視だ。誹謗中傷するような輩《やから》は許すと付け上がるというか、痛い目みないと絶対に分からないから。

あと単純に、謝罪をしている奴らが、開示請求を掛けているアカウントかどうか俺には分からない。謝罪をするということは、少なくとも自覚が生まれる程度には騒ぎ立ててい

たのだろうけど。
　でも正直、俺には分からん。その手のコメントを見かけたら魚拓を取ってはいたとはいえ、完全に作業感覚だったからなぁ。顔馴染《なじ》みレベルの奴らならともかく、その他のアンチなんて大して判別つかないんだよね。まとめて焼き払っちゃえば問題ないし。
　やはり金の心配がないというのは強いと、改めて実感する。こういう状況だと最強の武器になるよね。普通なら費用とか考えて人数を絞るところを、まとめて根絶やしにできるんだから。
「個人的には、これでVTuber業界のアンチそのものが減ってくれればいいんだけど……。ほら、畑とかでたまにカラスとか吊《つ》るしてるでしょ？　今回の件で、俺のアンチ君たちがカラスになってくれることを願いたいよ」
：畑のカラスｗｗｗ
【メッセージが削除されました】
：ごめんなさい！　もう二度とアンチなんかしません！
：畑のカラスって〇んでるんですがそれは
【メッセージが削除されました】
：だからアンチ君を社会的な意味で〇体にするんだろ
：なんか焦ってる奴がおるなぁ
：自業自得。ほっとけ

うん、マジで容赦しないよ。学生、主婦、サラリーマンとか、アンチ君がどんな立場にいる人間なのか、どんな背景があるのかも関係ない。

他人を攻撃するということは、反撃されても仕方ないということ。その反撃が法に則《のっと》っているのならば、彼らに文句を言う資格はない。

そして結末は司法が決める。個人的には経歴に十字架を刻んでやりたいところだが、万が一それが叶わなかった時はそれはそれ。……まあ、弁護士さん曰《いわ》く『楽しいことになる』とのことだけど。

「ということで、以降は公式からの情報をお待ちください。一応、進展があれば俺の方でも配信とかで伝えることがある、かも？　この辺は運営さんからの許可次第だけどね」

：了解

：続報期待

［メッセージが削除されました］

：無理しない程度に頑張って。無駄な心配な気もするけど

：是非とも運営さんには許可してほしいような……

：なんで謝ってるのに無視するんですか!?　なんか言ってくださいよ!

：応援してる

「そ　う　い　う　と　こ　だ　ぞ」

以上で言及終了。……いや、反射的に返事しちゃったけど、アンチ君ちょっと本当に

さぁ。頭が痛いとはこのことだよ。

そりゃこんな奴らに粘着されれば、大抵の人間は心折れるわ。例の先輩が剃刀《かみそり》を握ってしまったの理解できるよ。したくなかったけど。

「……はぁ。ま、そういうわけだから、誹謗中傷とかの話はこれでお終《しま》い。次の内容、というか本題ね」

一旦戦闘モードを解除。山主ボタンとしてのガワを被《かぶ》って、少し脱力。

いやマジで、なんかもうドッと疲れたけど。でもこれ、まだ前座というか、前フリみたいな内容なんだよなぁ。本題に入ると絶対に今以上に荒れるから、その前に釘を刺すのが目的だったんだけど。

「今の話で、皆も節度をもって本題を受け止めてくれると信じた上で——ライブフ所属の色羽仁ウタさんについて、俺の対応を語らせていただきます」

：待ってそっちの話もするの!?　誹謗中傷だけじゃなく!?

：ウタちゃんを助けてくれるんですか!?

［メッセージが削除されました］

：おいおい大丈夫かそれ。いや確かに気になるけど……

：配信で話しちゃって大丈夫なのか？　山主のことだから、しっかり許可とか取ってはいるんだろうけどさ
：てっきりその件については触れないものかと……

　予想通り、コメント欄に動揺が広がった。すべての発端とはいえ、流石に言及するとは思っていなかったのだろう。どんなに騒がれていたとしても、俺とウタちゃんの間にはなんの関わりもないのだから。

　だがしかし、言及しなければこの騒動は終わらない。表で触れず、自然鎮火を待つにはこの件は燃え広がりすぎた。

「はじめに、これから語るのはデンジラスはもちろん、ライブラさんの方にも許可を取っている内容です。その点をまずご理解ください」

　これは個人的なお気持ち表明ではない。しっかりと先方に確認した上で行う、正式な解答のようなもの……ん？

「――あ、ゴメンちょっとタンマ。うちの子猫君がなんか鳴いてる。多分ミルクだ。申し訳ないんだけど、一旦休憩ということで。シリアスモード解除ね」

：待って!?

：ここでお預けですか!?

：草ァ！

：いやふざけんなよ!?　ウタちゃんについて早く話せよ!!

：子猫は……うん仕方ないね

：これは正しき猫飼いムーブ

：山主君さぁ。また猫で燃える気なの？

んなこと言っても仕方ないでしょうが。動物が人間の事情を汲《く》んでくれるわけないんだから。

□□□

そんなこんなで子猫君にミルクをあげるため、一旦休憩を挟んだわけだが。トイレ休憩とかと違い、この休憩時間は子猫君次第なところがある。特に今回の場合、ミルクを与える前に排泄《はいせつ》の世話もしておきたいので、時間が結構かかりそう。

だがしかし、長時間の中断もまた如何《いかが》なものかと考えてしまうのが、配信者としての職業病。あと話題が話題なので、あまり待たせすぎると暴動が起きかねない。

「ミャアッ！　ミャアー！」

「ハイハイ。今あげるから騒がんの。相変わらず食いしん坊だねキミ」

：荒ぶっとるなぁ……

：これは癒し

：猫ちゃん可愛いですね

：ちょうどいい清涼剤じゃのう

［メッセージが削除されました］
：ウタちゃんのこと早く教えてください！

――ということで、排泄の世話だけ済ませ、パソコンの前でミルクをあげることに。これなら長時間配信を途切れさせることもないからね。

「あー、悪いねリスナー諸君。うちの子猫君、まだ哺乳瓶が必要なチビ助でね。結構手が掛かるんだ。だからちょっとだけ待っててね。終わったらすぐ再開するから」

「ミャッ、ミャァッ！」

：了解
：赤ちゃんなら仕方ないかな
：シリアスな空気がどっかいったな？
：早くウタちゃんの話の続きを！
：猫飼いはお猫様の下僕だからね
：うーん。まあ、張り詰めすぎるよりはね
［メッセージが削除されました］

ふむ。消極的な賛成が大半といった感じか。ま、シリアスな空気が霧散してしまっているのは確かなので、この反応も仕方ない。

ただやはり、両方とも目を離せらんないんだよね。子猫君にはミルクをあげなきゃだし、配信の方もコメントの流れ次第では一気に雰囲気が悪化しかねないから。

状況を把握しつつ適宜軌道修正を挟むには、やはりこのスタイルが一番丸いだろう。

「ミャーッ、ミャァンッ！」

「だから騒がないの。ちゃんとあげるから、ほら」

「ミャ、ミャウ……」

よし。哺乳瓶を子猫君の口にセット完了。初日は苦戦したけど、今はなんとかスムーズにことを運べるようになった。……まあ、タオルで包んだ上で頭もガッツリ固定してるから当然なんだけど。

子猫君、当初の予想の数倍ワンパクでねぇ。めっちゃ鳴くし、めっちゃ食べるし、めっちゃ動く。元気があるのはいいことなんだけど、とんでもなく手が掛かる。

ただ同時に、まだ赤ちゃんのようなものなので、ミルクを与えさえすればそっちに集中してくれる。

「……ふう。やっと子猫君が落ち着いた。――じゃあ、そろそろ話そうか。ながら作業になっちゃうけど、リスナーたちも早く聞きたいだろうしね」

絵面としては微妙に間抜けだが、焦《じ》らしすぎるのもよろしくない。それにアレだ。子猫君が全ての発端でもあるのだから、この子が配信にいたところでなんの問題もないだろうさ。

「まず大前提として、俺は色羽仁さんがどのような状態なのかは把握していません。たとえ把握してても、公式から発表がない以上は話さないけどね。なので彼女の安否につきましては、引き続き公式からの続報をお待ちください」

：それは当然

：まあ話せんよな

：ぐぐくっ。流石に仕方ないか……

：その点はマジでライブラに早く動いてほしい

：センシティブすぎるからなぁ……

：いくら炎上に巻き込まれたとはいえ、他所のライバーに話せる内容ではないよなぁ

　まあ、実際はちょっと違うのだが。昨日の話し合いの際、ウタちゃんの容態に関しては確認しようと思えばできた。ただ俺が訊《たず》ねなかっただけだ。

――だって聞いたところで、俺がやることはなにも変わらないのだから。ウタちゃんの情報など、あってもなくても関係ないのだから。

「それらを踏まえ、俺、いや探索者としての対応を語らせてもらいますが……どうしようもないというのが、正直なところです」

　だから、目的のために淡々と布石を打っていく。ウタちゃんを心配するリスナーには悪いが、大局のために踊ってくれ。

「ここに正式に宣言しておきますが、俺はポーションの提供などはいたしません。正確に言えば、できない」

：……やっぱりかぁ

：なんでだよ!?　猫に使うぐらいありあまってんだろ!?　寄付ぐらいしてくれてもいいじゃねぇか!

：マジかぁ……

［メッセージが削除されました］

：そんな、ウタちゃん……

：助けてくれよ!　お願いだよ!

［メッセージが削除されました］

：じゃあ売ってくれ!　どんなに高くても買うから!　ライブラ運営の方でクラファンとかして、あとは皆で金は出すから!

：ファンたちが荒ぶってるなぁ。でも無理なんだよ。そういう問題じゃねぇんだよ……

予想通りの反応。休憩を挟んだことでわずかに落ち着いていたコメント欄が、爆速で流れていく。

それだけウタちゃんが愛されているという証明なのだろうが、その反動を向けられている身としては……うん。

でも擁護コメントというか、俺の台詞の意味を理解しているらしきコメントもちらほら。恐らく探索者クラスタ、または探索者と近しい職についているのだろう。

関わりがあるからこそ、背景が分かってしまうのだ。感情論とかを抜きにした、どうしようもない現実というものが。——おかげでいいブラフになる。

「文句が出るのも分かる。子猫君に躊躇《ちゅうちょ》なく使ったことから、皆も俺に薬の余裕があるのは察しているだろうしね。実際、色羽仁さんの容態は把握してないけど、俺の持ってるポーションなら快癒させることはできるだろうし、別にあげたところで痛くも痒《かゆ》くもない」

　致命傷だろうが一瞬で傷を塞げる上級ポーション。昔に失ってしまった部位すら復活させる特級ポーション。エリクサー、アムリタ、変若水《おちみず》、仙丹《せんたん》などの最上位の霊薬の数々。あと薬ではないけれど、傷を癒す効果のあるアイテムだって俺は持っている。これらを駆使すれば、あらゆる傷、病を完治させることは可能だ。それは認める。

「でもね、実現可能と合法は違うんだよ。法律の問題で、俺が色羽仁さんに薬を提供することはできないんだ」

　そう。俺の意思ではなく社会がそれを許さない。ダンジョン発生初期から現在まで、様々な社会的混乱を経て制定された日本国の法律。

　それがある限り、俺はウタちゃんを直接助けることができない。助けるためには、こうして裏でコソコソ悪巧みをしなければならない。

「長くなるから、詳しい内容は各自調べてほしい。とりあえず、この場では簡単に説明するから。まずダンジョン産のアイテムは、ざっくり三つの種類がある。一つは手続きを踏めば国を通さず取引きが可能なもの。二つ目は、取引きの際には国が必ず間に入るもの。三つ目が、国が強制的に回収するもの。で、ポーション類はこの中だと二つ目」

法的には【第一種〜】とか、そんな堅っ苦しい名前かつ、もっと細かく分類されてたりするのだけど。まあ、それはさておき。

ここで重要なのは、ポーション類、というか薬品系のアイテムは、確実に国が所在を把握できる形になっていること。

「流れ的には、ポーション類を獲得した場合、それを探索者協会に報告。この際、所有か売却かを選択するんだけど、所有の場合はポーションに専用のタグを付けて登録。それを個人情報と紐付ける。売却の場合は国が買い取るか、国が主催のオークションに流される。……で、探索者側が選べるのは、この二択だけなんだ。譲渡とか、そもそもできないんだよ」

：マジか……

：そうなの!?

：知らんかった……

：そうなんだよなぁ、歯痒いことに。背景を考えれば、仕方のないことなんだけど

：なんでそんな法律になってんだよ!?

何故、なんて言われてもなぁ。そうなってるからとしか。いやまあ、ポーションの取引なんて一般人にはまず馴染みがないし、知らないのも無理はないんだけどさ。

俺が燃えた理由の根本もそこだ。一般人との認識の相違。俺は探索者だから、ポーションを他人に譲渡できないと知っていた。だから普通にツイートしてしまった。

もし『寄付を〜』なんて要求がどこかから上がっても、法律の関係で無理とツイートしてしまえばそれでお終《しま》い。そう思っていたから、ちょっとした日常のイベント感覚で子猫君のことを報告した。

で、見事に燃えた。いや、ワンチャンどっかから煙があがるかなぁと構えていたけど、まさか同業他社を、それも業界最大手を巻き込んで大炎上するとは思わなかったよ。世の中って本当に不思議だ。

ちなみに、個人による譲渡、販売禁止の理由に関してはシンプルだ。ポーションが社会にもたらす影響がデカいから。一瞬で傷が治る魔法の薬が、国の預かり知らないところでポンポンやり取りされたら……ねぇ？

ポーションは高価だし、もしもの時のお守りとしては頼もしいことこの上ない。持っていると分かれば、あらゆる手段で手に入れようとするものが出てくるのは想像に難くない。強盗などの直接的なものはもちろん、周囲に圧力を掛ける、立場を利用するなどして、寄付という形で奪い取ろうとする事態が発生しかねないわけだ。……てか、過去にそういうことが実際にあった。

だからこそ国は、ガッツリその辺りの規制を行った。ポーションの所有権周りの制度をガッチガチに固め、個人間の譲渡すらもできなくした。所有者→国、国→所有者というルートを固定してしまったのだ。

「あと付け加えるとね、ポーションの所有者が他人の怪我を治すのも、割とグレーゾーンな部分だったりします。なんでかと言うと、ポーション使用も分類的には医療行為に当たるからですね。原則として医者しか使えなかったりするのよ」

：そうなの!?

：ポーションって医師免許いるんか!?

：なにそれ初耳なんだけど!?

：マジです。あれはれっきとした医療行為です

：探索者がポーションを使えるのって、探索者資格がそっち方面を微妙に包括してるのと、特例事項を利用してるからという

：一般人には分からんよなぁ

だよねー。中々想像できないよねぇ。でもさ、一旦前提条件を振り返ってみると、頷くしかないんだよ。

口から摂取させる、またはぶっかければ効果を発揮するのがポーションだけど、だからといって大怪我を素人が処置していいかと言われるとね……。そもそもアレ、分類的には【医薬品】だし。

なので原則として、ポーションは医療関係者しか使用できません。自分、または家族が怪我や病で入院した場合でも、医者にポーションを一旦提供して使用してもらうというのが、本来の正しい流れだったりする。

ただそれだといろいろと不都合があるし、ポーションの即効性が激減してしまうので、

いくつかの特例事項が設定されている。それ駆使することで、現行法に抵触せずにポーションを使用しているわけだ。

例えば、探索者はダンジョン内に限り、医者と同様に自己判断で使用することが可能となったりするし、人命を優先し応急処置とかならば、資格の有無を問わずに使用が認められる。他にもいくつかの特例はあるが、今回は割愛《かつあい》。

「で、残念なのが、色羽仁さんのケースだと、そうした特例には引っかからない。重度の怪我で入院中と仮定した場合、彼女を治療できるのは医者だけなんだよ。そして医者にポーションを提供できるのは、色羽仁さんのご家族だけだ。だから俺にできることはなにもないんだ」

表でできることとすれば、ポーションをいくつか放出することぐらいか。そこから先のオークション、多数の大企業や資産家も参加する札束ファイトには、残念なことに俺は関知できない。

「あとは色羽仁さんのご家族が、どう決断するかの問題だ。俺はもちろん、ファンも、交流のあるライバーさんたちも、そしてライブラさんであっても、口出しできる領域じゃないんだ。家族の話になってくるんだ」

：そんな……

：どうしようもないのかよ……

：家族つったって、政府主催のオークションとか、一般家庭でどうこうできる次元じゃな

いだろ
：公式からの声明待ちかよ……
：ウタちゃん……
：クラファンのお知らせとかがないと、俺たちにはどうしようもないのか……

　そうだね。ファンが絡めるとしたら、ご家族が決断して、ライブラ経由でクラファンを募ったりした場合かな。……と言っても、クラファンで解決できるかと問われれば、かなり難しいところだろうけど。

　前にチラッとだけ調べたら、オークションに参加するだけでもいろいろと条件があって、とにもかくにも金がかかる印象だったし。

　百万人のファンがいて、ライブラの後押しやらがあったとしてなお、薬の確保は厳しいんじゃないかなというのが正直な感想。

「ま、妙な形での炎上とはいえ、ここまで来たら俺も無関係を貫くつもりはないけどね。なにかあれば探索者として相談に乗るとは、ライブラさん経由で色羽仁さんのご家族には伝えているよ。乗り掛かった船みたいなものだから。……経過を表には出さないけど」

：なるほど
：理解
：無理なのは承知だけど、表に出してほしい気も……
：山主はトップ層だし、相談に乗ってくれるだけでも心強いかもな……

：それでもモヤモヤするんだよ！

：ウタちゃん……

［メッセージが削除されました］

：法律とか、どうすりゃいいんだよ……

んー、やはり反応は芳しくないよなぁ。特にウタちゃんのファンらしき人たちは、理解はしても納得はしていないといった雰囲気だ。

　実際、モヤモヤするのも分かるからなぁ。法律さえなければ助けられるからこそ、そのもどかしさが一層際立つんだろうさ。

「……ともかく。そんなわけでお知らせは終了。モヤッとしている人も多いだろうけど、仕方ないと割り切ってほしい。この件については、これ以上の言及は俺にはできない。法律に違反しない範囲で、助力できるところは助力する。俺にできるのは、それだけだから」

――そして法律の壁は、しっかり迂回《うかい》して助けますとも。わりとグレーゾーンというか、法の抜け穴的なアレなので、現段階ではお口にチャックである。

CHAPTER 05

OSHI NI SASAGERU DUNGEON GOURMET
Volume_01

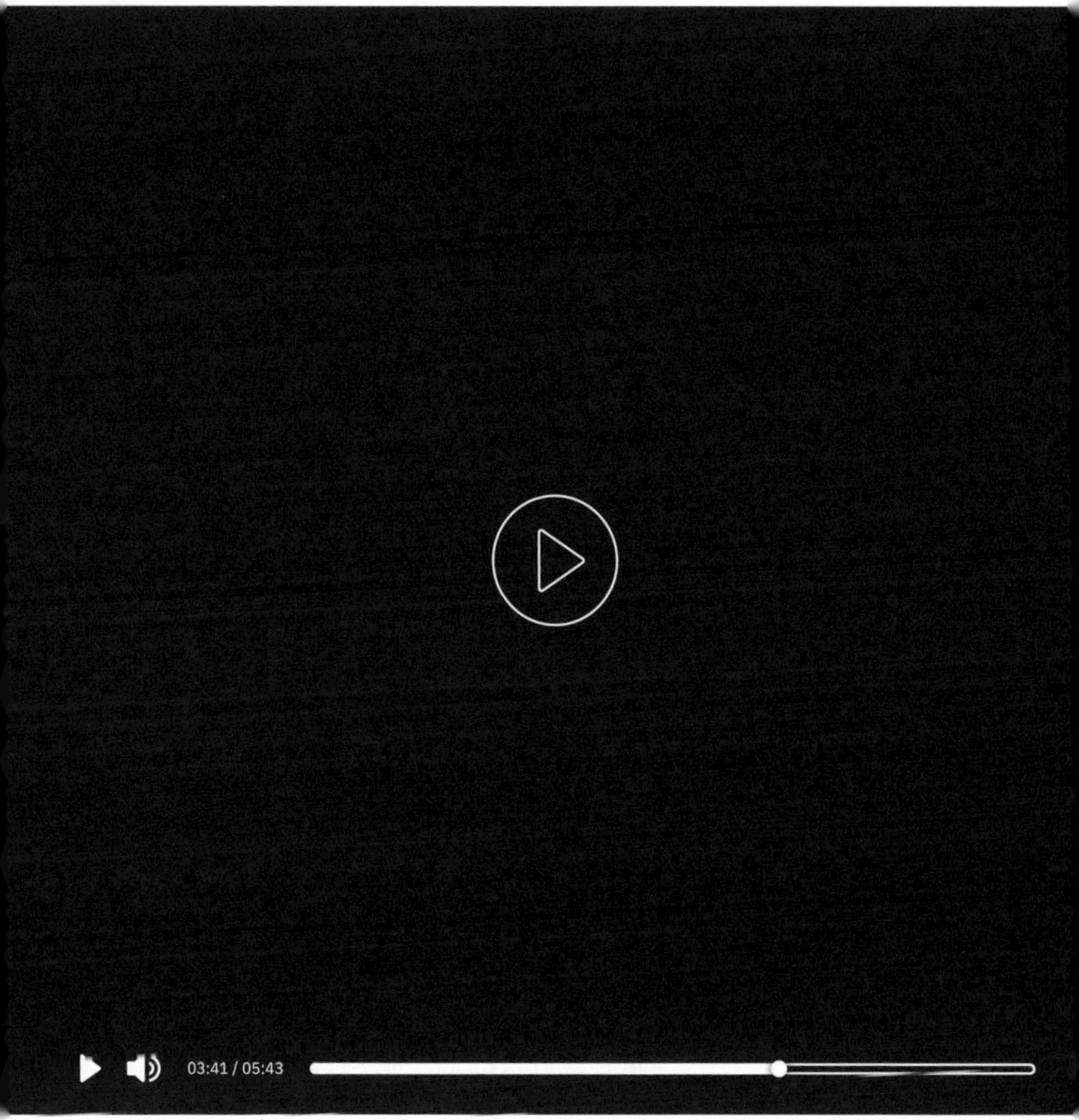

第五章　探索者、夜桜猪王

**A strong explorer debuts as a streamer and
aims for a gourmet collaboration with his admirer.**

CHAPTER 05

第五章　探索者、夜桜猪王

アンチに対する宣戦布告と、俺の立ち位置を明確化させた一昨日のお知らせ配信は、凄まじい勢いでネットに拡散されていった。

なにせ俺の回答は、一連の出来事に対する一つの結論のようなもの。か細くとも残っていた救いの糸が断ち切られたようなものなのだから、この状況は当然と言える。

一応、宣戦布告という名の釘刺しが効いたのか、誹謗《ひぼう》中傷は当初の予想よりも少なかった。それでも匿名質問箱サービス【マカロン】には、中々の量のお気持ち文章が投下されていたが。

とりあえず、外部に向けたミスリードは上手くいっているようでなにより。……上手くいきすぎて、雷火《らいか》さんに『話が違うんだけど⁉』と詰められたのは笑ったけど。

それでもなんとか宥《なだ》めて、天目先輩にも話を通してもらって、子猫君も実家に預けてなどして、準備を済ませたのが昨日の話。

「――えっと、すいません。ちょっとよろしいでしょうか？」

「はい。……あ、その声。もしかして？」

「正解です。その反応だと、やっぱり正解でしたか。えっと……はじめまして？　先輩」

「ふふっ。こういう時は、いつも変な感じがするんだよね。はじめまして、後輩君」

――そして今日。一連の出来事に終止符を打つために、ついに行動を開始。ウタちゃんと友人関係にある天目先輩にも協力を要請して、待ち合わせと相成ったわけだ。

「……呼び方はどうしましょうか？　外なので、普段のを使うのは不味いですよね？」

「名前は本名でいこうか。瀬《せ》良《ら》双《ふた》葉《ば》です」

「夜《よ》桜《ざくら》猪《しし》王《お》です。よろしくお願いします、瀬良先輩」

「よろしく、夜桜君」

　現在俺たちがいるのは、事務所の最寄り駅の駅前。そこそこ人通りが多い場所であるし、誰が聞いているかも分からぬ場所だ。

　そんな公の場でバーチャルの名前を使うわけにはいかないので、互いにチャット上では交流があるものの、こうして正式な自己紹介を交わすことに。

　にしても、予想通りのビジュアルの人がきたなぁ。交流のあるライバーたちからは、清《せい》楚《そ》や聖母と称されることの多い天目先輩だけど、リアルでもその印象が全く覆えらないのは凄いと思う。

　見た目は綺麗だし、軽く話しただけで分かるぐらい包容力があるし、立ち姿にも品があるし。典型的な年上系のお嬢様というか……なんだ？　失礼を承知で例えると、恋愛ゲームとかで攻略対象になっている類いの姉キャラ的な。

「……なんというか、本当にすみません。いきなり不《ぶ》躾《しつけ》なお願いをしてしまって」

　とりあえず、リアルの場に呼び出したことは謝っておこう。VTuber天目一花の時点でそんな気配はしていたけど、この人は振り回していい人ではないわ。……いや、印象とか関係なく、無理なお願いしたらちゃんと謝るけどね？

「いやいやいや！　謝ったりなんかしないで!?　むしろ私の方が謝らなきゃなんだよ!?　だって、私とあの子のために、夜桜君はいろいろやってくれるんでしょう……？」

「んー、誤魔化すのもアレなので、ここは素直に頷いときます。本格的に動こうかなと決めたのは、らい……同期から瀬良先輩と例の彼女が友人だと聞いたからですね」

危うく雷火さんの名前を往来で出しそうになったが、それはさておき。

偉大な事務所の一期生で、デビューしてからなにかと気にかけてくれていた人が、友人の不幸で落ち込んでいる、しかもそれを空元気で誤魔化していると聞けばねぇ？

その不幸が起きた友人さんとも、妙な形で縁が結ばれてしまったとなれば、解決に向けて動くことに吝《やぶさ》かではないというか。

……世論に加えて、将来的なアレコレを考えると、最終的には先輩の縁とか関係なく助ける判断をしていた可能性も高いとなれば、余計に躊躇《ためら》う理由もない。サクッと助けてしまおうと。

「っ、本当に……！」

――ということを素直に伝えたら、感極まった様子で深々と頭を下げられてしまった。

「……あの、そんな全力のお辞儀とかはいらないです。感謝の表れってのは分かるんですが、謎の罪悪感がこんこんと湧き出てきまして。頭上げましょう？」

キャリア的、心理的に目上としてカテゴライズされてる人に、ガッツリ頭を下げられると居心地ガガガ。

わりと勝手気ままというか、スタンドアローン的な生き方をしてきた身としては、こういう真摯かつ本気の感謝を向けられるのに慣れてなくてですね……。

「それよりほら、早く移動しましょう？　相手のご家族を待たせるのもアレですし」

ということで、無理矢理にでも話を進めてしまう。こうすれば、瀬良先輩も頭を上げざるをえないだろう。

それに相手がいるのも間違いではないのだ。ウタちゃんと付き合いが長く、ご家族とも交流があるという瀬良先輩経由で、ウタちゃんのお母様に約束を取り付けてもらっているのである。

顔見知りである瀬良先輩の保証があったとはいえ、縁もゆかりもない男の訪問を、娘のためになるならばと二つ返事で了承した母の愛。それを想うと、やはり急ぐべきだろうと考えてしまうわけで。

「あっ、うん。そうだね」

「……ふぅ」

「……そんなに私のお礼って嫌だった？」

あ、っと。一方的な罪悪感から解放されたせいで、うっかり瀬良先輩の前で一息吐《つ》いてしまった。俺の馬鹿。そういうのは心に秘めておくもんだろうが……。

おかげで瀬良先輩の表情が曇ったじゃねぇか。溢《あふ》れんばかりの感動と感謝の表情から、なんかこういろんな感情がない交ぜになった表情に変わってしまった。

それでもショックを受けているのだけは伝わってくるので、今度はガチの罪悪感が津波のように押し寄せてきてる。

「あー、嫌とか、そういうのではなくてですね。なんというか、俺って感謝を向けられるのに全く免疫がなくて。いや、他人から感謝された経験は普通にあるんですけど、それとこれとは違うといいますか……」

もっと軽い感じだったり、打算交じりだったり、心の底から感謝してる風を出してるだけだったり、感謝はしてるけど状況的にそれどころじゃなかったりとかで、瀬良先輩みたいな真摯かつドストレートな感謝を向けられた経験ってあんまなくて。

てか、そもそも論として、感謝されるよりも怒鳴られたり呆《あき》れられたり、頭を抱えられたりすることの方が圧倒的に多いというか。とある文豪の一節を借りるなら、恥の多い生涯を送ってきている人種でして……。

「……シンプルに感謝されるのが気恥ずかしくてですね。瀬良先輩のお礼が嫌というわけでは、はい」

「……」

無言はできれば勘弁してほしいなぁ……。

「なんか言ってくれません？　それかせめて、笑うぐらいはしてくれると……。リアクションなしだと、ただただ俺が情けないだけになるんですわ」

「……夜桜君さ、その路線でボイスもちょっと出してみようね。台本は私からコトちゃんに頼んでおくから」

「わっつ？」

想定してたリアクションと全然違うんですよ。なんでここでボイスの話が出てくるんですか！　しかも四谷《よつや》先輩に台本を頼むとか、まあまあガチなやつじゃないですか！

「今みたいな後輩系のシャイボーイは、絶対に需要があるからさ。その照れた感じをアピールできれば、かなりの女性リスナーに刺さると思うんだ。というか、私が欲しい」

「瀬良先輩？」

凄い圧、具体的に言うと絶対に逃がさないという意志を感じるんですが。あなた、そんなキャラしてましたっけ……？

いや、確かにVTuberなんてやっている以上、いいとこのお嬢様みたいな瀬良先輩がオタク的な反応をしても、全然不思議じゃないんだけど。

瀬良先輩の琴線ってそこ？　年下、いや後輩系のキャラだと見境いなくなる感じ……だったな。なんかソシャゲのガチャ配信で、そんな感じのキャラに課金しまくってた記憶がある。

「……後輩キャラ、お好きなんですね」

「いやいやいや！　そこは単純に需要の話をしただけで、個人的な好みとかじゃなくて！

あくまで需要であって、私の場合は後輩キャラとか関係なく夜桜君のボイスを聴いてみた――っ。ご、ごめんね!?　動揺しすぎて変なこと言っちゃった！　なんでもないから気にしないで!?」

「ア、ハイ」

うん。今のは聞かなかったことにしてあげた方がいいやつだな。無理に誤魔化そうとした挙句、余計にデカイ爆弾をこさえて状況を悪化させたやつだ。

「そ、それより早く行こっか！　こういうのは早ければ早いほどいいし！」

「そうですね。例の方がどのような状態かは知りませんが、健康にまつわることなら、早期解決一択でしょう」

「――あの子は、治るんだよね？　かなり酷い、それこそ奇跡が起きなきゃどうしようもない状態だけど……」

「どうでしょうねぇ。……ただ奇跡に頼るしかないと言うのなら、その奇跡を起こすまでですよ。俺はそれができる人種です。少なくとも、神社や天に祈るよか、何十倍も確率は高いと自負してます」

「……そっか。じゃあ急ごう！」

「うっ……す!?」

いやあの、急ぐのは同意見なんですが、そんなガッツリ手を引く必要は特にないかと！　自分で走れますし、そもそも電車ですよね!?　――意外と力強ぇなこの人!?

□□□

瀬良先輩に引っ張られる形で移動し、なんやかんや目的地に到着。そこはいわゆる大学病院であり——瀬良先輩曰《いわ》く、ウタちゃんが入院中の病院だという。

「……あれ？　待ち合わせって病院近くのカフェって言ってませんでした？」

「ううん。間違ってないよ。ここは病院の敷地内にカフェがあるの」

「なんと」

コンビニとかは施設内にあったりするけど、大きい病院となるとカフェまで併設されてたりするのか。知らんかった。

「病院ってもっと質素というか、シンプルな造りのイメージでした」

「んー、大きな怪我や病気とかをしなければ、確かにここみたいな大病院にはお世話になることはないと思うけど……。それでも、いろいろ揃《そろ》ってる印象の方が強いと思うけどなぁ？」

「いやその、実のところ病院とかとはとんと縁のない人生を送ってきておりまして。病院の内装や設備とか、ドラマとかの背景ぐらいにしか思っていないと言いますか……」

幸いなことに家族は全員健康だし、俺も中学までは大きな怪我も病気も皆無。

で、高校時代に探索者としての活動をはじめて、以降は霊薬やらのスーパーアイテムのおかげで、病院とは縁のない人生が確定したからね。

もし縁があるとすれば、結婚して嫁が妊娠～とかぐらいじゃないかなと。そんな状態じゃ、病院に対する情報のアップデートなんてそうそう起きないわけで。

「じゃあ探索者になりはじめた時も、大きな怪我とかしなかったんだね？」

「……そっすね」

「いまの間はなにかな？」

なんでもないです。わりと初期の頃にちょっと下手こいて死にかけた、てか多分ガチで死んだりしただけです。……絶対にアレが原因でぶっ壊れたんだよな俺。

「ま、ともかくですよ。病院の敷地内で雑談できるスペースがあるのは、確かに好都合ですね」

「そうだね。と言っても、そもそも病院のカフェって、お見舞いにきた人がメインの客層――あ、いた。あの人だよ夜桜君」

「ふむ？」

瀬良先輩が会話を中断し、待ち合わせ場所として設定していたカフェの入口に早足で寄っていく。

そこにいたのは一人の女性。身なりは整えているが、遠目にも分かるぐらいに覇気のないご婦人だった。

「夜桜君、紹介するね。こちらが御堂加奈子《みどうかなこ》さん。事故にあったあの子、御堂紗奈《さな》のお母さん。ママさん、彼が私の後輩の夜桜君。今回いろいろと力になってくれる、現役の探索者さんです。もしかしたら、紗奈の会社から話ぐらいは聞いてたりするかもですが」

「ええ、双葉ちゃん。……御堂と申します。娘の件で大変なご迷惑が掛かったとか。それなのに、こうしてお力を貸していただけるとのことで、本当に感謝しております」

「はじめまして、夜桜です。御堂さん、頭を上げてください。今回は縁からくる幸運のようなものです。たまたま御堂さんの娘さんが、俺の大恩ある先輩と友達だった。なのでまあ、巡り合わせというやつですね。――それより、立ち話もなんでしょう。とりあえず中に」

　感謝の礼は移動を促すことで上手く流して、カフェの中へ。一度腰を落ち着けてしまえば、自然と本題へと誘導することができるという寸法だ。

「ではまず、状況を軽く整理しましょう。入院中の娘さんですが、とりあえず命に別状はない感じでしょうか？」

「ええ。一緒に出掛けていたお友達曰く、階段を下《お》りてる途中で崩れ落ちたそうで。……少し前まで忙しくしてたので、恐らく過労で倒れたのでしょう」

「あー……」

　説明を聞いて納得。確かに事故前に、ライブラ内で春の大型ゲーム企画をやってたな。

ウタちゃんは企画運営側でもあったとのことで、疲れが溜《た》まっていたのだろう。……で、貧血かなんかが、階段を移動中という最悪のタイミングで出てしまったと。

「幸い、救急隊の迅速な対応と先生方の尽力によって、なんとか娘は一命を取り留めました。偶然にもポーションが配備されていたことも大きかったそうで」

「なんと。それは幸運でしたね」

売買の際には必ず国が間に入るポーションであるが、一旦回収された内の何割かは、オークションには出品されず公的機関に回される。

特に下級寄りのポーションは、快癒は叶わずとも応急処置としては十分な性能だったりするので、救急隊に支給されているのだ。

まあ、それでも数がめっちゃ少ないので、やって来た救急車に配備されてるかどうか運だったりするのだけど。あと、使った場合はクソ高い請求がきたりもするらしい。

それでも命あっての物種なのは変わらない。今回の件については、間違いなくウタちゃんは幸運だったのだろう。……本当に幸運なら死にかけることすらしないだろうけど。

「そうした諸々《もろもろ》の要因が重なって、ひとまず娘の容態は安定しております。ですが、打ちどころが悪かったようで――動けなくなってしまいました」

「それは……」

曰く、首から下の麻痺《まひ》とのこと。しかも御堂さんの口ぶりからして、完全に動かないのだろう。推測ではあるが、転落の際に頸椎《けいつい》の一部を損傷してしまったのだと思われる。

「意識は戻っています。スムーズではないけれど、意思疎通はできます。ご飯だって、流動食ですが食べられます。……でも、娘の身体《からだ》は、動かないんです！　回復の見込みも、残念ながら低いと……!!」

「ママさん……」

　御堂さんの瞳から、ぽたぽたと零《こぼ》れ落ちる雫《しずく》。瀬良先輩が励ますように手を握るが、その肩の震えは収まらない。

　まあ当然か。娘が事故で寝たきりになってしまったのだから、親としては泣きたくもなるさ。御堂さんの外見年齢や、瀬良先輩の友達という情報も加味すれば、ウタちゃんも恐らく若いのだろうし。

「娘を治すとなれば、ダンジョンで手に入るポーションしかない。そう思って調べました。ポーションにまつわるすべてを！　……それで分かったのは絶望です。娘を完治させるには、最低でも特級クラスのポーションが必要だと。そしてそれは、とてもじゃないが手に入るものではないとも」

「……でしょうね」

　特級ポーション。部位欠損すらも一瞬で完治させる、最上位のポーション。その回復効果は絶大で、死んでなければ問題ないぐらいにはデタラメなアイテムだ。

　これ以上は【霊薬】と呼ばれるアイテム類、追加効果のせいで傷薬の範疇《はんちゅう》に収まらない神話のそれになってくるため、ある意味で人の手に負えるギリギリの薬だったりする。

――だからこそ、特級ポーションが市場に出ることは滅多にない。入手できる探索者がそもそも少ないし、入手したとしても手放す者が皆無だから。

　まあ、それでもゼロとは言わない。だが法律の問題で、手に入れるにはオークションで落札しなければならない。そしてもし特級ポーションが出品された場合、国、いや世界中の資産家があの手この手でオークションに参加して、落札のために動き出すことが予想される。

　特に脛《すね》に傷のあるタイプの資産家なんて、是が非でも手に入れようとするはずだ。命の危険を身近に感じているからこそ、その辺の熱意は頭一つ抜けているだろうし。

「クラウドファンディングも、もちろん考えました。娘の事務所の方とも話し合いました。それでも、費用が集まるかどうか未知数。それだけ莫大《ばくだい》なお金が必要になると……！」

「開始価格が五十億なら安い方でしょうしねぇ」

　冗談みたいな値段だが、過去のオークションを調べてみると、本当にこのレベルの話なんだ。

　だってそれは、言ってしまえば残機の追加だもの。大抵の病気も、悪いところを雑に切り取って速攻でポーションを振りかければ、丸ごと再生して完治するんだもの。

　死者蘇生《そせい》一歩手前の奇跡を、任意のタイミングで起こすことができる神秘の秘宝。だからこそ、特級ポーションは冗談みたいな価値がある。

　大雑把な見立てでも、手元に百億はないと勝負にすらならないのではなかろうか。あくまで私見ではあるが、決して見当はずれというわけではないはずだ。

それでもウタちゃんクラスなら、クラファンを募ればワンチャンはある気もするが……。それでも希望的観測の域を出ないだろう。

なにより【色《いろ》羽《は》仁《に》ウタ】としてクラファンを募る以上、ライブラが矢面に立つ必要があるのだ。そうなってくると、見切り発車で進めるにはハードルが高すぎる。

実際、事務所の方でいろいろと協議を進めてたっぽいのだ。怪我が理由で引退である以上、ライブラに落ち度は一切ない。人気商品を失うのは痛いが、新人が何人かデビューすれば回収できる可能性も高い。

ならば、そのまま引退してもらってサヨナラバイバイもありなのではと。クラファンという一種の大博打に出る必要はあるのかという意見も出てたそうで。

失敗した際に社名が傷付くし、成功したらしたで重い前例ができてしまうと、会議はかなり難航してたとかなんとか。

……最終的に決断するはずのご両親が、厳しい現実に心が折れかけていたために、決め手に欠けていたのが一番大きな理由だったようだけど。

「……なるほど。御堂さんたちの状況は分かりました。とても大変でしたでしょう。どこまでお力になれるか分かりませんが、最大限ご協力させていただきます」

——だが不幸中の幸いと言うべきか。クラファンなどの大勢が絡む話が進んでいないというのは、俺にとっては実に好都合だった。だって、これなら気を遣わずに動くことができるから。

「――では、娘さんとも顔合わせをさせてください。本人の意向を踏まえて、打開策を考えていきましょう」

□□□

御堂さんの案内に従い、ウタちゃん――紗奈さんの病室へと移動する。

医者でもない見ず知らずの男が、要介護状態の女性、それもVTuberという秘匿性の高い活動を行っている女性を訪ねるというのは、控えめに言ってアウトな気もしなくはないのだが……。

まあ、目的が目的だ。会わなきゃなにもはじまらない。そんなわけで、娘さんの容態を直《じか》に確認したいと述べたところ、二つ返事で頷かれたので、こうして胸を張って会いにきた次第である。

「……こちらです」

コンコンと扉をノックする御堂さんを尻目に、すっと入口の名前を確認。……紗奈さんのみ。名札のスペースを考えるに、患者が他にいないのではなく、恐らく個室。

活動の関係からわざわざ選んだのか、他に病室が空いていなかったのか、はたまた容態的に個室じゃないといけないのか。

その辺に関しては詳しくない。かつ、わざわざ質問することではないのでスルー。重要なのは、個室なら大手を振って話ができるということ。

「どうぞ。お入りください」

「失礼します」

御堂さんに促され、入室する。そしてすぐに、ベッドに力なく横たわる紗奈さんの姿が目に入った。

「……」

痛々しい姿だった。点滴に繋がれ、首には固定器具。頭をはじめ、至るところに巻かれた包帯。

ポーションで回復は早まり、容態は通常のそれよりも早く安定しているとのことだが、やはり救急隊に支給される程度のランクのもの。効力には限界があるか。

「紗奈。昨日話した通り、お客様がやってきたわよ」

「……ん」

返事はたどたどしく、覇気もない。怪我と固定器具のせいで、口を上手く動かせないからだろう。……あとは、自分の将来に絶望している気配がする。

なんとも悲しいことだ。VTuber色羽仁ウタは、力強い声から繰り出される圧倒的な歌唱力が持ち味として知られていた。

　配信自体は切り抜きを眺める程度しかしない俺ですら、彼女の「歌みた」動画は何度か聴いたことがある。

　それぐらい素晴らしい武器を持っていた彼女が、今やこの有様なのだから、一般人というのはつくづく脆《もろ》い身体をしているものだ。

「ほら、双葉ちゃんよ。そして彼女の後輩の夜桜さん。はじめまして、って挨拶しましょう」

「……め、し、て」

「はじめまして。——ちょっと失礼します」

　御堂さんに軽く目配《めくば》せしたあと、ズイッと一歩前に出る。このペースだと埒《らち》があかないし、彼女も苦労するだろうから。

「どうも、夜桜です。もしかしたら話を聞いているかもしれませんが、山主《やまぬし》ボタンとして活動している者です。あ、少し馴れ馴れしいですが、紗奈さんと呼ばせていただきますね」

　声掛けと並行して、固有スキル【阿頼耶識《あらやしき》】を発動。このスキルはいろいろと応用が利く便利スキルなのだけど、元となったのは感知系スキルだったりする。だからこそ、こういう状況では面白い使い方ができる。

『この人があの山主ボタンさん、か。動画のご飯、美味しそうだったな……』

「ああ、配信を観てくれたんですね。それは光栄です。ライブラさんの方針的に難しいかもですが、機会があれば振る舞わせていただきますよ」

『っ……!?』

思考に対して返答すると、紗奈さんの目が分かりやすく丸くなった。全体的に覇気が欠けてしまっていても、流石に心の内を読み取られたら驚くか。

「あの、紗奈の考えてることが分かるんですか……?」

「はい。そういうスキル、探索者としての力みたいなものです。なので会話は問題ありません。……ああ、思考を読むといっても、表層意識のみにフォーカスしてるのでご心配なく。プライバシーはしっかり守ります」

読もうと思えば相手の深層心理、それどころか過去から未来まで見通すこともできるけど、まあ今回に関してはやらない。プライバシーは大事。

それに戦闘用と区切っておかないと、いろいろと悪用できすぎてタガが外れかねないし。

「では、これから紗奈さんと話をさせていただきますので、しばらくお時間をいただきます。——その間にこちらの方をお願いできますか？　お見舞い品なんですが」

空間袋から『御見舞』と書かれた箱、そしておろし金を取り出して、御堂さんと瀬良先輩に渡す。

心を読めるのが俺しかいない以上、二人が手持ち無沙汰になるのは確実。なので、少しばかりお手伝いをお願いしたいのだ。

「あっ、これはこれはご丁寧に！　……このおろし金は？」

「実は今回お持ちしたのが、少しばかり足が早いダンジョン産の食材でして。ただとても身体にいいものですので、この場ですりおろして食べさせてあげられたらなと、ご用意させていただきました」

「ダンジョン産、ですか」

「はい。一応、中に証明書が挿入されていますが、【偽仙桃《ぎせんとう》】という桃です。ポーションほどではありませんが、食べると体調が整う効果が確認されています。気休めになればと」

「っ、本当に、なにからなにまで……！」

　深々と頭を下げる御堂さん。今回ばかりは、素直にお礼は受け取っておく。……いやだって、本当にこれ用意するの面倒だったんだよ。正確に言えば、手続きがだけど。見舞品ということもあって、税金関係は無視できるのだけど、それにしたってダンジョン産の食材で、微弱ながら回復効果が確認されてるから、まあ書くべき書類が多いこと多いこと。

　これがポーションとかなら、国に全投げになる分逆に手続きが簡単だったりするんだけどねー。偽仙桃は効能が高くて高級な漢方みたいな扱いだから、手続きが中々煩雑なのだ。

　譲渡に関する書類の他にも、鑑定スキル持ちの人に頼んで証明書を発行してもらったりとかで、正直繰り返してやりたい作業ではない。

ただまあ、苦労に見合うだけの品だとは思う。少なくとも、怪我人に与える見舞品としては最適のはず。

偽仙桃の効能は、ポーションとかと同じでファンタジーな回復効果だから、科学的な薬効とかとは競合しない。副作用とかも特にない。

それでいてそこらの桃よりも遥かに美味しいので、いい具合に心が満たされるはずだ。

「皮ごと食べられるので、そのまますりおろしちゃって大丈夫です。あ、これスプーンとお皿です」

「ありがとうございます」

御堂さんに必要な道具を手渡したあと、再び紗奈さんの方へと向き直る。ポカンとした表情を浮かべたままの彼女に笑いかけながら、ベッド横に置かれた丸椅子に腰を下ろす。

「それでは紗奈さん。あなたの今後について、話し合ってみましょうか。……あ、頭で言いたいことを思い浮かべてくれれば、こちらで読み取りますので、気負わずいきましょうね」

『えっと、こう、ですか……?』

「あ、はい。そうですそうです。そんな感じです。最初はちょっと慣れないかもですが、気にしなくて大丈夫ですよ。あと重ねて言いますが、内面まで読み取るわけではないので、遠慮なく思い浮かべてください」

『は、はい……』

初対面ということもあり、できる限り丁寧かつフレンドリーに。特に今は怪我でナイーブになっているだろうし、しっかり気を遣ってあげなければ。

『……ぐすっ……』

「おっつ？」

なんで速攻で泣かれてんの俺？　しかもわりとガチ泣きじゃんか。心の声とかじゃなく、しっかり目尻に涙が浮かんでるんだけど。

「……えーと、その、なんか地雷でも踏みましたかね？」

『あ、そのっ、違うんです！　ただその、久々にちゃんとお話しできたことが嬉しくて……』

「あー……」

久しぶりに会話っぽいことができて、感極まっちゃったのかぁ。いやまあ、そうだよなぁ。いままで普通にできてたことが、急に上手くできなくなったんだから、そりゃ心にもクルか。

怪我と後遺症の具合の詳細は分からないけど、少なくとも当分の間は会話が難しくなるのは確実。VTuberとして活動していただけあって、トークスキルは一つのアイデンティティになっていてもおかしくないし、余計にストレスが溜まっていた可能性が高い。

『……えっと、話の腰を折っちゃってゴメンなさい。もう、大丈夫ですから』

「いえいえ。お気になさらないでください。いろいろと不安になるのも当然ですよ。俺も身体の一部が消し飛んだ経験とかありますので、怪我でメンタルがおかしくなったりすることは理解できます」

『え、身体が消しと……え？』

「実際、大怪我すると不安になりますよねぇ。腕が完全に炭化した時とか、ポーション飲んだら治るって分かってるのに、万が一を考えて無事な付け根の部分から切り落としたりしますし」

いや、肉体の一部が完全に炭化してても、特級ポーションを使えば普通に生えてくるんだけどさ。やっぱりちょっと不安になるのよ。炭から肉に戻るとか、効能知ってても中々信じられないじゃん？　それよか、ない状態から生やした方がまだ納得できるというか。

あ、もちろん戦闘中とかは別だよ？　そんな無駄な情緒にリソース割いたりとかはしない。普通に回復するし、なんだったら回復しないで攻めにいく。あくまで素面《しらふ》の状態の時だけのメンタルね。

『えぇ……』

「ＨＡＨＡＨＡ。ま、そんな反応にはなりますよねぇ。一般の方に語ったところで、中々理解できないとは思いますとも」

『いやそのっ、なんか、すみません……』

「いえいえ、お気になさらずに。とりあえず、俺自身も紗奈さんと似たような怪我を何度も負っていると、それだけ分かっていてくれれば大丈夫ですよ。——そっちの方が希望が見えるでしょう?」

　四肢が消し飛んだり、腹に大穴が開いたりなどしょっちゅうで、挙句の果てには胸から下を喰い千切られたりなんてこともある。

　それでもしぶとく回復して、五体満足で生きている人間が目の前にいるんだ。首のところの骨あたりをちょこっと痛めたぐらい、案外なんてことないもんさ。

『……でもそれは、夜桜さんがポーションとかを使えたからで、私には当てはまらないですし……』

「んー、案外そうでもないんですよ。ダンジョンのアイテムってのは本当にデタラメでして、ポーションに固執しなくても意外となんとかなるんです」

　気休めだと紗奈さんが目を伏せるが、それは素人の早とちりだと否定させてもらおう。そして実に勿体ない。

　ダンジョンのデタラメさを知らないからこそ、こうも簡単に手を伸ばすことを諦めてしまえる。もし俺が紗奈さんと同じ状態になっても、ダンジョンがある限り諦めることなどしないだろう。『しない』のではなく『できない』のがポイントだ。

「俺が持ってきた偽仙桃のように、回復効果のある食材がダンジョンにはあります。スキルという特殊な力を習得できる、スクロールと呼ばれるアイテムがあります。身につけるだけで不思議なことが起きる装備があります。ダンジョンには、多分ですがなんでもあります」

　ダンジョンから得られるアイテムは、既存の科学から逸脱した神秘の代物。人々が太古から現在《いま》にかけて夢見た、空想の具現化。

　逸脱しているが故に枠に囚《とら》われず、その可能性は無限大。少なくとも、人類の常識を超えるアイテムが無数に眠っている。

「法律があるから無理だとか、そういうのはナンセンスです。知ってますか？　法律は偉い人たちが決めるものですが、ダンジョン関係だと例外が毎度の如《ごと》く出てくるので、彼らは頻繁に頭を抱えてたりするんですよ？」

　法律というのは枠組みであり、線引きだ。コレはそっちの仲間、そこを越えたらアウトってのを、偉い人たちが必死になって設定している。

　しかし、しかしだ。物理法則すら平気で逸脱するダンジョン関係のアレコレを、法律で完全に縛るなんて土台無理な話なわけで。

　ダンジョン発生当初はもちろん、現在ですらイレギュラー、それどころか未知のアレコレが頻繁に発生したりする。……まあ、頻繁と言っても年に一度とかなんだけど、それでも何十年も運用される法律の穴が年一で発見されてる時点でねぇ？

「もちろん、伝手《つて》がなければ希望を抱いたところで、実現なんてできないですが……。幸いにして、紗奈さんには俺という伝手ができましたからね。諦めるのは、少しばかり早いかと」

『……そう、なのかな……』

「ええ。月並みな台詞ではありますが、諦めなければ夢は叶う……いやちょっと違うか？　諦めなければ奇跡が起きるの方が、この場合は近いか。だって望む側の紗奈さんが本気じゃないと、起こす側になるであろう俺のやる気が減っちゃいますもん」

　手を貸すにしても、全力で手を伸ばしてる方が好感を持てるのは当たり前。助けられる本人が諦めているようじゃ、そもそもお話にならないわけで。

『ふふっ。……確かにそうですね』

「でしょ？　だから奇跡を信じま——っと、話の途中ですが、ちょうど桃がすりおろし終わったみたいですね。じゃあ、ちょっと中断して食べちゃいましょうか。そっちの方が、身体も楽になるでしょうし」

　御堂さんの持つ皿が薄紅色で満たされていることを確認したので、一旦話を中断する。漫画で例えればハイライトっぽいシーンの最中だったが、生憎《あいにく》なことにこれは現実。

　決めゼリフよりも怪我人の身体を労《いたわ》る方が優先だ。——いろんな意味でね。

「御堂さん、食べさせてあげてください」

「ええ。……紗奈、ほら見て。夜桜さんが持ってきてくれたダンジョンの桃のすりおろし。凄く美味しそうでしょ？　証明書とかもついてて、本当に貴重なものみたいよ」

「……ご、い、ね」

　紗奈さんに見えるように皿を傾けながら、御堂さんはゆっくりと偽仙桃の証明書を読み上げていく。

そうして読み終えた後、すりおろした桃をスプーンで掬《すく》って、零さないよう丁寧に紗奈さんの口元へ。

「ほら、慌てないで食べてね」

「……ん」

すりおろされた偽仙桃が、するりと紗奈さんの口の中に消える。そしてコクリと彼女の喉が小さく動き……。

「あ、本当だ。美味し……あれ？」

——まるでそれが予定調和かのように、どこからか奇跡は降ってきた。

「……喋《しゃべ》、れる……。それに、身体も動く……!?」

硬直からの呟き。そして状況を把握できたのか、ガバリと紗奈さんがベッドから起き上がった。

つい先程まで、力なくベッドに横たわっていたのに。動くこともできず、動かすことも許されない。そんな状態だったのに。

今はもう違う。身体は生命力に満ち溢れ、自分の状態を確認しようと全身を動かしているその姿は、健康体そのもの。

「さ、な……？　っ、紗奈ぁ!!」

「わっ、ママ……!?」

突然の事態に固まっていた御堂さんが、堪《たま》らずといった様子で紗奈さんの胸に抱きついた。状況をようやく理解したのか、大量の歓喜の涙も流している。

「さ、紗奈ちゃん……！」

ついでに瀬良先輩も涙ぐんでいる。んー、空気を読んで俺も涙を滲《にじ》ませた方がいいかな？　冗談だけど。

「おやおや。奇跡が起きて良かったですねー」

「いやあのっ、これ絶対に夜桜君だよね⁉」

「まさかー。俺はなにもしてませんよ。俺はただ、お見舞品を持って話をしにきただけですから。ええ、ですのでいまの状況には、本当に本当に驚いています」

「……流石に白々しすぎるかなぁ」

ＨＡＨＡＨＡ。そんなこと言われても、これが事実だからしょうがないじゃないですか。

俺が持ってきたのは、検索すれば出てくる程度には、ダンジョン産食材として知られている【偽仙桃】。これは鑑定スキル持ちによる証明書が保証してくれる。

鑑定スキルは、対象の情報を文章として読み取るスキルだ。読み取れる情報はスキルの格に左右される。

対象と比べて、スキルの格が劣っていれば判別不可能、または中途半端な情報しか得られない。対象とスキルの格が釣り合っていれば一通りの情報が手に入る。そして対象よりも鑑定スキルの格が勝っていれば、より詳細な情報を読み取ることができる。

つまり証明書が発行されているということは、少なくとも偽仙桃と確定できる情報が読

み取られたということになる。

　なので一般的な偽仙桃とは、明らかにかけ離れた未知の効果が確認されようが、国が未知のポーションの一種として管理するべき代物だろうが、現段階ではこれは市販の漢方の延長線扱いされる偽仙桃なのだ。

　ただ、鑑定した職員が、回復効果の部分を上手く読み取れなかっただけで。

「……でも、大丈夫なの？　ポーションとかって、他人に使うのは法律でアウトって言ってたよね？」

「なにを心配しているんです？　俺がお見舞品として持ってきたのは、なんてことのないはずだった偽仙桃。それはこの紙切れが証明してくれてますから。確かに偽仙桃の範疇を超える回復効果が出てますけど、それは証明書を発行した側のミスなんで。つまりモーマンタイです」

「……頑《かたく》なに認めないね。まあ、明らかに裏技っぽい感じだし、認められないんだろうけど」

「ちょっと何言ってるか分からないですねー」

　深層産の通常より効果の高い偽仙桃を用意して、中層レベルのアイテムを担当している鑑定士の人に投げたとか、そんなことするわけないじゃないですかー。

「でもこれ、相手に迷惑かかってない？　最悪、業務上過失とかで逮捕とかになるんじゃ……」

「その辺は大丈夫ですよ。紗奈さんにもちょろっと話しましたけど、こういうイレギュラーとか稀によくあるんですよ。多少の怒られは起きるでしょうが、罰らしい罰はないそうです」

鑑定結果を偽装したとかなら、もちろん一発でアウトなんだけど、鑑定ミスは扱いが違うのですよ。

普通の技術と違って、外付け要素が強いのでね。技術よりも、インストールされてるソフトが違うとか、そんな感じ。

所持する鑑定スキルの格で、処理できるアイテムのランクが決まるから、人によってはどうしたって鑑定できない代物が出てくるわけで。だからイレギュラーを持ち込まれると普通にミスるんだわ。

アレだ。ソシャゲとかである、親密度でキャラのエピソードが解放されるシステムみたいなイメージ。数値が足りないとウィンドウが解放されないけど、それが表示されないで後半部分に気付けない的な。

特に今回の場合、俺が持ち込んだのは俗に言う『上質な鉄鉱石』とか、そっち系かつ未知のアイテムだし。

鉄鉱石ではあるから、品質とかのフレーバーテキストが読めなくても、大まかな判別自体は可能。そして見た目も同じ。だから余計に間違えやすいという。……もちろんそれを狙った。

「ま、心配する必要はないですよ。鑑定スキル持ちって貴重なんで。役人がスキルを習得するにはスクロールがいるし、供給の関係で母数が増えないんですよねー。使い込めば上位のスキルに変化したりするので、腕のある人はいなくはないんですけど。だから多少のミスで罰してられないという事情がありますす」

まず前提として、スクロール自体が探索者にとっては手っ取り早い強化アイテムだから、滅多に売りに出されることがない。

その中でも鑑定スキルは使いどころの多い大当たり枠だから、大抵が自分たちで消費してしまうのである。

一応、国としても買取価格を高値に設定してたり、鑑定スキル持ちの元探索者を好待遇でスカウトしたりしてるそうだけど……。それでも全然追いついてないのが実情だ。

「今回の場合だと、俺が金銭的な損害でも訴えない限り、なあなあで誤魔化すんじゃないですかねぇ。その部分をスルーすれば、寝たきりの女性に奇跡が起きて、幸せになったっていう美談ですし。どうせ担当者は詰められませんよ」

「……なんかやけにお役所の内情に詳しいね。その稀によくあるってやつ、もしかして夜桜君も体験済みだったり？」

「どうでしょうねー」

体験済みというか、過去の事例の半分ぐらいは俺だったり？　あとは知り合い連中が四割、その他が一割ぐらいかなぁ。今回の疑惑が深まるので内緒だけど。

「ともかく、奇跡の詮索は野暮ってやつですよ。今は紗奈さんの回復を喜びましょう。瀬良先輩も交ざってきては？」

「……うーん、確かに紗奈ちゃんとは親友だけど。感動の家族の時間に交ざりにいくのもまた、野暮ってものだと思うから。一段落したら、抱きつきに行こうかな」

「終わりますかね？」

瀬良先輩とそこそこ話してるけど、あっちの母娘は未《いま》だに大号泣中なのですが。最初は御堂さんだけが泣いていたけど、今は紗奈さんまで涙が伝染してるし。

泣きたくなる気持ちは分かるので、空気を読んで遮るつもりはないけれど。落ち着くにはまだまだ時間が掛かりそうな感じ。

「ま、いいっすわ。俺は協会の方にイレギュラーが起きた連絡と、お医者さん呼んだりしてくるので。その間に、瀬良先輩はお二人と今後の身の振り方を話しててください」

「……それつまり、遠回しにあの二人の間に入れってこと？　あと、身の振り方？」

「ええ。犯罪ってわけではないので、そういう心配はする必要はないんですがね。……やっかみってのは、法的にセーフでも起こるものですから」

呆れるべきは人の業《ごう》というべきか。一番の難所は突破しても、まだまだ紗奈さんの、ウタちゃんの苦難は続くだろうってのが、俺の見立てなんですよ。

「彼女は人気VTuber、言ってしまえばタレントです。大勢から祝福はされるでしょうが、一部は絶対に燃やしにきますよ。犯罪者扱いしたり、体を使ったとか言われたり」

「……それは、否定できないね」

「でしょう？」

六桁オーバーのファンを抱える女性VTuberとして、そしてアンチに散々振り回されたデンジラスの所属として、瀬良先輩は深々と嘆息した。

あの手の輩《やから》は、基本的に度し難い。裏付けのない自分の妄想を声高に叫ぶ。しかも声だけはデカイから、無駄に野次馬を発生させる。

今回なら『騒動に対する責任を取れ』とか、『そんな奇跡はありえない。ポーションをこっそり使ったに違いない』とか、『山主に股を開いて助けてもらったんだろ』とかか。あとちょっと毛色が変わって『世の中にはもっと可哀想《かわいそう》な子供とかがいるのに、人気者だからって助けられるのは不公平だ』なんてのもあるか？

俺まで巻き込むような誹謗中傷、お気持ちとかなら、容赦なくこっち側で処理するけど、そうじゃない場合だと俺は動けない。かといって、回復明けの紗奈さんにそこまでのメンタルは期待できないわけで。

「そういうの、早い段階で話し合っていた方がいいと思うんですよね。俺はこのあと、協会の方に引っ張っていかれるのは確定してるんで。最速で問題提起ができるのは、この場に居合わせた瀬良先輩だけなんですよ。同業かつ親友ですしね」

「なる、ほど……」

「全てを承知した上で、早めに活動を再開するのも良し。怪我明けということで、回復の報告だけしてほとぼりが冷めるまで休業するのも良し。このままVの世界からフェードアウトするのも良しです。……決めるのは紗奈さん本人と、ご家族でしょうが」

まあ、今後の生活を考えると、引退や活動休止の選択肢は中々取りにくいとは思うけど。人気ライバーである以上、貯蓄の方はそこそこにあるはずだが、今回の治療費や税金を考えると、ねぇ……？

だが折角健康になっても、メンタルがやられてしまえば元も子もないわけで。特にデンジラス所属としては、身近にメンタルやってカミソリ持った実例がいるせいか、その辺りは気が気でない。

「……うん。確かにそうだね。分かった。紗奈ちゃんには私から伝えておくよ」

「そうしてあげてください」

「ちなみにだけど、夜桜君はどうした方がいいと思ってるの？　今回の騒動の当事者として、あの子を助けた人間として」

んー、その質問はアレかな？　奇跡という建前のもと、助けた側の意向を聞いておきたいってことかな？

「大前提として、アレは望外の奇跡というやつで、紗奈さんが勝手に助かっただけであると念押ししておきますが。その上で桃を持ってきた身として言わせてもらえば――お好きにどうぞとしか」

「……お好きにどうぞ、かぁ。それはどうして？」

「いやだって、俺が助けたのはVTuberの色羽仁ウタではなく、瀬良先輩の親友の紗奈さんです。そして助けようと思ったのは、瀬良先輩が気落ちしていると、雷火さんに聞いたからです」

　いろいろと紆余曲折があったことは認めるが、この一件における俺の行動基準はシンプルだ。

「いろんな意味でアレな台詞なんで、口説いてるように聞こえるかもしれませんが。――俺って、徹頭徹尾あなたに笑ってもらうためにしか動いてないんですよ？」

「っ……!?」

　大先輩で、恩人で、同じ事務所の仲間である天目先輩だからこそ、助けたいと思った。だから最終的に大団円まで持っていくと決めた。

　例えば瀬良先輩と紗奈さんが、仕事上の顔見知り程度の仲だったら。俺はこんな本格的に悪巧みなんかはしていない。

　ああも派手に炎上した以上、こちらも人気商売なので協力ぐらいはしてただろうが、精々がビジネス上の付き合い程度に留《とど》めていた。

　ライブラ側でクラファンとかしてもらって、お金が貯まったタイミングで薬を放出するとか、それぐらいしかしなかったはずだ。

　つまるところ、紗奈さんがどういう選択をしようがどうでもいい。彼女が回復して、瀬良先輩が元気になったのなら、それ以外は興味がない。

「他の先輩たちもそうですが、俺がデビューしてから、ずっと気にかけてくれたじゃないですか。なのでこれはそのお返しです。恩返しです」

「っ、その返しは予想外というか、ちょっと義理堅すぎるかな……。さ、流石に反則かなって思うんだけど」

「知らないんですか？　男ってのはカッコつけたがりなんですよ。で、義理堅い男ってのは、王道主人公扱いされるぐらいにはカッコイイじゃないですか」

「そう、だね。……カッコイイよ」

「ありがとうございまーす。では、連絡してきますねー」

　さーて。小っ恥ずかしいこと言っちゃったから、とっとと退散するぞー！

□□□

「……はぁぁぁっ。本っ当に、反則すぎだよ……」

　そそくさと病室のドアから出ていく後ろ姿を眺めながら、私は自然と同じ言葉を呟いていた。

　親友を救ってくれただけでも、感謝してもしきれないのに、そこに追加であの言葉。あのタイミングであんなこと、流石に言わないでほしかったなぁ……。

あんなの殺し文句がすぎるよ。『先輩に笑ってほしかったから』なんてストレートに言われたら、その気がないと分かっていても動揺しちゃうもの。破壊力が高すぎる。

「しかも、あんな恥ずかしそうに出ていくってもうさ……！」

なんというか、あざとい。あざとすぎて顔が熱い。狙ってやっているんじゃないかと疑ってしまうほどに。それこそ下心があると言ってくれた方が納得できるのに。

でも、絶対にそれはないんだよね。だってシンプルにコスパが悪いもの。

紗奈ちゃんを助けた『奇跡』は、明らかにグレーゾーン、それもかなり黒寄りの手段のはず。夜桜君ほどの男の子が、下心だけでそんな危ない橋を渡るわけがないんだから。

そもそも、私と彼は今日初めて顔を合わせた。VTuberとしてはそれなりに交流はあったものの、外見の分からない相手にそういう感情を向けるのは、ちょっと考えにくい。

よしんばそっちの目的があったとして、普通に交流を重ねて距離を詰めた方が堅実だ。

だから多分、夜桜君のこれは本当に善意からきている。恩返しという言葉には、一切の誤魔化しも偽りもないはずだ。……それでも一般論ではありえないのだけれど、夜桜君を、一般に当てはめることが恐らく間違いなんだと思う。

彼はとても高価な食材を、惜しげもなく同期に振る舞えるような人。だから根本的な価値観が、私たち一般人とは違うんじゃないかな。

お金とか、貴重品だとか、夜桜君にとっては本当にどうでもよくて、それでいて簡単に補充できるものなんだと思う。それこそ、事務所の先輩の友達に平然と提供できるぐらい、彼の中では価値が低いんだ。

「――あれ、夜桜さんは？」

――だからこの光景も。首から下の麻痺で一生寝たきりだったはずの紗奈ちゃんが、人数の変化に気付いて身体ごと振り返っている光景も、『奇跡ですね』の一言で片付けてしまえるんだ。

誇ることもせず、感謝の言葉すら受け取らず、粛々と後始末に移行することができるんだ。

「アイテムが証明書と違う効果が確認されたから、関係各所に連絡するって一旦席を外したよ。あと、病院の先生も呼んできてくれるって」

「あっ、それは大変な失礼を！　娘を助けていただいただけでなく、そんな雑用みたいなことまで……!?」

「待ってくださいママさん！　そのへんの連絡は彼にしかできないことですし、先生を呼ぶのはそのついでだそうです。それよりも、今の内に今後の話し合いをしててほしいと言っていました」

慌てて夜桜君を追おうとしたママさんを押しとどめ、もう一度ベッドの方に誘導する。

夜桜君の言ってた通り、これは家族で話し合うべきことだから、できる限り早めに伝えておかなきゃ。

直《す》ぐに病院の先生がやって来るだろうから、せめて問題提起だけでもしなければ。だってそう頼まれたのだから。

「……関係各所に連絡。ねえ双葉、夜桜さん大丈夫だよね？　警察とかに捕まったりしないよね？」

「うん。それは大丈夫じゃないかな。本人がそう言ってたし、逮捕とかはないと思うよ」

あそこまで『奇跡』を連呼して、私たちの前ですら偶然の建前を貫き通すぐらいには警戒心が強いんだもの。

　プライベートではまだ短い付き合いだけど、逮捕されるような迂闊《うかつ》な手段は取らないという確信がある。……やけに周到というか、手慣れていた印象を受けた部分は、とりあえず触れないでおくことにしよう。

「そっか……良かった。じゃあ、直ぐに戻ってくるんだよね？　このままさようならとか、流石にないよね？」

「そ、それは大丈夫だと思うけど……どうして？」

「だって私、まだ夜桜さんにお礼も言えてないんだよ!?　本当なら、真っ先に『ありがとうございました！』って土下座で伝えなきゃいけないのに！」

「き、気持ちは分かるけど、土下座は多分夜桜君が困るからやめようね？」

　本当に気持ちは分かるんだけど、夜桜君が思いきり顔を引き攣《つ》らせる未来が見えるのが……。特に紗奈ちゃんって、リアクションが大袈裟《おおげさ》なところがあるから、余計に夜桜君が困りそう。

「と、とりあえず、その辺りは夜桜君が戻ってきてから。今は先のことについて話そう。ね？」

「先って、お礼より大切なこと？　ここまでしてもらって自分の今後を優先するとか、普通に人としてアウトじゃない？」

「それについては、当の本人がそうしてと言ってたから大丈夫だよ」

「……これだけでも感謝してもしきれないのに、まだ私のこと心配してくれるんだ……」

「……」

――どうしよう。紗奈ちゃんの中で、夜桜君の好感度が凄《すさ》まじい勢いで上昇してる気配を感じる。これ不味くないかな……？

いやでも、気持ちは痛いほど分かる。一生寝たきりで絶望してたところを、あんな風に無償で助けられたら、誰だってときめいちゃうよ。その上でさらに優しくされたら……うん。

しかも夜桜君、性格だけじゃなくビジュアルも悪くないし。顔は童顔寄りだけど平均以上。なにより身体が探索者らしく引き締まっている。

筋肉質って感じじゃなくて、無駄な部分を限界まで削ぎ落とした理想的な細マッチョだなってことが、服の上からでも分かる感じ。

本物の芸能人とかそういう華やかさはないけど、その気になれば普通に彼女とか作れるぐらいにはカッコイイ。というか、カッコかわいい？

「夜桜さん、本当に優しい人だね……」

「そ、そうだね……」

　優しいというか、個性的というか。さっきの台詞とかも踏まえると、義理堅くて度量の大きい人誑《ひとたら》しなんだと思う。……あと女誑し。

　というか、こうして改めて分析すると、夜桜君って冗談みたいにスペックが高い。見た目が良くて、性格も良くて、とんでもなく高収入。この時点でほとんどの女の子は放っておかないよ。

　それに加えて、現金以外にも資産が豊富。料理もできる。超一流探索者で強い。ライバー活動できるぐらいにはトークスキルもある。……VTuberじゃなくて、顔出しで活動してた方が人気出たんじゃないかなぁ？

　いや、そうじゃなくて！　これは流石に止めなきゃ不味いって。プライベートのアレコレに口出しするのはよろしくないけど、下手したらまた夜桜君を巻き込んで大炎上しちゃうって！

　ただでさえ、近い将来に二人とも炎上することが確定しているのに、ここで新たな、それも特大の火種を作るのは見過ごせない。紗奈ちゃんの親友として、そして夜桜君の先輩として阻止しなければ。

「さ、紗奈ちゃん！」

「うん？」

まだ紗奈ちゃんの中で感謝の比率の方が高いだろうし、ここでブレーキを踏ませることができれば、時間稼ぎにはなるはず。

ある程度の時間さえ置けば、状況は一旦落ち着くだろうし、紗奈ちゃんも冷静になってくれると思う。

「えっとね……」

「うん。どうしたの双葉」

「……その」

——ちょっと待って。これどう止めるべきなんだろう？　ここで変に制止をかければ、逆に意識させて完全に恋愛感情が芽生えそうだし。

「……」

どうしよう。なんて言ったらいいか分からない。いっそさっきの台詞、『私のために紗奈ちゃんを助けた』って伝えちゃう？　……いや、これただの嫌味な鞘《さや》当てだよ。

「双葉？　渋い顔してどうしたの？」

「あー、その。……紗奈ちゃんは、この後ってどうするつもりなの？　ライバー活動、復帰する？　これを機に引退したり、ちょっと活動休止したりしない？」

「え？」

結局、かなり強引に本題に移ることしか私にはできなかった。相変わらずと言ったらそれまでだけど、自分の機転の利かなさというか、鈍臭《どんくさ》さが嫌になる。

　でも、これも悪い手段じゃないはず！　目先の炎上を自覚させることで、色恋沙汰に現《うつつ》を抜かしている場合じゃないと危機感を抱いてくれれば……！

「双葉、どうしてそんなこと訊《き》くの？　まだまだライバーとしてやりたいことは沢山あるし、もちろんすぐに復帰するつもりだけど……」

「実はね、さっき夜桜君と一緒に話したんだ。紗奈ちゃん、いや色羽仁ウタが復帰した場合、絶対に炎上が起きるって」

「なんで⁉　そりゃ私にだってアンチはいるけど、そこまで嫌われてはないと思うよ⁉」

　良し……いや良しって言っちゃ駄目なんだけど。それでも食いついてくれた。夜桜君に傾いていた思考が、一気にライバー活動の方に向いてくれた。

　まあ、実際こんなこと言われたら驚くよね。とてつもない奇跡で、喜ばしいことなんだから。祝福こそされ、燃やされるなんて思わないよね。

「うん。紗奈ちゃんは嫌われてはないよ。絶対に大勢から復帰を喜ばれるって断言できる。――でもね、奇跡を素直に受け入れる人だけじゃないんだよ。特に今回は裏技みたいなものだから、絶対に否定する人が出るよ」

「あっ……」

　私の言葉に、紗奈ちゃんの顔が暗くなる。隣で聞き手に徹していたママさんもまた、険しい表情を浮かべていた。

うぅっ。幸せムードを壊すのは、やっぱり心苦しいな。それでも夜桜君に頼まれちゃったし、私自身もやった方がいいと思うし。頑張って割り切らなきゃ。

「いろんな憶測が飛ぶと思う。犯罪者とか、そんな感じの誹謗中傷も絶対に出てくる。……なにより、紗奈ちゃんと似たような境遇の人や、その周りの人から理不尽に恨まれると思う。『なんでお前だけ助かるんだ』って。――それでもなお、紗奈ちゃんはVTuberとしてすぐに復帰したいと言い切れる?」

「っ……!!」

――そうして私は、悲しい現実を紗奈ちゃんに突きつけた。

□ □ □

「――こんのっ、大馬鹿野郎がぁぁ!!」

「……痛い」

警察が、駆け付けてきて、殴られた。俳句にしてみたけど、字面的に酷いなコレ。

とりあえずざっくり説明すると、『愉快な奇跡が起きちゃいました』と知り合いの刑事に連絡したら、憤怒の表情でやってきて拳骨《げんこつ》を落とされてしまったわけだ。

そして瀬良先輩たちに二、三話を聞き、その後は皆さんの前で襟首摑まれて連行され、車に叩き込まれた次第。

いや、別にいいんだけどさ。面倒なイレギュラーを発生させたのはこっちだし、そもそも高校時代からの付き合いだし。

「玉木《たまき》さん、もう歳なんだから。そんな風にヒートアップすると頭の血管切れますよ？」

「元凶の台詞じゃねぇんだよなぁ⁉　気まぐれで厄介事を発生させんなって、いっつも言ってんだろうが‼　ちったぁ学習しろやこのクソボケが！」

「そっちもそっちで相変わらずですねぇ。警察官にあるまじき口の悪さ。しかもあなたお偉いさんでしょうに」

警察としての体面を捨て去ってるとしか思えないクレームに、ついつい苦笑を浮かべてしまう。……とはいえ、相手はアラフォーのオジチャンなので、口の悪さはもうそういうものなのかもしれないが。

玉木大治郎《だいじろう》。警視庁捜査五課、主にダンジョン関係の犯罪を扱う課に属していたキャリア組の刑事さん。今は出世して警視正らしい。役職は忘れた。

しかし実際のところ、階級も役職もこの人にとってはあってないようなものだったりする。本人の気質とかの話ではなく、警察組織における立ち位置的な問題で。

警視正は警察の中でもお偉いさんだ。少なくとも、真っ先に現場にすっ飛んでくる階級の人ではないことは間違いない。

しかしながら、玉木さんは違う。組織のさらに上の方から、俺の担当を仰せつかっているために、こういう時には容赦なく駆り出されてしまうのだ。関係者曰く、警視庁の夜桜係というらしい。

「ったく。毎度毎度ダンジョン省と連携のために奔走させられる身にもなれってんだよ」

「でも俺のおかげで昇進できたんでしょ？」

「いざという時の首印用に上げられたんだよ！　こんな出世は望んでねぇ！」

俺を担当するためだけに、最速で警視正にまで昇進させられたキャリア組の悲痛の叫びである。面倒な仕事を押し付けてる自覚はあるのでなんとも言えない。

「で、今回はなんでこんなことをやらかしたんだよ？」

「やらかしたなんて人聞きの悪い。偶然にも奇跡が起きただけですよ？」

「白々しいんだよ！　知らなかったで無茶苦茶するの、お前の常套《じょうとう》手段じゃねぇか！　お前、認めねぇだけで鑑定スキルの類は絶対に持ってんだろうが！　それも最上位のやつ！」

「相変わらず疑り深いなぁー」

確かに持ってるけど。正確に言えば、阿頼耶識が鑑定スキルも包括している的なアレだ。ただそれを認めてしまうと、この手の悪巧みが使えなくなるので煙に巻いている。実力差の関係で、俺には鑑定スキルが通用しないからこそ構えられる免罪符だ。

「ま、別にいいじゃないですか。後遺症で苦しむ女性が助かり、偽仙桃の真実は明るみになった。持ち主だった俺は協会にクレームを入れる気もない。割を食った人がいないハッピーエンドでしょう?」

「普通に通販で流通してた偽仙桃が、特級ポーションの代用品になり兼ねないって時点で大問題なんだよ！　今頃関係各所は阿鼻叫喚《あびきょうかん》だぞ!?」

「問題のない形で発覚したってだけで、最悪の事態とは程遠いと思うんですけどねー」

数万円で買い取りました。でも実際は数十億の価値がありました、てへぺろ。なんてことが起こってたら、クレームどころの騒ぎじゃないわけで。

今回は俺が意図的に発生させたから、そういうクレームも発生しないし、今後起きたかもしれないトラブルも未然に防げた。行政側からすれば万々歳では?

「それでもだ！　特級ポーションに匹敵するかもしれんアイテムが、高級食材程度の値段で売り買いされてたんだぞ!?　偽仙桃を買取りに出した経験のある探索者が、大勢騒ぎ出すのは目に見えてる！」

「あー、大丈夫大丈夫。獲得した階層と回復効果は比例するんで。中層でポーション以下な時点で、大抵のクレームは封殺できますよ」

ダンジョンは大まかに六つの段階に分類される。上層、中層、下層、深層、超深層、深《しん》淵《えん》だ。安全マージンを十分に確保している前提で、それぞれに該当する探索者のレベルは以下の通り。

・上層……主にバイト感覚のアマチュア。割合としては学生が比較的多い。
・中層……専業として食べていける、探索者の中でも実力のある者たちが基本。
・下層……専業の中でも、さらに一流とされる限られた探索者。または銃火器などで完全武装した、警察や自衛隊の専門部隊。
・深層……人間辞めはじめた一部の者。
・超深層……俺クラス。
・深淵……測定不能。少なくとも、超深層までは無双できる俺ですら、死力を尽くす必要が出てくるレベル。

で、ここで重要なのは、下層以降で活動してる探索者なんてほぼいないということである。この事実さえあれば、クレームなど恐れるほどのことではない。

「ポーションの代用品として扱うなら、最低でも下層でゲットしたやつじゃないと意味がない。それでも下級ポーションとどっこいぐらいの効能だし、なんなら本物と違って長期保存が利かない時点で下位互換。下層以降で活動してる連中が、わざわざ桃なんか持って帰るはずがないんですよ。クレームなんて出す奴らはただの馬鹿です」

探索者の最大の敵は荷物だ。俺みたいになんらかの手段で運搬能力を拡張していない限り、装備と戦利品のシーソーゲームは避けられない。

そんな中で、長期保存に向かなくて、柔くて、持ち運びにそこそこ場所を取って、それでいて値段は下級ポーションを下回るであろうアイテムを、わざわざ持ち帰ろうとする探索者なんていない。

「……今回みたいな、特級ポーションクラスだとどこで出てくる？」

「ゲットしたのは超深層ですね。深層で中級から上級ぐらいかと。どっちにしろ、出てもゴミ扱いですよ」

　手に入れたとしても、大抵がその場で食べるか捨てるだろうね。てかそもそも、偽仙桃なんて食料系ダンジョンでもなければ滅多に出ないんだけど。

　一応、普通のダンジョンでも場所によっては採取できたり、妖仙系のモンスターからドロップしたりはするが……まあ大ハズレ枠だ。他を狙った方が圧倒的に金になる。

「……だったらまだマシか。てか、やっぱり鑑定スキル持ってるだろお前！　なんで階層と回復効果が比例するって断言できてんだよ⁉」

「別に鑑定スキルなくても推測ぐらいできますぅ。証明書の備考欄、スキルで読み取った情報をそのまま記載するルールでしょう？　その一部に書いてあるんですよ。【仙桃】のなり損ないだって」

　鑑定スキル曰く、環境が悪く仙桃にまで届かなかった粗悪品が偽仙桃。原典が不老不死とかそっち系のアイテムであるために、紛《まが》いものでも回復効果を宿しているという。

　で、この『環境』という部分を、ダンジョンの深さに置き換えることができるわけだ。浅ければより粗悪品となり回復効果が落ち、深ければ環境がマシとなって仙桃に近づくということ。

ドロップ品に生育環境とやらが存在するのかは不明だが、とりあえずフレーバーテキストとしてそうなっている。

「あとは今回の件と、一般的に流通してた偽仙桃の効果を基準として、さらに探索者としての勘をエッセンスに。そしたら仮説があら完成と」

「ぐぬぬ……！」

もちろん、これはすべて言い訳。阿頼耶識で読み取った情報を基に、正解から逆算してでっち上げた推測モドキだ。

だから筋が通っている。鑑定スキルが俺には効かない以上、カンニングによって矛盾のない推測を上げられた時点で追及は不可能だ。

「だぁっ、こんちくしょう⁉　お前は本当に厄介事しか持ってこねぇなぁ‼」

「でも人は助かってるじゃないですか。市民の幸せを願い、安全を守るのが警察なんですから。不幸な人が減るのは素敵なことでしょう？」

「代わりに本邦の法律が引っ掻き回されてたら堪んねぇんだよ‼　しかも助けた理由が『気まぐれ』なんだからタチが悪いわ！」

「会社の先輩のお友達が事故で困ってたから、一緒にお見舞いに行っただけですよ？」

「知り合いの知り合いは他人だろうが！　他人を助けてる時点で、気まぐれ以外になんて言うんだよ⁉」

何度も言うけど助けてません。奇跡が起きて勝手に助かっただけです。……という前提は置いておいて。

　わずかに声のトーンを下げた玉木さんに合わせて、俺も少しだけ煙に巻くの控えることにした。

「——はぁ。お前、こんなことやってどうするつもりだ？」

「どうするもなにも。お世話になってる先輩が困ってたから、近場に生《な》ってる桃をもぎってあげた。俺がやったのはそれだけですよ」

「ああ、だろうな。お前にとってはそうなんだろうよ。庭に生えてる果物をお裾分けした。その程度の感覚なんだろうさ。……だが、世間はそれを認めねぇぞ？」

　世間。国ではなく世間ときたか。これはまた随分と曖昧《あいまい》で、それでいて面倒な手合いを挙げてきたなぁ。

「世間が許すもなにも、俺は別に法律違反をしたわけではないんですけどね」

「現行法を盾にした上で、法の隙間をぶち抜くことを合法とのたまわれるのは甚だ遺憾なんだがな……。とはいえ、お前の持ってる手段の中で、もっとも穏便な一手だったことは認めてやるさ。密猟品を使われるよりは全然マシだ」

「密猟品とはまた物騒な……」

「ハッ。今更だろ。お前の空間袋の中から、何度表沙汰にできない代物が出てきたよ」

「……三回ぐらい？」

「数えろって話じゃねぇんだわ。お前にしか開けられない宝箱が、なんでも入っている火薬庫だって話だよ」

「……」

まあ、否定はしないとも。俺にしか使えない、それでいて紛失することもない特性を利用して、確かにいろいろとぶち込んではいるのだから。

本来なら、探索者はダンジョンから持ち帰ったアイテムは、一度協会に提出する義務がある。これは流通とか、治安維持の観点から定められたルールだ。

でも俺は違う。不可侵の空間袋を所持し、鑑定スキルなども弾《はじ》く俺の場合、自己申告が全てとなる。袋から適当にアイテムを出して、これで全部ですと言ってしまえば、協会も警察も追及することができない。

だから俺は公的に存在しないアイテムをいくつも所持している。ガッチガチに管理されているポーション、霊薬ですら、国が確認していない品が山とある。

それでも違法にならない。何故なら存在しないから。物的証拠が絶対に出ないために追及ができないから。——そしてなにより、圧倒的な武力差から警察では俺のことを逮捕拘束ができないから。

「確かに今回は合法だ。だが合法であっても、世間がそれを許さないと決めちまえば、待っているのは批判の嵐だ。特にお前さん、今はVTuberとかいう、ネットのタレントみたいなことやってんだろ？」

「あれ？　玉木さんに教えましたっけ？」

「また白々しいんだよ。お前が匿名とはいえ表舞台に立ったことで、俺らがどれだけ泡食ったと思ってやがる。しかも探索者であることを売りにしやがって。可能ならいま直ぐにでも辞めさせてぇよ」

「警察の台詞ではないですねぇ」

　職業選択の自由を真っ向から否定してくれちゃってまぁ。てか、意外としっかり把握しててビックリだ。仕事でやってるんだろうけど。

「今回の一件も、ある程度こっちも成り行きは把握してる。お前さんが貰い事故でバッシングされてたアレだろう？　助けた子は、階段から落ちたっていうもう一人の当事者か」

「どうでしょうね？」

　間違ってはないけど、これは流石に肯定はできないかな。匿名で活動しているライバーの、個人情報に関わることだから。

　もし開示するにしても、正式な手続きを踏んでくれなければお口にチャックだ。

「ふん。まあ俺の推測ということで聞け。お前は現在、表舞台に立つ準公人みたいな立場だ。業腹だがな。そんで相手の娘さんもそうだ。であるならば、世間は必ずこの一件を追及する。合法だろうが、印象で叩く奴は絶対に出てくる。集《たか》る奴らも湧くだろうよ」

「湧きますねぇ」

「影響力のある人間が、気まぐれで誰かを助けるってことはそういうことだ。たとえ一度しか使えない『奇跡』を盾にしたところで、前例がある時点で納得しねぇ」

「知っていますとも」

　VTuberという世界に触れ、さらには演者として活動している身からすれば、嫌というほど実感している。世の中には、自分が世界の中心、世の代表だと思っている輩がことのほか多いということを。

「はっきり言ってな、俺はお前が表舞台に立つことを納得してねぇ。『金も出す。細かいことも追及しない。代わりに人目に触れないダンジョンの奥深くで、ひっそりと活動しててくれ』が関係者の、いや国の総意ってやつだ」

「えー。酷くないですか？」

「生きた核兵器みたいな奴がほざくなよ。順当な評価だろうが。そんな奴がこんな騒ぎを起こしてれば、そりゃ文句が山のように出てきて当たり前だ」

　さらっと客観的な意見みたいに言ってますけど、その山のような文句を吐いてるのは玉木さんですよね？

「――だが、お前さんが注目を集めちまったんなら仕方ねぇ。だからこうして対応を訊いているんだよ」

「対応もなにも、普通に活動するだけですよ？」

「集りの類いは？」

「法律を盾に無視一択。それでも付きまとってくるなら、容赦なく法的措置を取りますね」

「刑事になりそうならこっちに連絡しろ。関係各所に話を通して、最優先で処理させる」

「おやま。随分と協力的ですね？　玉木さんの役職は忘れましたけど、どうせ五課関係でしょ。公務員は縦割りがデフォルトですし、そういう口出しはアウトじゃないんです？」

「なんのための警視正だと思ってんだ。こういうのを通すための階級だ。それにお前さんが誹謗中傷にブチ切れて、大虐殺なんかを起こされるよりはずっとマシだよ」

「しないですよ？」

　なんてことを言うんだこの人。俺が高一の頃からの長い付き合いなのに、そんな大罪を犯すような人間だと思ってたってこと？

「法律の穴を好んで突いてくるような奴は、遵法精神が欠片《かけら》もないと思われても仕方ねぇだろ」

「それはそう」

「納得するんじゃねぇよ!?　……そもそもだ。する、しないの問題じゃねぇんだよ。大虐殺が可能であり、そして俺たち警察サイドにそれを止める術《すべ》がねぇってのが問題なんだよ」

　不満そうに、口惜しそうに玉木さんが呟く。それでも治安維持を第一とする組織の敗北宣言を、どうしようもない事実として言い切った。

「これは何度も言っているがな。警察の面子が潰れることだけは、断じてあってはならないんだ。お前の問題行為を、深く追及しないのもそういうことだ。国家転覆とかを狙ったりしなければ、そして公になりさえしなければ、俺たちは違法行為だろうと素知らぬ顔で握り潰す。多少の悪態は吐くが、それだけだ。——人の形をしているだけの怪物を、人の法で縛ろうなんざ考えちゃいねぇ。見て見ぬふりして共存を選ぶ」

「……」

なんというか、玉木さんって本当にギャップの塊みたいな人だよね。口調は現場で指揮を執る熱血刑事なのに、実際は高級役人という魑魅魍魎《ちみもうりょう》の片割れなんだから。

俺を怪物扱いしてくれてるけど、そっちだってあんまり人のこと言えないだろうに。

「まあ、お前に関しちゃ気にしてはいない。有象無象《うぞうむぞう》の声なんぞ、歯牙にもかけない強さがあるからな。……だが、もう一人の子は違うだろ。そっちのケアはどうするつもりだ？」

「いやまあ、俺の手で助けた以上は、最後まで面倒見るつもりではありましたけど……」

少しでも俺に絡んでると思われる誹謗中傷は回収して処理するつもりだったし、それ以外でも瀬良先輩経由でいろいろと手を貸そうかなと思っていた。

「だったらこっちに回せ。可能な奴は全部こっちでしょっぴいてやる。信頼できる警察の知り合いがいると、相手の子には伝えておけ」

「それは助かりますけど、いいんですか？」

「お前の機嫌は冗談抜きで国家の趨勢《すうぜい》に影響が出るからな。言ったろうが。怪物と共存するって。か弱い人の子にできる共存ってのは、全力で奉って怪物から神様になってもらうことなんだよ」

「なるほど？」

神様ねぇ。ま、【阿頼耶識《あらやしき》】なんて意味深なスキルを生やしてる時点で、あんまり否定できないのが辛《つら》いところか。

「では、今は気持ちだけ受け取っておきます」

「あぁ？　しっかり伝えろよ」

「いやだって、そもそも彼女がどういう決断をするのか――」

瀬良先輩からチャットだ。……ふむふむ？

「決断したみたいなんで前言撤回です。諸々《もろもろ》よろしくお願いします」

「おうよ」

――瀬良先輩のチャットには、こう書かれてあった。『紗奈ちゃん、まだVTuberを続けたいってさ。批判も全部覚悟の上で、ファンや同僚の皆とまだお別れしたくないって』と。

こう書かれちゃ、助けた身としては協力しないわけにはいかないよねぇ？

CHAPTER 06

OSHI NI SASAGERU DUNGEON GOURMET
Volume_01

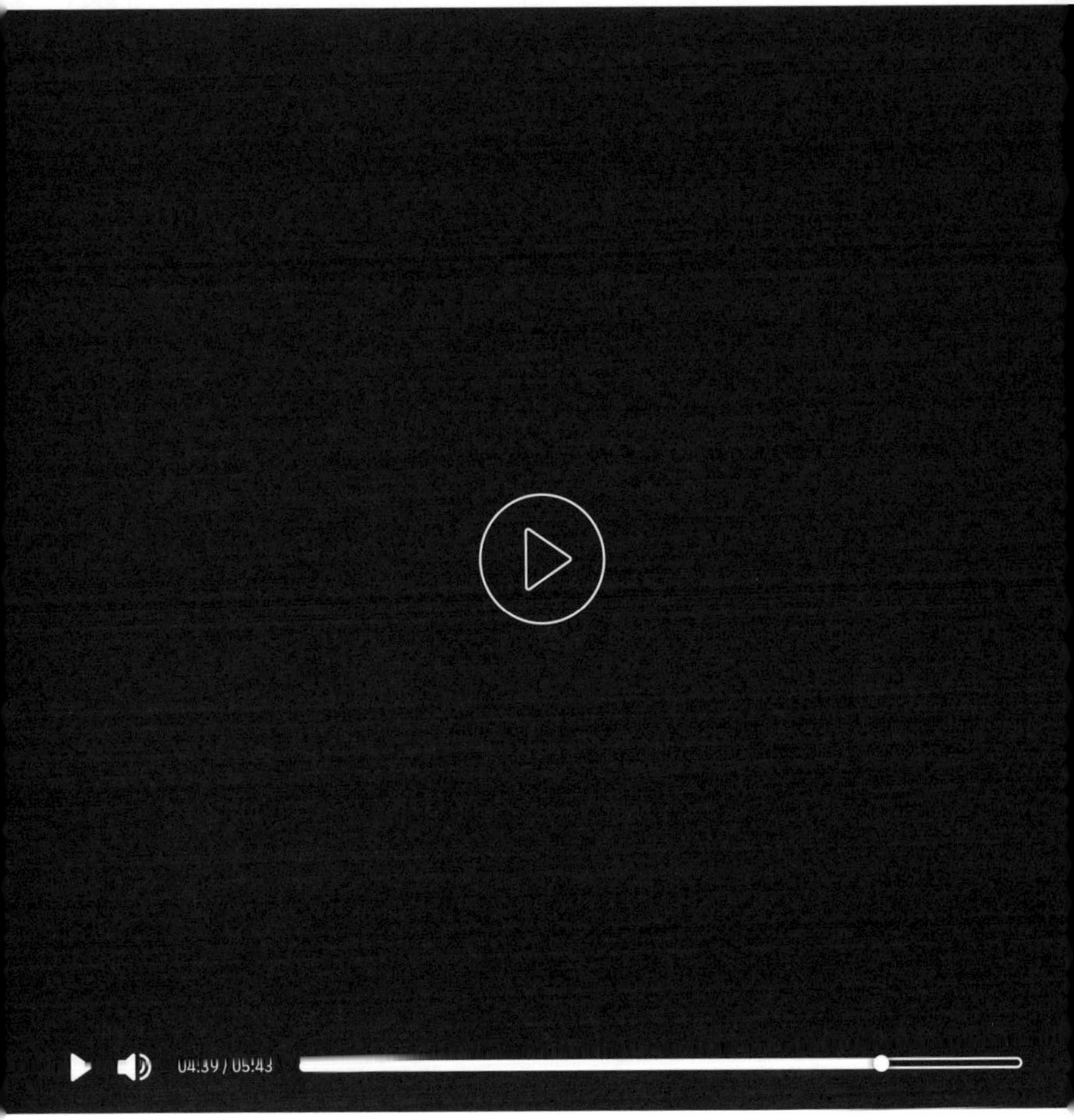

第六章　大団円

A strong explorer debuts as a streamer and aims for a gourmet collaboration with his admirer.

CHAPTER 06

第六章　大団円

——紗奈さん、いや色《いろ》羽《は》仁《に》ウタの回復が公式サイトにて発信され、それと同時に復帰配信が決定した。

「はい皆さんこんばんは。デンジラス所属のスーパー猟師、山主ボタンです」

：きちゃ！

：山主ありがとう！

：うぉぉぉぉ！　山主サイコー！

：ウタちゃんを助けてくれてありがとう！

：お前は神だ！　最高だ！

：ありがとうございました!!

：天空民としてもお礼を言いたいです！　ありがとうございます！

その結果、俺のチャンネルでの狂乱が凄いことになった。一連の騒動によって、久しぶりとなったライブ配信なわけだが、ウタんちゅ、天空民、その他ライブラファンが集まること集まること。

何故こうなったかというと、関係各所との話し合いの末、経緯をざっくりと公表することになったからだ。

後遺症で引退するしかなかったけど、俺がお見舞い品として持ってきた偽仙桃《ぎせんとう》に未知の回復効果が確認され、それで完治しましたって感じで。

「はいはい。感謝の言葉は受け取りますよ。いやー、まさか少しでも身体に良くて美味しいものをって気遣いが、こんな形で実を結ぶとは思わなかったよね」

：最高の奇跡すぎる

：それな。回復効果が入手したエリアに比例するとか、普通は思わん

：一部の偽仙桃が準特殊医薬品に分類されるようになったのには笑った

：あなたの気遣いでウタちゃんは救われました。本当にありがとうございました

：探索者クラスタが絶叫したあと、すぐにスンッてなってたの草なんよ

：協会の発表のあと、クレーム入れて金をせしめようとした探索者多かったよね。速攻で返り討ちにあってたけど

：提出時、下層で活動していましたか？　この質問で全てが終わるからな

用意していたカバーストーリーを展開すると、さらに多くのコメントが寄せられる。その中でも目を惹《ひ》くのが、直近の探索者事情を把握していると思われるコメント。

つい先日、具体的には復帰発表の前日に、偽仙桃の情報が探索者協会によって発表された。

内容は、下層以降で入手したことが証明された偽仙桃を、ポーションに準ずるアイテムとして取り扱うというもの。

面倒を引き起こした後始末ということで、俺の方で協会に各層の偽仙桃のサンプルを提供したのだけど。そしたら下層クラスのアイテムに対応した鑑定スキルを使用すると、中層産と下層産で読み取れる情報量に差があることが判明しまして。

それを基準に、今後は食品と準特殊医薬品に分けることになったんだよね。いやー、良かった良かった。

で、取り扱いを変更するためには、経緯の公表は絶対。俺たちの個人情報こそ伏せられるとはいえ、ある程度詳細な内容が世に出回ることになった。……その余波として、ウタちゃん復活の経緯を公開する羽目になったのは痛し痒《かゆ》しというか、なんというか。

いや、公表は仕方ないことなんだよ。なにせ十分に推測、いや邪推できる要素が揃ってしまっているわけで。燃えることも承知の上で、ある程度の経緯を明かした方がマシだという結論になったんだ。

タイミングに加え、下層以降で偽仙桃を入手できる探索者もごく少数。この時点で連想する者は出てくるだろうし、事実であるが故に詮索を躱《かわ》しきれない可能性も低くない。

ただでさえ注目を集めやすい業界であるし、ライブラほどの事務所となると情報封鎖は難しい。実際、『とある筋から～』という決まり文句で、暴論、炎上系のライバーに内部情報を晒《さら》されたことも……。

それを考えると、経緯を隠すという選択肢は中々選べない。なんらかの理由でバレた際、ダメージが洒落《しゃれ》にならないことになる可能性が高いからだ。なにせ大抵の人間は、『隠す』は『やましいこと』と捉えるから。

だったら奇跡と合法を前面に押し出した上で、批判を真っ向から受け止めた方が、まだ延焼が少ないと関係者全員の考えが一致した。一種のダメコンというわけである。

「なんというか、ここまでのハッピーエンドって中々ないのでは？　色羽仁さんは復活、ライブラさん陣営も狂喜乱舞、そして俺は知名度とチャンネル登録者数が爆増。まさか地上波で取り扱われるとは思わんかったし」

：それな

：あの日、完全にウタちゃんと山主でトレンド一色だったからな

：物語でも滅多にないレベルのハッピーエンド

：リアルご都合主義なんて言われてるしな

：実際、山主が裏で手を引いてたとしても驚かない

：なにはともあれハッピーエンドは最高よ

：本当にありがとうございました

おかげでこの騒ぎである。単純にストーリーとしての話題性は抜群だし、こっちはこっちで『奇跡』を全力アピールする必要はあったしで、面白いぐらいにお祭り騒ぎが展開していった。

特に公式からの発表当日はヤバかった。あの日はマジで表裏問わず通知が飛びまくって、反応がおっつかないレベルだったから……。

ＳＮＳではエゴサができなくなるぐらいの感謝ツイートが投げられまくるし、裏は裏でライブラメンバーを筆頭に、ウタちゃんと仲の良かったライバーの方々から感謝のチャットやらＤＭやらが大量に送られてきた。

その中でも一際熱量が凄かったのは、やはりライブラメンバーだろう。チャットどころか通話で直《じき》にお礼を言われたし、なんならほぼ全員に泣かれたし。

推しとまではいかないけど、普通にライブ配信を眺めたりしてる人も何人かいたので、まあ気まずかったなぁ。

あと、成り行きでライブラメンバー全員と連絡先を交換することになったのは本当に謎。

……なんで初入手した他企業ライバーの連絡先が、男にとってはいっちゃん難易度が高いライブラなの？

「正直、このエピソードで本の一冊は作れると思う。初手は貰い事故からの炎上。で、紆余曲折を経て奇跡が起こってハッピーエンド。かと思えば、第二部がはじまりそうな不穏な空気もちょっと漂ってる。……これなんて三文小説？」

：それな……

：ライブラファンでもある身としては、感謝と申し訳なさで土下座不可避

：感謝と謝罪でスパチャをしたい

：マジで第二部がありそうなのが笑えない……

：騒いだ馬鹿たちは絶許

：もうすでに火種が燻《くすぶ》ってるからな……

：スパチャ機能がオフになってるのが悔やまれる……

：せめてスパチャさせてください。俺たちにはそれしかできない

一連のできごとを軽く振り返った瞬間、コメント欄が謝罪と感謝で埋まった。

うーん、やっぱり一般的な反応としてはこっちよなぁ。変に燃やそうとしたり、開き直ったりとかする奴らは少数派だ。

いや、実際に酷いのがいるのよ。案の定と言ってしまえばそれまでなんだけどさ。当初から予想していたアンチの他にも、中々の化け物たちが湧いててじゃな……。

例えば、自分たちが騒いだから俺とウタちゃんの間に縁ができて、結果として彼女を救った、と超理論を展開してる連中。自分の手柄とばかりに宣伝してた奴らがチラホラいた。

マトモじゃない奴ほど声が大きいのは知ってたけど、にしても限度があるだろうに。チャンネル登録やメンバー加入、礼金代わりのスパチャを申し出てるリスナーたちを見てると、余計にあの化け物たちの異常性が際立つよね……。

「まーまーまー、謝罪とかは別にいいんだけどね。絡んできたヤバいのは、これを機に根切りにするつもりだし。責任は本人に取らせるから、マトモな人らは気にしないでくださいな。あと、スパチャに関しては受け取りません。――キミたちが投げるべきは俺じゃなくて、この後すぐに復帰配信をする彼女でしょ」

それは今日、いや今から十分後に、３Ｄによる復帰記念枠を取っている色羽仁ウタに捧《ささ》げるべきものだ。ファンであるならば、そこは間違えちゃいけない。

「こっちは金なんて困ってないし、いろいろと手を貸そうと思った矢先に、謎に奇跡が起きて肩透かしを喰らった気分だし？　色羽仁さんは勝手に救われたようなもの。俺はなにもしてない。だから俺に一円たりとも払うな。俺に無駄金払う暇があったら、彼女に満額までぶち込んできな」

：……アカン惚れる

：これは男前

：山主さん……あんたすげぇよ

：改めてありがとうございます！

：勝手に助かっただけか……

：いや、山主さんがいなければウタちゃんは戻ってこれなかったんです！　そこは胸を張ってください！

：奇跡を起こしたのは山主だろ！

それっぽいことをカッコつけて言ったら、思いのほかガチで受け止められてびっくらこいた。『カッコつけてて草』とかのコメントが欲しかったんだけどなぁ……。

「……そういうのいいから、色羽仁さん、及びライブラファンはさっさと向こう行ってきなさい。もうすぐはじまるから、キミらのアイドルをしっかり出迎えてきな。——この枠はアレだよ。関係者と言えば関係者だし、他箱だからとスルーするのもなぁって考えから用意した、消極的な観客枠だよ」

　復帰記念配信の十五分前に、わざわざ配信枠を取った意味を考えてほしい。ちゃんとしたファンはお呼びじゃないんだよ。

　ここはもっとこう、俺のリスナーや、一歩引いたところから観測している奴らが集まるための場所なんだ。

「同時視聴枠ってわけでもない。俺がただ色羽仁さんの配信を眺めながら、ツマミを作ったりするだけの枠だ。酒を片手に、たまに感想を零《こぼ》すだけの枠だ。ファンの人たちがいるべき場所ではねーの。残るは野次馬ぐらいの感覚の人らだけでいーの。ぶっちゃけ、余計な疑念を晴らすためだけに取ってんだからさ」

：あー……

：それでわざわざ記念配信と被《かぶ》せたのか

：つまりデコイ……？

：しっかりアフターケアにまで動いてるの、本当に頭が下がる

：当初のイメージ以上に、優しくて面倒見がいい人だった……

：兄貴と呼ばせてください

　なんかまた勝手にコメント欄が盛り上がってるけど、別に大したことでもないだろうに。助けた以上、これぐらいの協力はするってだけだ。

巻き込まれて炎上したことや、超高級品をうっかり消費されてしまったことで、俺とウタちゃんには確執が存在している。……そんな根も葉もない噂を粉砕するためにこの枠は用意した。

そのついでに、馬鹿たちを彼女の枠からこっちに誘導できればってのが、この配信の裏の目的。

「てことで、ファンなら本当に早く枠を移りな。ここでいくら足踏みしたところで、色羽仁さんの姿も声も配信には載らないよ。この配信で流れるのは、俺の声と熱した油の音だけだよ。今からツマミ用に鶏皮揚げるから」

そんなわけでキッチンに移動。調理のための諸々《もろもろ》の準備をこなしながら、プライベート用のスマホをいい感じの位置にセット。

Bluetoothのイヤホンを耳に突っ込み、ウタちゃんの枠にアクセス。

『――私の声、届いていますか？』

――そして現在時刻、夜の九時。色羽仁ウタの復活記念、３Ｄ歌配信が開始した。

「……へえ、いきなり歌なんだ。アニソンっぽいけど、なんて曲だろ？」

：きちゃのぅ

：初《しょ》っ端《ぱな》から歌だ。完全復活のアピールかな？

：歌妖極の挿入歌じゃん！　うわめっちゃエモ！

：アカン。ガチファンほどではないのにちょっと泣きそう

：八話のエピソードと被るところあるから、最高の選曲だわ
：ウタちゃんところのコメント欄、案の定凄いことになってら
：赤スパばっかりで草

イヤホンから流れる力強い歌声と、儚《はかな》くも何処《どこ》か欲深い歌詞。有識者曰《いわ》く、敵に敗れ、主人公の記憶から消されたヒロイン、ビスクドールの付喪神が奇跡の復活を果たした名シーンの挿入歌だとか。

ボロボロになりながらも戦場にて踊るように戦い、声高に謳《うた》い続けた愛の叫び。音楽とともに添えられた『忘れないでよ。戻ってきたよ。私はここだ、私はここだ。私を見て、私を観て。――この舞台で謳う私の姿を焼き付けて！』というモノローグは、多くの視聴者の心を揺さぶったのだという。

生憎《あいにく》とアニメの方は未視聴なのでインパクトは薄いが、それでも分かる。今回の復活配信の頭を飾るには、おあつらえ向きな選曲だ。

実際、彼女のチャンネルのコメント欄は凄いことになっている。色とりどりの板、所謂スーパーチャットが絶えることなく流れ続け、通常コメントに関しては並の動体視力では視認不可能なレベル。

それだけ色羽仁ウタというVTuberが愛されているということであり、歌というパフォーマンスで大勢が熱狂しているということ。

「いやはや……。改めて観ると本当に凄いねぇ。大量のファンを抱えるだけある。パ

フォーマンスのレベルが違うわ」

：それな。やっぱりライブラって別次元よな

：アイドル路線を選んだだけあって、３Ｄ技術も抜きん出てるからなぁ

：やっぱり登録者百万オーバーはすげぇわ

：パフォーマンスに関して言えば、あなたも人のこと言えないけどね？

：Ｖ界でもトップクラスの歌ウマと言われるだけのことはある

：この歌声をもう一度聴けて、本当に良かった……

：なんか雲の上の話みたいなスタンス取ってるけど、山主さんも大概よ？　今回の騒動もあって、チャンネル登録者八十万超えたでしょ

：わりとブーメランなんよなぁ

……なんかリスナーの一部から矛《ほこ》を向けられてる気もするけど、その辺はあえてのスルー。今はノイズという名のツッコミはシャットアウトして、ウタちゃんのパフォーマンスを堪能するべきだろう。誤魔化したわけではない。

ま、そんな冗談はさておき。なんとも凄まじい迫力である。一挙手一投足、一言一句に魂が込められていると言うべきか。熱唱という言葉がここまで相応《ふさわ》しいライブなど、滅多にないと言い切れるほどだ。

ギリギリまで追い詰められ、人生に絶望していた状態からの復活。反動というやつなのか、これまで溜《た》まった心の澱《おり》の全てを焼き尽くすかのように歌っている。

単純に歌が上手いとか、そんな次元ではない。名作と讃《たた》えられる美術品のように、詳細を理解できなくとも心が震えるような、ただただ圧倒されるパフォーマンスだ。

「……ねぇ、この配信をＢＧＭに油使うって、わりと冒瀆《ぼうとく》的な行為だったりすると思う？　俺、今から鶏油作りつつ鶏皮揚げるつもりなんだけど」

：草

：草

：油の音は完全にノイズですね

：草

：雰囲気ぶち壊しではある

：鶏油ｗｗｗ

：関係者が裏配信でやることではねぇわな

あ、やっぱり？　なんか薄々そんな気はしてたんだよね。これぐらい熱の入ったパフォーマンスされたら、背筋を伸ばして視聴してた方がよろしいのではと。

普通に考えれば、リアルのトップアーティストに匹敵するような、本気のライブ配信をやってる中で、揚げ物みたいなことしてる奴いたら殴られても文句言えないか。それぐらい雰囲気をぶち壊してる自覚はあるし。

「いやまあ、そんなこと言ってもやるんだけどさ。変に真剣に視聴してても、恩着せがましいだけだし。恩人ムーブというか、後方彼氏面っぽくてアレじゃん？　それよりも、これぐらいの距離感がちょうどいいと思うわけよ」

：まあ、分からなくもない

：オタクくんは繊細だからね。仕方ないね

：それはそう

：面倒ではあるけど、火種が燻ってることを考えるとリスクマネジメントは大事

：功績を考えれば全然恩人ムーブをしても問題ないとは思うけど、それを鬱陶《うっとう》しがる奴は絶対に出るからなぁ

：ま、ここに残ってる、または二窓してる時点で野次馬寄りの奴らってことだし。山主の好きに配信してええのでは？

　ふむ。一応、肯定寄りの意見が多いか。ふざけんなって騒ぐ奴らはいない感じだ。まあ、コメントにもあったけど、ここにいる時点で傍観者ポジとかだろうし、熱烈に応援してる人たちは本配信で大歓声を上げているだろうから、遠慮せず当初の予定通りいきましょうか。

「じゃ、やっていきましょう。まず中華鍋を熱します。で、その間に青ネギと生姜のスライスを用意します」

：相変わらず速い

：出した次の瞬間には切れてるの草なんだよな

：うーんこのスーパークック

：包丁がシュバッてなってドンッが許されるのは、本来漫画の世界だけなんだよなぁ……

：やっぱりアイドル路線のライブラとは毛色が違うだけで、パフォーマンスって括りでは山主も大概。というか異次元

：少なくとも配信者の中では、山主さんしかできないからなぁ

　えー？　たかだか一秒未満で、青ネギと生姜スライスを作っただけじゃん。こんな反応されるか普通？

　いや、確かに普通じゃないことをやってる自覚はあるし、『この程度で驚かれるんですか⁉』とは流石《さすが》にならないけど。それはそれとしてもう何度も似たようなことやってるんですがそれは……。そろそろ慣れてもろて。

「はい次。本日のメイン食材の鶏皮です。下層のモンスター【覇軍鶏《はしゃも》】って鶏からドロップしました。……ちょっと入手する時にミスったんで、軽く全体を水で濯《すす》いでいきます」

　カメラの前で一度広げて見せたあと、ジャーと水道で濯ぐ。砂っぽいところでドロップしたせいで、一部砂まみれになったんだよね。

　食材がドロップする時は、皿の代わりかデカイ葉っぱに載せられた状態で再構成されるんだけど、そんなダンジョンの気遣い？も砂煙の前では無力というね。

「よし、綺麗になった。本当なら濡らしたキッチンペーパーで拭ったりするのが正解なんだろうけど、そこは男料理ってことで許してね。……こんなデカイの、いちいち拭ってらんないし」

：そうだね。流石にそのサイズだと難しいよね。なんだその鶏皮

：大きめの足ふきマットぐらいあったんですけど!?

：一枚のサイズじゃねぇんだわ

：またデカイ化け物を倒してきたんか山主……

：相変わらず非常識やの……

：そのサイズの鶏皮が取れる鶏《ニワトリ》、鶏と言っていいんですかね……？

だって鑑定スキルで軍鶏って出たんだもん。だったらそれは軍鶏なんだよ。体高が成人男性サイズだったとしてもね。

「ちなみに今回はダンジョンの映像やら写真などがあるので、ちょっと覇軍鶏の写真をTweeterにあげますね。映像の方は編集が終わってないのでご勘弁を」

：写真見てきたけど、なぁにあれぇ……？

：ガチモンの化け物で笑えないんだけど……

：奇跡の復活配信の裏で関係者が出すには、流石にインパクトがありすぎるんだよなぁ!?

：え、これ合成じゃないの？　ヤバない？　背景とかと比べると、普通に大柄な男性サイズやん

：蹴りでクソデカ岩砕いてる瞬間とかベストショットすぎない……？

：マジで鶏の覇者で草なんよ

：でも、コレを前にして余裕でカメラ構えてる山主が一番ヤバいと思う

ふむ。試験的に写真をあげてみたけど、反応を見る限りかなりいい感じかな。コメント欄もそうだけど、ツイートの方も凄い勢いで拡散されてるっぽい。

やはり視覚的なインパクトって大事だ。これなら、配信でもかなりの反響を呼べそうだ。今後の新しい武器になりそう。

ただそれはそれとして、タイミングがあれだったのはちょっと反省。俺の想定以上の速度で拡散されているので、ウタちゃんの復帰配信と話題が競合してそう。あとで彼女に謝っておこう。

「んじゃ、この鶏皮の主がどんなものなのか、リスナー諸君も理解できただろうし、サッサッと調理していきましょうかね」

と言っても、手頃なサイズに刻んだあと、アッツアツの中華鍋にぶち込んで放置するだけなんだけど。

「――はい。んで、この上に用意した香味野菜をポイ。あとは脂が完全に抽出されるまで放置するよー」

：え、それで終わり？

：めっちゃ簡単で草

：あー、これダメなやつだ！　出た脂で鶏皮が揚げられてカリッカリになるやつだ！

：たまにやるけど、この油カスはガチで美味いんよなぁ

：これは酒カスが血涙を流すタイプのツマミ

：もうこの音で分かる美味いやつ
：美味そう
：シンプルに塩がいいんだよ
：鶏油は鶏油で調味料として最高なんよ

　ふっ。やはり料理配信をわざわざ観に来る奴らなだけあるな。分かっているリスナーが結構いる。

　これ、やることはシンプルなくせにめっちゃ美味いんだよ。揚げ物の中の揚げ物なので、冗談抜きで酒が欲しくなるツマミになるんだ。アツアツだとさらに最高。

　一緒にできる鶏油は鶏油で、チャーハンやラーメンとかに入れるだけでグンッと、味のクオリティが上がるし。

「そんじゃ、いい具合になるまで、のんびり向こうの配信でも観ますかね。ちょうど他の人らも出てきたし、こっからデュエットメドレーでもやるのかな？」

――なにより、調理工程がシンプルすぎるので、待ち時間の間にウタちゃんの配信をのんびり眺めることができる。正直、このためだけにこのメニューをチョイスしたと言ってもいい。

『次はこの三人で！』
『一緒に歌っていきたいと思います！』
『タイトルはこちら！』

『『――Are you ready?』』

――イェェェェェェ!!

「ヒュー……」

ご機嫌なメロディーが鳴り響き、歓声の代わりに怒濤《どとう》のコメントが流れていく。超満員のライブ会場を幻視させるその盛り上がりように、俺もつい口笛を鳴らしてしまった。

甲高いハイテンションボイス、可愛いらしいアニメボイス、力強いハスキーボイス。種類こそ違えど、その歌唱力は一級品。

それと同時に繰り出されるポップなダンス。業界の中でも頭一つ抜けた３Ｄ技術は、どんなに激しい振り付けであっても観客に違和感を抱かせない。

まさにトップアーティストのライブだ。ただひたすら観ている者の心を惹き付け、そこから摑んで離さない。

油の跳ねる音が若干のノイズではあったけれど、それでもパフォーマンスは微塵《みじん》も色褪《いろあ》せることがない。自然とテンションが上がってくる。

ウタちゃんたち三人による歌唱からはじまり、一旦休憩からのトーク。そして他のライブラメンバーも続々とゲストとして登場し、ともに歌やダンスを披露していく。

その光景は、まるで一つの集大成だ。アイドルという在り方と、バーチャルという強みを全面に押し出した、リアルとバーチャルのマリアージュ。

「……感動、いや違うな。圧倒――そう圧倒だ。切り抜きとかで目にしていたけど、やっぱりこういう方面じゃライブラの皆さんはヤバイね。ライバーさんたち、モデル技術、映像に音響、挙げていけばキリがないぐらいにテッペンだ」
：本当にそれな
：正直、こっち方面の技術じゃ完全に独走してるよなぁ
：ライブじゃ毎度圧倒されるよね。服の動きとか凄い滑らかだし
：3Dモデルに違和感がないから、没入感がヤバイ
：圧倒されてるとか言いつつ、鶏皮を回収しはじめましたね山主さん
：てんてんとのデュエットはマジで感動だったわ
：みんな歌の途中で泣いてた。俺ももらい泣きした
：ストップ山主！
：危ない！
ん？　なんかコメントの空気が途中から変わったな。鶏油濾《こ》すための準備してたせいで、配信画面の方はよく見てなかったんだけど。なんかやらかしたか？
「コメントどした？　……まさか映り込みとかしてる？」
：違う違う！　手！　手！
：中華鍋の取っ手素手で触っちゃ駄目だよ！
：熱くないの!?
：濡れてない布巾とか使え！　火傷《ヤケド》するぞ!?

：おいガッツリ摑んでるけど大丈夫か!?

：早く冷やしな！

……コメントに指摘されて気付いたけど、そういや中華鍋を素手で摑んで持ち上げてますね。はい、鶏油を濾すために。

俺は特に問題ないから忘れてたけど、一般人が熱せられた中華鍋を素手で摑んだら大火傷だわ。手元カメラでそんなことやれば、そりゃ大騒ぎされるか。

「あー、驚かせたみたいでゴメンね。俺、この程度じゃ火傷しないんだわ。温かいぐらいにしか感じないのよ。ダンジョン潜ってる影響で、肉体が超頑丈になってるから」

：それ熱くないの!?

：いやおかしいだろ!?

：ええ……

：頑丈とかそういう問題じゃなくない？

：怖っ

：うわ本当に大丈夫そうなんだけど……

：さっきまで火に掛かってたってマ？

マジです。凄い驚かれてはいるけれど、こんなのダンジョンを攻略していけば自然と身につく程度の変化でしかないです。

ダンジョンに潜っていれば、火炎ブレスとかを吐いてくる敵もいるし、階層によっては溶岩地帯とか普通にあるからね。料理レベルの熱でダメージなんか負ってられないのよ。

　だから加熱した中華鍋ぐらいなら素手でも持てる。……むしろそれが当たり前だから、完全に頭の中からすっぽ抜けてたという。

「――はい。ちょっと雰囲気が吹っ飛んじゃったけど、鶏油が濾し終わりました。あとはこれを瓶に詰めれば……完成ですね。覇軍鶏の鶏油」

　はい、見事な黄金色です。チャーハンに和えたり、インスタントラーメンとかに入れるだけで、グッとクオリティが爆上がりする魔法の油。

　個人的には、自家製油そばのタレに使うと面白いと思う。下層の食材だけあって旨味《うまみ》が段違いだから、他の材料をスーパーの安いやつにしても、行列のできる人気ラーメン店クラスの味になるし。

「なお皆が気になるであろう価格は……いくらになるんだ？　下層のモンスターだけど、メインの食材じゃなくて消耗品の調味料だしなぁ。んー、流石に六桁半ばぐらいかな？」

：ちょっと何言ってるか分かんねぇんだわ

：瓶一本でその値段が許されるのはワインとかなんよ

：ダンジョン産の飯が金持ちの道楽と呼ばれているのがよく分かる……

：実力あるグルメ探索者か、最上位のカネモティだけが食べることを許されるからな

：こりゃガチファンたち追い返したの正解だわ。さっきのもそうだけど、いろいろありすぎてライブに集中できん

：値段を聞くと馬鹿みたいに思えるけど、マジで入手困難すぎて言い値の世界やからの。
ダンジョン食材って

うーむ。ある意味で恒例となった反応だ。覇軍鶏の鶏油の推定価格に、リスナーたちが慄《おのの》くこと慄くこと。

まあ実際、馬鹿みたいな値段をしてるなぁとは思うよ。取り扱ってる側の感想ではないだろうが。

そもそも専業探索者が多くなく、下層以降に進めるのはひと握り。で、そんなひと握りの探索者も、食材なんかよりよっぽど価値のあるアイテムやら素材やらしか狙わない。だからダンジョン産の食材は超希少なのだ。

そのクセ、希少さに釣り合う、それどころか上回るレベルの味が備わってたりするので、需要が絶えることもない。

「まー、ここからさらに一皿いくらの世界になってくるから、値段に関してはかなり適当なんですが。あくまで仕入れ価格をざっくり推測してるだけだし。この推測自体、これまでの経験から適当に弾いてるだけだから」

：それでも多分、一皿で数万はいくと思う
：どっちみち手がでねぇのよ
：ウン十万の品物を、ざっくり程度にしか認識してないのは相当ヤベェんだよなぁ……
：どれぐらい山主が金持ってるのか、不躾《ぶしつけ》なのを承知で訊《き》きたい

：山主の金銭感覚というか、お金に対するスタンス見てると、ウタちゃんとの不仲説がどれだけ見当外れなのかが分かるな

：お金がありすぎて値段とかを気にしなくなるのは、なんとなく分かる

：いやー、ウタちゃんとの不仲説の撤回は難しくねぇか？　ツイートとかにあったけど、価値的には億クラスのやつを間違ってあげちゃったわけだろ？　それで確執なしってのは、流石に無理がある気がするが

むむ。値段の話になったからか、コメントの内容もそっち寄りになってきた。

んー、ライバーとしての収益の話ではないので、別にざっくり程度なら話しても問題ないのだけど……。

「あー、ちょうどいいコメントも見つけたから、軽く言及しておくけど。深層ぐらいで安全に活動できるようになると、億とかマジで端金《はしたがね》になってくるとだけ伝えておく。大体そこが境界線で、手に入るアイテムがエグくなるから」

品質の高いポーションはもちろん、オリハルコンやヒヒイロカネなどといった、ダンジョンでしか手に入らない希少金属のインゴット。ゴルフボールサイズの宝石の原石など、世界的にもかなりの価値のあるアイテムが出てくる。

なにより、深層からごく稀《まれ》に霊薬やそれに準ずるアイテムがドロップするようになるのがデカイ。

霊薬はものによりけりではあるが、ガチで数百億から兆クラスの代物なので、一周ま

わって金銭に価値を感じなくなるんだよね。少なくとも俺はそうなった。

「だから強がりでもなんでもなく、今回の件で色羽仁さんに思うところはないんだよね。表向きのパフォーマンスでもない。ただシンプルにラッキーでしたね、ぐらいとしか。……そもそも、彼女に文句言うのもお門違いって話だし？」

：……億が端金とか、人生で一度は言ってみたいわ

：行政側が悪いってのは確かにそう

：あなたなんでVTuberやってるんです？

：お前マジでいくら持ってるんだ……

：そんなにお金あるなら、寄付かなにかすればいいのでは？

：一度でいいから、配信で盛大に散財してほしい

：知らない親戚が大量に湧いてそう

：投資とかしないの？

：普通なら行政側に対して全力告訴案件なのに……

んー、やはりこの手の話題になると、俺とコメント欄の間には天と地ほどの隔たりがあることが分かる。

この辺の感性がぶっ壊れてる自覚はあるので、おかしいのは完全に俺の方なのだけど。

ちなみに寄付や投資とかは、基本的にしていない。お金が惜しいとかではなく、そもそもお金関係に興味ないからアンテナ自体を張ってないというか。サイト登録とか、無駄に

手続きとかあるから面倒なんだよね。

　ただ同時に、面白い企画ネタも出てきた。散財配信はいいかもしれない。高頻度でやるものではないけど、変わり種としてやってみるのは楽しそうだ。

「ま、お金の話は一旦ここまで。確執云々《うんぬん》を叫ぶ人らは、粋ってものが理解できないんだよ。可愛らしい娘さんたちが、画面の中で楽しそうに笑ってる。——この光景と美味しいツマミがあるのなら、呑《の》みの席としては言うことなしだよ。そんじゃ、調理も終わったので一旦待機画面ね」

　さて、移動しましょ移動しましょ。ライブの方も休憩ついでの雑談パートに入ったことだし、こっちはこっちで実食フェーズに入りましょ。

□□□

「——はい、ってことで。最後に軽く全体に塩を振れば、鶏皮揚げの完成です。付けダレにはネギ塩、ポン酢、レモン、ヤンニョムソースを用意してます」
：美味そう
：美味そう

：これはダメなやつ！
：一目で分かる美味いやつやん
：酒が欲しくなる
：王道オツマミ

　皿の上に盛り付けられた山盛りの鶏皮揚げ。香ばしいキツネ色に染まり、ホクホクとした湯気を立ち上らせるその光景は、控えめに言って食欲を唆《そそ》る。

　コメント欄も狂喜乱舞。ある意味で王道な、誰もが一度は似たようなものを口にしたことがあるであろう料理。だからこそ、画面越しでもその美味さは想像できるのだろう。

「唐揚げの皮の部分ってさ、無性に美味く感じたりしない？　つまりこれは勝ち。皮単体が揚げられているのだから、美味いことは確定しているわけですよ」

：分かる
：皮は美味い
：唐揚げの皮はね、駄目だよね
：唐揚げで皮付きを探すのは分かる
：あの独特の歯応えがうんまいんだぁ
：ぶっちゃけ肉より皮が本体

　うむ。やはり唐揚げの皮教は存在しているらしい。……なんか一部過激派が顔を見せていたけど、概《おおむ》ね同意できてしまうのが悲しいところ。皮はマジで美味い。

「んじゃ、いざ実食。最初はシンプルに塩だけで。……Vの配信見ながらご飯食べるの、完全にプライベートのそれで気が抜けそうだわー」

実際、デビュー前はこんな感じの晩酌をよくやっていた。スナック菓子とか、コンビニスイーツとかを買って、酒を片手にパクつきながら配信見ると楽しいんだ。

なのでこの時点で至福。ウタちゃんたちのトークを聴きながら、鶏皮揚げをパクリとはい。

「っ、あぁ。やっぱり美味いわ……!!」

一口だけでもう優勝です！　アッツアツでサックサクですよ！　これよ、これなのよ……！

「……なんだろうね。カリッカリなの。余計な脂が落ちてカリッカリになってるの。でもしっかり皮の弾力は残ってて、噛むたびにジュワッて馬鹿みたいな旨味がさ……！」

ガツンと口の中に広がる旨味。でもくどくない。無駄な脂は鶏油になってるから、全くくどくないんだ。最後まで残ってた、皮の奥底に眠ってた本来の旨味が剝き出しになっている感じだ。

「マジでポテチみたいな軽さでサクサク食べられるわー。止まらないよこれ……」

：めっちゃいい音してるなぁ

：鶏皮揚げが画面からひょいひょい消えていってる

：その音やめろ酒が呑みたくなるだろ！

：安定の飯テロ
：美味そう
：羨ましいんじゃぁ
：画面を突き破って強奪したい
：ウタちゃんのライブ配信見れなくなるんでやめてもらっていいですか？

味が幸せ。歯応えが幸せ。全部が幸せ。はぁぁ、なんだこれ最高でしょ。……これはもう我慢できないわ。

「はい、ここでドンっ。銀色のヤツ！　美味い揚げ物ときたら、やっぱりビールよね！」

画角の外に準備していた生ビール缶。わざとらしくカメラに近づけたあと、カシュッとプルタブを開ける。

「……っ、ぁぁぁ!!　やっぱりコレ！　コレなんだよ！　コレが一番美味いんだよ！」

：ああああっ!?
：犯罪！　これは犯罪ですよ！
：やっていいことと悪いことがあんだろうがよぉ！
：ライブに集中させてくんねぇかなぁ!?
：揚げ物と缶ビールはベストマッチすぎるのよ
：うわイッキやん
：……サラッとアルミ缶握り潰したな

：山主さん満面の笑みやん

：缶がビー玉サイズになってるの怖っ

ゴッキュゴッキュと喉が鳴る。あまりの爽快さに、たった一口で缶ビールが空になってしまった。いやはや、酒が進むとはこのことよ。

「ふぅぅ。いやー、イッキ飲みとか危ないから、配信でやるのはよろしくないんだけどねぇ。それでもこれは我慢できないよね。……あ、俺は肉体強度的にイッキやっても大丈夫な人だけど、絶対に普通の人は真似《まね》しちゃ駄目だよ」

：流れるようにもう一本開けてて草なんよ

：さては山主、結構な酒好きだな？

：イッキは本当に危ないからな

：肉体強度ってなんだ

：酒で出てくる単語じゃねぇんだわ

：急性アルコール中毒は洒落にならん

：あー、そういや毒耐性スキルって、アルコールも有効なんだっけ？

イッキは本当に駄目。他人に勧めるなんてもっての外。俺がグビグビいってるのは、アルコールを含めた大抵の毒に耐性があるからである。

スキルやらなにやらが合わさって、単純な肉体の頑丈さだけでなく、臓器までも強靭《きょうじん》になっているために、馬鹿みたいにアルコールを摂取できるってだけだ。

「分かりやすく説明すると、俺の場合はリットル単位でスピリタスを呑んでも死にはしない。多少は酔うけど、それでも気分が軽く高揚するだけだし、ちょっと意識を切り替えればそれもすぐに治る。それにポーションもある。あくまで俺が例外ってやつで、他の人は本当に無茶な呑み方は駄目だよ？」

二本目のビール缶を握り潰しつつ、リスナーに注意喚起。アルコールの過剰摂取は本当に危ないからね。……にしても、ヤンニョムソースに鶏皮揚げは犯罪的な美味さだな。開けたビールが一瞬で空になるわ。

「次はネギ塩で……はい優勝。これもまた優勝。ここで銀色のヤツが、口の中の全てをかっさらってくまでがワンセットよ。堪《たま》りませんなぁ」

：完全に酒カスで草

：頭の悪い呑み方してるなぁ

：凄い美味そうに晩酌してる……

：缶ビールなのにめちゃくちゃ美味そうに呑むのな。もっと高い酒とか呑めるだろうに

：Vのライブ観ながらの晩酌とか、酒好きリーマンの宅呑みじゃねぇか

：画面の中に俺らがいる

：もう四本目いったぞ。どんだけ呑むんだ山主

：一億を端金と言った男の呑み方じゃないだろ

あー、ポン酢もあっさりしてて美味いなぁ。レモンとはまた違う、和風な感じがまた素

敵だ。

　にしても、ちょくちょくコメントで分かってないものがあるな。これは物申さねば。

「あのねぇ、高い酒が全てってわけじゃないんだよ？　料理にだってＴＰＯってもんがあるの。そりゃね、我が家にはダンジョン産の酒とか大量にあるよ。売れば億とかいくような、馬鹿みたいに美味い高級酒が何種類もある。……でも違うんだよ」

　高ければいい、美味ければいいってもんじゃない。その時々で呑むべき酒は変わるんだ。

　イタリアンにはワインが王道だ。和食ならやっぱり日本酒がよく合う。居酒屋での一杯目は生ビールだ。バーで呑むならカクテルだ。

　こういうのはバランスなのだ。料理、酒、雰囲気のどれを重視するかという話だ。で、今回だとダンジョン産の美味すぎる酒は合わないというだけ。揚げ物、宅呑みときたら缶ビール。コレが王道。

「美味いってことは、それだけ主張が強いってこと。下手すれば全部を塗り潰す。それじゃあ駄目だ。釣り合わせて調和させなきゃ、料理の方が勿体ない。――その点、こういう時の缶ビールは最高だ。特にここの会社のは個人的に好き。なんていうか、ちょうどいいんだよ」

　いい塩梅《あんばい》に美味いんだよね、ここの缶ビール。味の方はわりと平均というか、ソツのない感じなんだけど、ソレ以上にキレがいいんだ。名脇役っていうのかな？

　料理の邪魔はしないし、かといって足を引っ張るわけではない。それでいて料理とは

ちょっと異なるステージで、しっかり存在感を主張してくるんだ。

「ぶっちゃけさ、ビールって気持ちよく呑めれば十分じゃん？　商品として成立するレベルの味さえあれば、料理の邪魔にはならないから、そこは大して重要じゃない。それよりも大事なのは、やっぱり喉越しなんだよ。この爽快さがいいんだ。口の中に残った旨味を、綺麗に運んでスッキリさせてくれる。これは酒造りの結晶だね。ダンジョン産の高級酒でも、この分野では劣ると俺は思う」

：分かるわぁ。やっぱり喉越しよ

：ビールは喉で味わうものだからね

：今までにないぐらい饒舌《じょうぜつ》だなｗ

：ダンジョンの酒より優れてるってマ？

：これ案件配信でした？

：そこのビールは本当にキレがあるからね

：山主のお墨付きとか、下手なＣＭより宣伝効果高くない？

　いや、宣伝でも忖度《そんたく》でもないよ。実際に俺はそう思ってる。ダンジョン産の酒はね、そっちをメインにするか、料理も同ランクのダンジョン食材で作らないと、完全に一強になってしまう。それぐらい美味くて、味の主張が強いんだよ。

　だからバランスよく堪能するとなると、市販品ぐらいがちょうどいい。なんだかんだで、人類の技術も侮れないんだよ。

「ま、結局は楽しむことが一番なんだよ。料理を楽しみ、酒を楽しみ、場を楽しむ。それさえできればオールオッケー。酒の席でそれ以外を持ち出すことはナンセンスってね」

：それはそう

：それを分かってないやつも多いんだよなぁ

：いいことは言ってるんだけど、量産されてるアルミ玉が気になって仕方ないんよな

：飲酒量のせいで名言が酒カスの戯言《たわごと》になってるの、本当に草

：一旦呑むのやめてライブの方に意識向けない？　今いいところよ？

：正論

：空き缶を潰しながら呑み続けるの、控え目に言って輩《やから》の呑み方なんだわ

：なお、酒談義をしてるこっちと違い、ウタちゃんのライブはかなり真面目な雰囲気になってる模様

んー、向こうのライブ配信？　……って、なんか通話来たな。誰じゃろ？

□□□

山主さんとウタちゃんについて語るスレ

411　名無しの視聴者　ID　○○○
結局、山主さんってどんぐらいヤバいん？　探索者としてってことだけど。今回の件から存在を知ったニワカなので、誰か教えてクレメンス。

412　名無しの視聴者
人類の中で上から数えた方が早いレベル。というか、多分一桁クラス。

413　名無しの視聴者
明らかにVTuberをやってていい人種ではない。

414　名無しの視聴者
軍事クラスタ曰く、山主さんがその気になれば、中東のダンジョン将軍と同じことを先進国でできると分析してた。

415　名無しの視聴者
それつまり武力革命ですよね？

416　名無しの視聴者
アカン（アカン

417　名無しの視聴者
絶対に公安とかにマークされてるって、そっち界隈《かいわい》の人には言われてたな。もしまかり間違ってボタンニキが暴れたら、自衛隊が緊急出動しなきゃアウト。しても制圧可能かどうか不明とも

418　名無しの視聴者　ID　○○○
……それつまり、今の状況ってヤバい？　なんか、ちょくちょく『寄付しろ』とか、『他も助けろ』とか言ってる奴ら見かけるけど。

419　名無しの視聴者

うん。確証はないけどヤバいぞ。現在進行形で山主さんにタカってたり、燃やそうとしてるアンチ連中、全員まとめて公安のブラックリスト入りしててもおかしくないレベル。

420　名無しの視聴者

中東のダンジョン将軍然《しか》り、一定レベルを超えた探索者に対する忖度って、世界各地で存在するとまことしやかに囁かれてるからな。日本がそうでも不思議じゃない。

421　名無しの視聴者

とりあえず、理性ある山主ファン、及びスレの住民なら静観してればOKだぞ。山主さん関係のトラブルは、冗談抜きで触れたら巻き添えで消し炭になりかねんからな。粛々と距離を取るに限る。

422　名無しの視聴者

ま、そういう陰謀論を抜きにしても、当の本人が有り余る財力で法的に殴ってくるから、マジでスルー安定だ。

423　名無しの視聴者　ID　〇〇〇

えぇ……

424　名無しの視聴者

とにかく気にするな。妙なことさえしなければ、山主さんは気のいい兄ちゃんだぞ。だからウタちゃんが助かったわけだしな。

425　名無しの視聴者

情報公開されて驚いたけど、一生寝たきりはライバー活動どころか、人生詰んでるようなもんだからな。

426　名無しの視聴者

それがあんな風にライブできるまで回復したんだから、ボタンニキ様々だわ。

427　名無しの視聴者

ファンはもちろん、ライブラ関係者全員、山主さんには一生頭上がらんだろ。とばっちりで大炎上させた挙句、完全無欠のハッピーエンドまで用意してもらったんだぞ

428　名無しの視聴者

普通に考えれば、ことを荒立てないでもらうだけでも十分すぎるレベルだろ。冗談抜きで、山主さんはライブラにとって救世主というね

429　名無しの視聴者

なお、当の本人は『色羽仁さん、ラッキーだったね』の一言で終わらせた模様

430　名無しの視聴者

ウタちゃんが公式声明みたいな感じで、ライブ中に感謝の通話を繋いでたけど、凄いあっさりしてたもんなぁ

ウタちゃん『山主さんのおかげで、またこうして皆と配信することができます。本当にありがとうございました！』

ライブラメンバー『『『ありがとうございました‼』』』

山主『まー、お気になさらず。とりあえず、感謝の言葉はしっかり受け取りました。そんじゃ、女の子のライブに他箱の野郎の声が入るのもアレなんで、サクッとお暇《いとま》させていただきますね。ではではー』

草なんよ

431　名無しの視聴者

反応がユルい業務連絡のそれなんだわ

432　名無しの視聴者

ウタちゃんたちは『反応が薄い!?』って驚いてたし、山主は何事もなかったかのよう

に晩酌を再開してたからな

433　名無しの視聴者

あっさりしてると言うべきなんだろうが、素っ気ない、取り付く島もないという意見も出てたのがまた……

434　名無しの視聴者

相変わらず、アンチ君たちはネガキャンに全力だなぁ。あの声音でそれはないだろ。めっちゃ優しい声してたぞ。その後も自枠で温かく見守ってたし

435　名無しの視聴者

ま、シンプルにリスクヘッジだろ。いくら大恩人だろうと、それはそれってのがユニコーンだし。男の影がチラつけば、普通にキレるのが奴らだ

436　名無しの視聴者

コーン君さぁ……

437　名無しの視聴者

いっそのこと、山主はウタちゃんと大々的に付き合って、厄介コーンたちの脳を破壊してほしいわ

438　名無しの視聴者

あんまりよろしい話題じゃないけど、ワンチャンありそうなのがまた……

439　名無しの視聴者

少なくとも、ウタちゃん側は惚《ほ》れてても全然おかしくないのよな。山主さん、ウタちゃんにとっては完全に白馬の王子様だもの

440　名無しの視聴者

無関係の状態から大迷惑かけたのに、怒るどころか人生のドン底から救ってくれたわ

けだしな

441　名無しの視聴者

しかも、偶然とはいえ完全無償なんだろ？　本来請求されてもおかしくなかった億単位の金すら、『ラッキーでしたね』の一言でチャラにしてくれる度量と財力があるわけで……。そりゃ惚れてもおかしくない、というか男でも惚れるわこんなの

442　名無しの視聴者

てか、今回の一件を抜きにしても、結構な数のV関係者が山主さんのこと狙っててもおかしくないんだわ。玉の輿なんてレベルじゃねぇもん

443　名無しの視聴者

資産総額は推定でも日本トップクラス。配信や伝えきくエピソードから推測するに、性格も問題なし。それでいて探索者としては日本一、ライバーとしても短期間で登録者八十万を超した超新星。そんでもって料理もできる……これ、男として優良物件がすぎません？

444　名無しの視聴者

VTuber界どころか、間違いなく日本屈指の優良物件だぞ。しいて欠点を挙げるなら、ビジュアルが不明なことぐらいか。……いやでも、ここまでの好条件が揃ってると、他がマイナスだろうが愛せるレベルだろ

445　名無しの視聴者

探索者やってる時点で、肉体に関してはアスリートよりも引き締まってる可能性が高いんだよなぁ……

446　名無しの視聴者

うーん。これはオタク君には勝ち目はないですね

447　名無しの視聴者

勝ち目以前に土俵に上がれてない定期

448　名無しの視聴者

ま、ライバーのプライベートなんて干渉するもんでもなし。リスナーの本分を忘れちゃならんよ

449　名無しの視聴者

ウタちゃんにしろ山主さんにしろ、楽しそうに配信してくれてればそれでいいからな

450　名無しの視聴者

個人的には、今回の一件をきっかけに、ライブラメンバーと山主さんの交流が始まってほしいかな。そこから前みたいに、男性ライバーとも気軽にコラボするようになってほしい

451　名無しのライバー

それはマジで分かる。今のアイドル売りも悪くはないけど、やっぱり前の感じの方が観てて楽しかった

452　名無しのライバー

新規のリスナーは『バイトリーダーと新人ギャル』とか、『縁側コラボ』とか知らんのだろうなぁ

453　名無しの視聴者

オッサンが若い娘さんに振り回される姿からしか取れない栄養もあるというのに……

454　名無しの視聴者

それもこれも、ことある毎《ごと》に対立煽《あお》りしてたアンチや、異性コラボのたびに騒いでた厄介コーンたちが悪いんじゃ……

455　名無しの視聴者

なんだったら、デンジラスのコーンからも山主さんは蛇《だ》蝎《かつ》の如《ごと》く嫌われている模様

456　名無しの視聴者

負け犬の遠吠え定期

457　名無しの視聴者

でも、コラボのたびに意味不明な苦情がきたら、そりゃ自社コラボだけに絞りたくもなるよなぁ

458　名無しの視聴者

女の子同士でわちゃわちゃしてるのも、絵面としては十分に面白いのもまた、ガラパゴス化に拍車を掛けてるのが……

459　名無しの視聴者

男女のしがらみとか、山主さんがぶち壊してくれたらなぁ

460　名無しの視聴者

企業勢である以上は無茶もできんだろうが、いろんな意味で規格外な人だし、期待してもいいかもな

461　名無しの視聴者

ま、その辺も含めて今後に期待というやつですよ。楽しく見守っていこうじゃねぇの

462　名無しの視聴者

そろそろ外部とのコラボもするだろうし、山主さんの今後の活躍に期待じゃ

CHAPTER 07

OSHI NI SASAGERU DUNGEON GOURMET
Volume_01

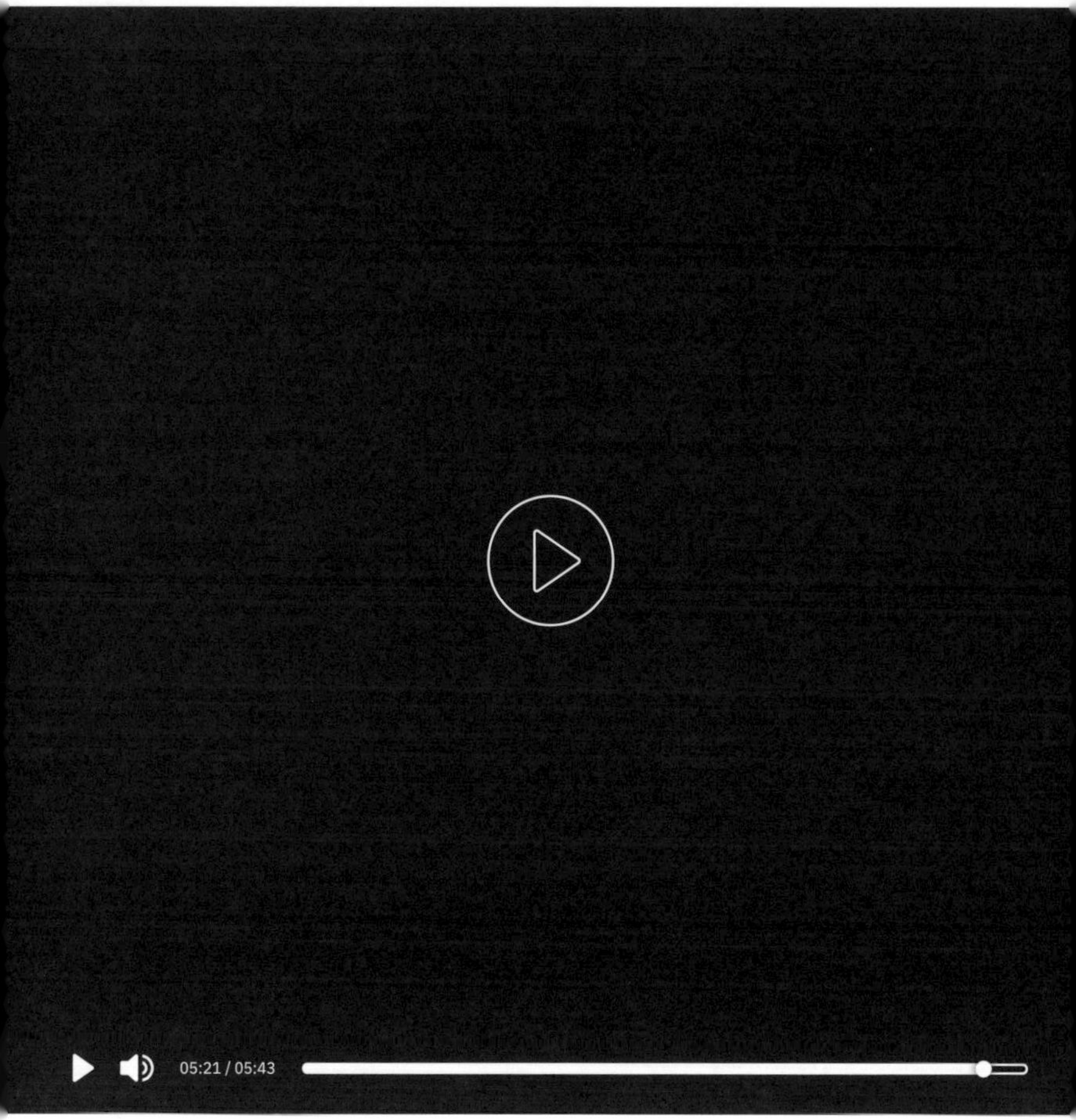

エピローグ

**A strong explorer debuts as a streamer and
aims for a gourmet collaboration with his admirer.**

CHAPTER 07

エピローグ

　ひょんなことから巻き込まれ、紆余曲折の果てに解決のために奔走した大騒動。

VTuber色《いろ》羽《は》仁《に》ウタ引退危機事件から数日。

「それでは、こちらはこの方向で進めていくことにしますね」

「はい。お願いします」

　俺は現在、デンジラスの事務所でマネさんと対面での打ち合わせを行っていた。

　というのも、今回の一件で『山主《やまぬし》ボタン』という存在が、さらなる知名度を誇るようになったからである。

　ただでさえ異色の新人VTuberとして、俺という存在は界隈《かいわい》で注目されていた。そんな中で起こった大騒動なのだから、話題性という意味ではこの上ない。

で、挙句の果てには探索者協会、れっきとした公的機関を巻き込み、結果的に、物語のようなハッピーエンドを手繰り寄せたのだ。

　火にガソリンをぶち込むが如《ごと》く、世間の関心が燃え上がったのは、もはや避けられない必然だったのだろう。

「いやはや。にしても、凄いことになりましたねぇ……」

「そうですね……。取材や案件の依頼だけでも、かなりの数が持ち込まれていますし」

その対応のために、わざわざ対面での打ち合わせをやる羽目になったのだから、なんとも世の中というのはままならない。

大騒動が一段落したところで、これまでとはベクトルこそ違えど、面倒さでは大差ない後始末が待ち受けているとは。全くもって嫌になる。

『近年稀《まれ》に見る感動ノンフィクションストーリー』なんて、ニュースも随分と囃《はや》し立ててくれるものですよ」

「仕方ないかと。実際、それだけセンセーショナルな事件でしたから」

「そうして好き勝手に持ち上げた結果、その感動ストーリーとやらの立役者が、未《いま》だに事後処理から解放されてないのは絶対にバグですよ」

「あはは……」

観客としてイベントを消化するのは自由だが、それで仕事を増やさないでくれませんかねぇ……。

「本っ当に面倒ですわぁ。ワイドショーの出演依頼とか持ち込まれても困るんだわ。異端とはいえこちとらVTuberだっての。三次元のニュース番組になんか出られるかよ」

「一応、専用画面にモデルの方を表示するとは提案されてはいますが……」

「出演方法の問題じゃないでしょう。わざわざアウェーの空間に足を運ぶ意義の話ですわ」

最近では認知度が上がっているとはいえ、VTuberなど所詮はエンタメ文化の中の、限られジャンルにすぎないのだ。

近しい界隈ならともかく、テレビでわざわざニュースを観るような層にとっては、馴染《なじ》みない存在である可能性が高い。

「ニュースとかだと、どうせ『VTuberとは？』なんてことから説明されたり、ゲストやコメンテーターから素人を装った質問が飛んでくるんでしょう？　――ああいうの嫌いなんすよ、俺」

「……言いたいことは分かります」

なんというか、見世物にされてる気分なんだよなぁ。それもエンターテイナーとしてではなく、珍獣とか希少動物的な印象が強い。あくまで個人の意見だが。

ともかく。そんな理由から、不愉快な気分になる可能性が高い……とまでは言わないが、少なからず存在しているため、ニュースの類いには出演したくないのである。

「まあ、デンジラスは演者の意向が最優先ですので。地上波関係の依頼は、全部お断りという形で進めましょう。今後もその手の依頼は全て蹴りますか？」

「そうですね。サブカル系、特に『VTuber』に焦点を当てた番組とかではない限り、出演する気はないんで」

「……数件ではありますが、ダンジョンにまつわる番組からも依頼が来てますが。そちらはどうしますか？」

「全却下でお願いします。山主ボタンは探索者ではなく、VTuberなんで」

探索者としては超一流の実力者である自負はあるが、だからといって専門家を気取ってテレビ出演するつもりはない。

ダンジョンについて語るのなら、自分のチャンネルで勝手に喋る。というか、貴重なトークのネタになる可能性が高いので、VTuber活動以外で消費したくない。

「……はぁ。ちょっと愚痴っぽくなっちゃいましたね。失礼しました」

「いえいえ。随分と長いこと話していましたし、しょうがないですよ。いっそのこと、今回の打ち合わせはこれで終わりにしましょうか」

「え、いや、それは流石《さすが》に不味いのでは？　まだ話し合うことはあるんじゃ……」

「大丈夫ですよ。持ち込まれた依頼の処理など、急ぎのものは話し終わりましたから。あと残ってるのは、時間的に余裕があるか、通話で済ませられるものぐらいです」

長々とやっても、逆に身が入らなくて効率が悪い。だから切り上げてしまいましょうと、マネさんは笑う。

「ボタンさんもお疲れでしょう？　なにせこの騒動の当事者で、事後処理を含めて今の今まで奔走してきたんです。ちょっとぐらい手を抜いても、罰は当たらないと思いますよ？」

「……分かりました。では、お言葉に甘えさせていただきます」

別に肉体、精神ともに疲労が溜《た》まっているわけではないが。……これはそういう問題でもないのだろう。

　せっかくマネさんが気を遣ってくれたのだから、素直に従っておくべき。そう考えた上で、帰り支度を済ませることに。

「では、出入口の方までお見送りさせていただきますね」

「ありがとうございます」

　マネさんに先導される形で打ち合わせしていた部屋から退出し、そのまま事務所の中を歩いていく……。

「あ、ボタンじゃん！」

――その途中、どういうわけか雷火《らいか》さんと遭遇した。

「どったのー？　事務所でなんか用事？」

「打ち合わせ。ま、ちょうど終わったんだけど。そっちは？」

「配信！　三期の先輩たちとキャッキャウフフしてるのさ☆」

　どうやら先輩たちオフコラボ中だったようだ。そういえば、今日やるって告知が出ていたっけ。事務所でやるのは知らなかったけど。

「ちなみにどんなゲームしてんの？」

「ボールフィットネスストーリー。……アレ本気で死ぬかと思った」

「あー」

　ボールフィットネス、ちょっと前に流行ったリアルに運動するアレかぁ。言われて気付いたけど、服はスポーツウェアだし、薄ら汗の形跡がある。

どうやらかなりの激戦を潜り抜けてきたらしい。その証拠に一瞬だが目が死んだ。

「あ、そうだ！　ボタンこのあと時間ある⁉　ちょっと私たちの攻略手伝ってくんない⁉」

「えぇ……」

　またこの人は火種になりそうな提案してくるなー。というか、ユニコーンとか関係なく気まずいんだけど。女子の体育に交ざれって言ってるようなもんでしょそれ。

「もしかして嫌だったり？」

「嫌とは言わないけど……。ハードルは高いっすねぇ」

「いや、イけるイける。ほら、同じ事務所の仲間なんだから！　男女の壁とか気にするな☆」

「多分気にした方がいい壁よそれ。あと性差とか抜きにしても、俺が交ざったらゲームにならんでしょうに……」

　こちとら一般人とは性能からして違う探索者ぞ。人体の限界値がガチで天元突破してる超人ぞ。

　一般的に市販されてるフィットネスゲームなんか、そもそもからしてやるもんじゃないのよ。まずフィットネスになんねーのよ。

「えー。いいじゃん、付き合ってよフィジカルエリート君。ボタンがどれぐらい運動できるか、先輩たちにも見せてあげなよ」

「拒否権ないなコレ……」

目をキラキラ光らせる雷火さんを見て悟る。こりゃ逃がしてくれねーわと。

表情がイタズラを思いついた悪ガキなんだよなぁ。嫌がらせというより、単純に面白そうだから捕まえにきている感じ。

ただ念のため宣言しておくと、不快感とかはない。理由はシンプルに、俺も愉快犯の気《け》があるから。この手の言動には共感すれど否定はしない。

実際、楽しそうではあるのだ。参加者に一人でも男がいれば、嬉々《きき》として突撃しにいったであろうぐらいには。

「ほら、早くボタン！　ハリーハリー!!」

「はぁぁ。しょうがないにゃあ……」

なのでここまで熱望されると、火種になると分かっていても参加したくなってしまう。

まあ、アレだ。サプライズとしても、ネタとしても美味しいのは否定しないので、プロとして見過ごすわけにはいかないということで。

「マネさーん！　そんなわけらしいので、すみませんがここでお疲れ様させてください！」

「ふふっ。分かりました。お疲れ様でした、ボタンさん」

雷火さんに手を引かれながらも、マネさんに頭を下げるのを忘れない。

「で、どうやって登場するべき？」

「んー、そうだねぇ……」

——そうして苦笑を背中に、俺はVTuberらしい登場について思考を巡らせるのだった。

APPENDIX

OSHI NI SASAGERU DUNGEON GOURMET
Volume_01

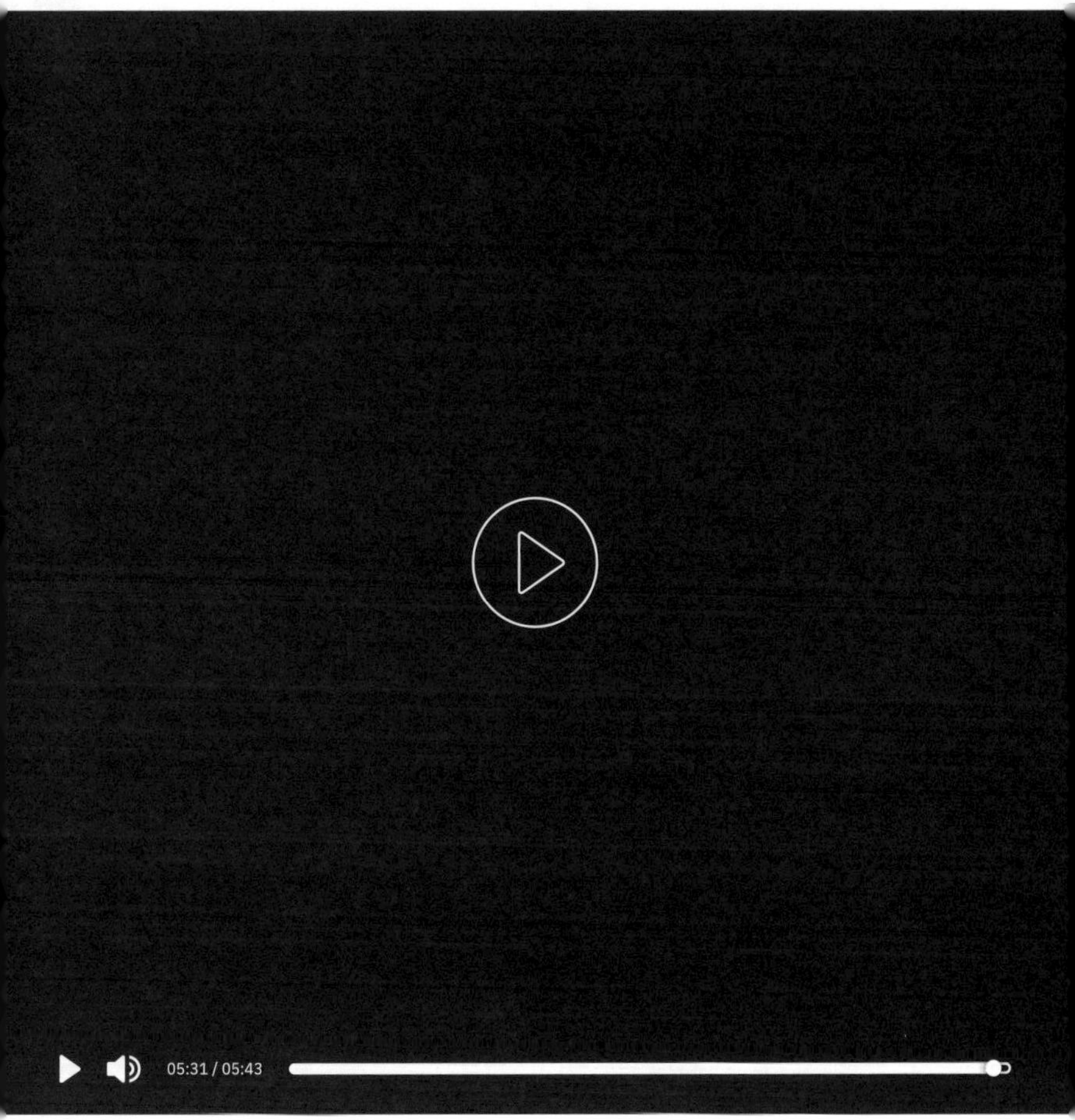

巻末特集

A strong explorer debuts as a streamer and aims for a gourmet collaboration with his admirer.

CHARACTER PROFILE_01

夜桜猪王

>YOZAKURA SHISHIO

PROFILE

上位ランク探索者。

高校生から小遣い稼ぎ程度にダンジョンに潜り暮らしている。たまたま流れてきた『沙界ジン』の配信を見てからVTuberにハマり、彼の配信をきっかけに自らも配信することを決める。性格は即決即行動タイプで、細かいことは後から考えて力業で解決しがち。

探索で死線を超えすぎてやや価値観が偏り気味だが基本は面倒みがいいと一部から評判(ハナビ談)。

山主ボタン

>YAMANUSHI BOTAN

□ PROFILE

猪王のVTuberデザイン。

株式会社デンジラスでは唯一の男性VTuberとなる。

ガワとなるデザインのコンセプトは猟師といったように探索者としての情報を匂わせた風貌となっている。

CHARACTER PROFILE_02

日南朱里

>HINAMI AKARI

PROFILE

猪王の唯一同期の新人VTuber。本職は現役女子大生で、パソコンスキルとパフォーマンス力でオーディションに受かりデビューした。

　性格は見た目の可愛さと反したハキハキとした物言いと、たまに度肝を抜くような発言をし、明るくパワーがある。

雷火ハナビ

\>RAIBI HANABI

PROFILE

デビュー数日でチャンネル登録者数三万人越えの期待の新人。

ビジュアルは本体と違い派手な髪色とファッションで、パンク系のデザインとなっている。

歌を得意としており、通常時の可愛らしい声から曲によってはハスキーな歌声を出すなどして、リスナーにも人気がある。

CHARACTER PROFILE_03

瀬良双葉

>SERA FUTABA

PROFILE

デンジラスの一期生で、今の事務所に所属するVTuberたちの土台を作り、所属メンバーから開祖として尊敬されている。

性格は優しく面倒みが良いため、姉や母のようと身内・リスナーに評されているが、本人もややオタク気質なため年下・後輩系のキャラが好きという理由で自ら関わっている部分もある。

天目一花

>TENMOKU ICHIKA

□ PROFILE

デンジラスのトップVTuber。

VTuber界でも珍しい真正の清楚系キャラとして人気があり、配信でも本来の性格の穏やかな部分と天然な発言で、リスナーから高い人気を得ている。

デザインモチーフは花の妖怪ということもあり、草花を連想させる色合いと和装スタイルとなっている。

ATOGAKI

初見の方ははじめまして。カクヨム、または他シリーズからの縁で本作を手に取っていただいた方は……お久しぶりです？

まあ、いいや。どうも皆さん、モノクロウサギと申します。今回はこの作品を手に取っていただき、誠にありがとうございます。

一応、商業作品としては二作目となる本作ですが、個人的にはデビュー作と並んで思い入れのある作品となっております。

というのも、私にとって初のコンテスト受賞作となるのが、この『推しにささげるダンジョングルメ』であるからです。

第8回カクヨムＷｅｂ小説コンテスト。こうして思い返してみると、なんとも懐かしい気持ちになるものです。

そもそも参加した理由が、一般枠として参加できる最後の機会だったからなんですよね。……一応、当時はすでにデビューしていたのですが、ちょうどデビュー作の発売日がプロ作家部門の条件外でして。そんなこんなで、第9回からはプロ作家の方々が犇《ひし》めく魔窟に放り込まれることが決定していたため、『ヌルっと遊べる最後の祭りじゃあ！　はしゃげぇ!!』とやけくそでエントリーしたのが、全ての始まりでございます。

そしたらまさかの受賞ですよ。書き始めた当時はダンジョン、ＶＴｕｂｅｒ、飯テロというテーマのごった煮がどこまでウケるか未知数でしたが、思いのほか受け入れられて驚いた記憶があります。

テーマの一つ一つが、作品のメインを張れるようなものですし？　こうして改めて分析すると、闇鍋もいいところですよねー。評価されて良かったなー。

まあ、振り返ると感想がとめどなく溢れてくるので、程々のところで止めておきましょう。

とりあえず、この場で言いたいこと、伝えるべきことはシンプルです。

本作を制作するにあたり、手を尽くしていただいた関係者の皆様、及び本作を手に取っていただいた読者の方々に、最大の感謝の言葉を贈らせていただければなと思います。

初のコンテスト受賞作で、初のテーマで、他にも初の作業だったり、個人的に初体験の連続だった本作が、無事に市場に並び、読者の方々の手に届いたことが、私はとても嬉しいです。

これも偏に、関係者の方々の協力や、Ｗｅｂ版から評価していただいた読者の方々の応援のお陰でございます。

本当に、本当にありがとうございました！　そして今後も、応援のほどよろしくお願いいたします！

……具体的には、感想をネットで発信したり、編集部にファンレターなど送っていただいたり、交流のある方にオススメしてくれたら嬉しいです。

そうすれば、またこうして特定の場でお会いすることができますので。……チラッ、チラッ。

ま、そういうことですので。またの機会に皆様とお会いできることを楽しみにしております。……会えると良いなぁ。

では、ばいばーい。

十二月吉日　モノクロウサギ

>OSHI NI SASAGERU DUNGEON GOURMET

推しにささげるダンジョングルメ 02

最強探索者VTuberになる

外部ライバーとのコラボを進める。

一方、騒動の忍び寄る足音が
再び聞こえてくるが——!!

2024年春
発売予定!!

著

モノクロウサギ

主にカクヨムに生息するげっ歯類。
天敵はレシート整理と確定申告。
最近新たにインボイスという天敵が加わりそうで震えている。

イラスト

クロがねや

はじめまして、クロがねやです。
毎日料理をしながらイラストレーター活動中です。

推しにささげるダンジョングルメ
最強探索者VTuberになる
01

推しにささげるダンジョングルメ 01
最強探索者VTuberになる

2023年12月28日　初版発行

著　モノクロウサギ
イラスト　クロがねや

発行者　山下直久
編　集　ホビー書籍編集部
編集長　藤田明子
担　当　野浪由美恵
装　丁　騎馬啓人（BALCOLONY.）

発　行　株式会社KADOKAWA
〒102-8177 東京都千代田区富士見2-13-3
電話　0570-002-301（ナビダイヤル）

印刷・製本　図書印刷株式会社

●お問い合わせ
https://www.kadokawa.co.jp/（「お問い合わせ」へお進みください）
※内容によっては、お答えできない場合があります。
※サポートは日本国内のみとさせていただきます。
※Japanese text only

定価はカバーに表示してあります。

ISBN:978-4-04-737759-2 C0093

OSHI NI SASAGERU
DUNGEON GOURMET
VOLUME_01